U0742492

百岁恩鉴

杨力/著

吉林文史出版社
JILINWENSHICHUBANSHE

图书在版编目（ＣＩＰ）数据

百万悬赏 / 杨力著. -- 长春 ：吉林文史出版社，
2020.7 （2024.3重印）

ISBN 978-7-5472-7017-2

Ⅰ. ①百… Ⅱ. ①杨… Ⅲ. ①故事－作品集－中国－
当代 Ⅳ. ①I247.81

中国版本图书馆CIP数据核字(2020)第113921号

百万悬赏
BAIWAN XUANSHANG

著　　者：杨　力
责任编辑：钟　杉　王　新
封面设计：四川悟阅文化传播有限公司
出版发行：吉林文史出版社有限责任公司
地　　址：长春市净月区福祉大路 5788 号　　邮编：130118
电　　话：0431-81629363（总编室）　　0431-81629372（发行科）
印　　刷：三河市嵩川印刷有限公司
经　　销：全国新华书店
开　　本：165mm×235mm　1/16
印　　张：18.75
字　　数：282 千字
版 印 次：2020 年 8 月第 1 版　2024 年 3 月第 3 次印刷
定　　价：42.00 元
书　　号：ISBN 978-7-5472-7017-2

印装错误可与印刷厂联系退换。

目 录

CONTENTS

第六辑 "万碎爷"出山

第一辑

百万悬赏

钢铁裁缝的大爱

楚天蓝是一家国有大型企业的钣金工。这一天，厂领导来到钣金车间，宣布了一件大事，全国钣金技能大赛开赛在即，企业将选派一名选手参加，如果获奖还将代表中国参加即将在阿联酋举办的世界钣金技能大赛，希望有志向的年轻人积极报名参赛。

厂领导刚宣布完，工友们的眼光就齐刷刷地投向楚天蓝，这无声的语言表明，楚天蓝就是整个钣金车间的不二人选。论资历，楚天蓝可能并不占优，前几年才从厂技工学校毕业，可是论本事，就没有人敢小瞧他了。当初楚天蓝进了钣金车间，铆着一股初生牛犊的劲儿，可他不是蛮干，而是施巧劲儿，除了拜名师，还向车间里所有的老师傅学习施工技巧。楚天蓝悟性好，又经常在实践中完善摸索，钣金技术嗖嗖地就蹿了上去。到今天，车间里大大小小的师傅和工友都不再小觑他，要说派人参赛，除了楚天蓝，大家一时还想不出第二人。

大伙儿这样想，楚天蓝也不例外，所以他高举右手，表示报名参赛。

"且慢！"大伙儿还来不及鼓掌通过，旁边却有人主动请缨。请缨者不是别人，正是楚天蓝的同门师妹罗小洋。罗小洋也是灵性过人，大学毕业主动应招到厂里工作，点名要来钣金车间，而且非得和楚天蓝跟同一个师傅，那就是扎根钣金车间30年的资深大师吴炼。楚天蓝开始还有些小肚鸡肠，不想让师傅的手艺被人分享了，后来见罗小洋聪明伶俐模样又靓，心中不免动起了小心思，两个月前的一天趁师傅不在就大胆对罗小洋表白了，谁知却挨了一白眼。

罗小洋当时说："什么，你喜欢我？没门儿！"

楚天蓝没想到被拒绝，不服气地问："为什么？"

罗小洋瞪着他说："要怨，只怨一个原因，就是吴炼既是你师傅，又是你干爹。除非你从今以后不叫他干爹，我就答应跟你好。"

楚天蓝更不解了："你敢离间我们父子关系，枉你也是他徒弟！哦，明白了，你这是嫉妒吧，嫉妒我有一层这个关系。"

罗小洋却没有一点好脸色："你永远不懂，我也懒得解释。总之一点，我俩之间，没门儿！"

楚天蓝没追到罗小洋，讨了一肚子气恼，又解释不了其中的原因，有一天就把这事给吴炼说了，想从干爹那儿找到答案。不料吴炼却答非所问地问他："罗小洋不答应做你的女朋友，还想让我们脱离亲如父子的关系，你恨她吗？"

楚天蓝想了想摇摇头："不恨。罗小洋身上有一股不服输的劲儿，如果是用在工作中，她一定很棒。虽然我不知道她为什么提那种怪怪的要求，但直觉告诉我她心眼儿不坏，没准儿今后我们是好的搭挡。"

吴炼听罢释怀地点点头："每个人心中都有不为人知的故事，多尊重对方就好。"

那之后，楚天蓝就对罗小洋彬彬有礼地师兄妹相待，把喜欢藏在了心里。楚天蓝认为，罗小洋大不了就是有点嫉妒他，还不至于挑战他在技术上的权威吧，殊不知在参赛这件事情上又跳出来和他作对。

不管怎么说，厂领导当场就拍板了楚天蓝和罗小洋都作为这次大赛的备选选手，到时候厂里先行搞一次比赛，胜者再作为代表参加全国的技能大赛。楚天蓝有些不以为然，而罗小洋却开心得意，一副别小瞧了她的模样。

楚天蓝下来后就暗暗开始了设计。设计什么呢，思来想去，就设计一座天安门城楼吧，那可是祖国的象征呢。楚天蓝拿出纸笔开始比画，如果要映衬出天安门城楼的恢宏庄严，有两种制作工艺可以选择：一种是电焊堆，就是把所需的材料用电焊条焊接到一块儿，工序虽多，但技术的含金量低；另一种是用板材做，工序略少，重点在切割和精密焊接，技术要求非常高。

厂里内部定的比赛时间很近了，如果用技术含量低的工艺，花费的时间就比较充裕，所以楚天蓝掂量后决定采用电焊堆的制作工艺。不料这时候有工友告诉他，和他一起竞争的罗小洋设计的也是天安门城楼，而且也选的电焊堆工艺。楚天蓝一听肚子里的气就咋呼呼乱窜，好个罗小洋，选的设计和工艺都一样，难不成是故意和他作对？

那天在食堂吃午餐，楚天蓝和罗小洋一前一后又遇到了。楚天蓝心有不甘地在罗小洋身后说："干我们这一行的，都要有点创意，照搬别人的点子可不厚道哦。"

罗小洋也不客气，扭过头说："哪本书上写明了那个点子就是你的原创？再说了，谁照搬谁的还说不清呢。"

楚天蓝听罢也较上劲："到时候别输得难看，怪我事前没打招呼！"

罗小洋甩他一个背影："哼，走着瞧。"

楚天蓝气得脸色铁青的时候，他的师傅吴炼正坐在食堂的角落看着他，待楚天蓝端着饭盒走近，吴炼挥挥手让他坐在了面前。

吴炼头也不抬地问："又斗嘴了？"

楚天蓝气呼呼地答："不是斗嘴，是作对！跟我抢参赛名额，连设计和工艺都一样！"

吴炼抬起头说："一个人可以有冲劲，但不能膨胀。你总感觉别人在和你作对，是因为你心里容不下另一个可能超越你的人。每个人都有初心，但如果丢失了心里那份曾经的纯净，人就会变得浮躁，你就不再是当年的那个少年！"

楚天蓝望着师傅，望着这个他叫干爹的男人，泪花开始打转，思维跳跃着回到了很多年前……

多年前，四川茂县一个边远的羌寨，楚天蓝是一个父母早逝的贫穷少年。那一年，省报登出了搭对帮扶的名单，楚天蓝的名字第一次出现在了报纸上。也就在那时，内地工厂一个叫吴炼的好心人开始定期给他们汇款，给和爷爷奶奶相依为命的楚天蓝送去了阵阵温暖。

2008年汶川大地震，茂县也是重灾区，地震中的楚天蓝失去了爷爷奶奶，成为孤儿的楚天蓝面临辍学的困境。就在地震后不久的一天，正在地震棚中避险的楚天蓝被人叫了出去。他面前站着一个劳顿的中年男人，用温暖而关切的目光使劲打量着楚天蓝。那一刻无须介绍，楚天蓝料定这就是一直资助他读书的吴叔叔。是的，地震后一直牵挂着楚天蓝一家安危的吴炼，历尽千辛万苦赶到了茂县，看到孤苦无依的楚天蓝百感交集，大步流星上前一把将瘦小的他抱了起来。

吴炼决定带楚天蓝回内地学习生活。离开茂县途经著名的叠溪海子时，楚天蓝的眼里流露出恋恋不舍。吴炼就说，叠溪海子虽然美，却是以茶马古道上一个繁盛小镇的瞬间消失和数万人的消亡作为代价，而身为羌人后代，就是要以羌人勇敢无畏的精神笑迎困境和苦难，努力学好知识，来建设家乡报效祖国。楚天蓝似懂非懂地点了点头。

楚天蓝随着吴炼回到内地，在当地读完小学和中学后，进了企业的技工学校。这个时候他才从老师仰慕的话语里知道了被他认做干爹的吴炼，一家人都是工厂内外人人敬重的钣金工大师。20世纪60年代初大三线建设，吴炼的父母放弃了在上海的优厚生活，随工厂内迁到了四川，一扎根就是数十年。吴炼也很早进厂，并且在父亲那儿学得了全部真传，对一块金属材质的切割把控十分到位，特别是钣金技术要求甚高的精密焊接游刃有余，80年代曾为国家葛洲坝工程建设出过大力，是业内响当当的钣金工匠。所以，楚天蓝从技工学校毕业到了钣金车间，干爹就成了他最好的师傅。

想到这儿，楚天蓝愧疚地对吴炼说："师傅，我明白了，所谓初心，就是要在追求的路上心无杂念，这两年我的技术是进步了，但我的心却没有沉下去，看待事物的目光越发偏执。其实，多一个罗小洋做竞争对手是鞭策，可以随时发现自己的短板和不足，让我的工艺变得更好！"

吴炼点点头，赞许地说："你能认识到这一点，我很高兴。人们把钣金工尊称为钢铁裁缝，一个优秀的裁缝能够根据需要，把布料裁剪得既精致又节省，为下一步制作成品打好基础。钣金工的功力就是要像剪裁布料那样既准确又节省，如果技术不过硬，会造成经济成本和时间成本的巨大浪费，所以这门技术来不得半点儿马虎，更不能有情绪上的任何波动。"

楚天蓝深有感触地说："我知道了，钣金工不仅仅是焊接、切割、钳工、铆工技术层面的无缝组合，更在于那份平常心的保持。我决定改变电焊堆的工艺，改用板材制作，更能完美体现一个钣金工的综合技能！"

楚天蓝开始一心扑在工序中。他画了图纸，算足尺寸，选好材质，然后切割焊接，铆钳同上，不消两天，一座天安门城楼的模型就已完成。虽是雏形，却也是栩栩如生，一座恢宏庄严的缩小了尺寸的天安门城楼完美地展现了出来。

这一天，楚天蓝正在模型前完善加工，忽然有被人盯着看的感觉，回头一看，是一个不认识的中年女人。中年女人打量着他，又打量一眼模型，突然连声夸赞："不错，不错！"

楚天蓝见有人赞美他的模型，高兴地笑了："谢谢，我再打磨打磨，争取完美展现出去。"

中年女人也笑了："我赞美的不仅仅是你，还有你做事的认真劲儿和一脸的帅气，难怪我女儿喜欢你！"

楚天蓝懵了："阿姨，你说的女儿是谁呀？"

中年女人说："就是罗小洋，经常在我面前提到你，说你是你师傅的义子和得意门生，技术上高人一筹。虽然没说出喜欢二字，但当妈的听得懂，所以今天专门跑来看看。不错，你俩还真搭！"

楚天蓝害羞了："阿姨别夸我了，罗小洋处处挤对我，就看不出半点儿喜欢，在她面前，我都不知所措呢。"

中年女人说："女儿的心思，当妈的最清楚。放心，你们的事，我有办法。"

中年女人笑着而去，楚天蓝更加懵懂。不过也无所谓了，他眼下的心思，是要全力迎接比赛，以优异的成绩去全国参赛。

到了厂区比赛这天，两座模型都提前摆放了后台。正式展出前，楚天蓝和罗小洋各有三分钟对模型做最后的完善。罗小洋先去了后台，很快就自信地笑着出来了。随后楚天蓝走了进去，只一眼，他就敏锐察觉到了罗小洋的模型有问题，在转角处的焊接上出了纰漏，而粗心的罗小洋竟没发现。楚天蓝想也没想，拿起焊条就焊了上去……

比赛正式开始，工厂选出的钣金师傅依次上前评选打分，罗小洋的模型虽说工艺略为简单，但通体没有大的漏洞；而楚天蓝的模型却出了状况，细心的师傅们在他的模型上发现了一条肉眼难以看见的细缝……分数一出来，围观的工友们一下炸锅了，都觉得这种低级错误难以置信。

身为考评组组长的吴炼也得秉公办事，正准备宣布胜出人员名单，楚天蓝却举手抢先表态："我要祝贺师妹罗小洋，她比我用功，比我细致，我们应该向她学习，为她鼓掌！"

掌声刚起，一个人却跃上了展台，是罗小洋。此刻的她，泪花打湿了淡妆，眼眸里透着无比的崇敬。她说：

"大家知道，之前我为什么处处和楚天蓝作对吗？因为他是吴炼的义子，而大家不知道的是，吴炼是我的父亲。"

台下一阵哗然，接着传来轻轻啜泣，正是罗小洋的母亲，那个中年女人。这时中年女人站了起来，转身对四周说："我这辈子做得最错的一件事情，就是和小洋的爸爸离婚。当年，小洋还小，而吴炼工作很忙，经常被派去支援大的工程建设。我不理解他，觉得受了冷落，闹着要回大上海生活，直到最后和孩子爸爸离了婚，还把孩子改成我姓。长大后的小洋以为是吴炼抛弃了我们母子俩，带着报复心理回到工厂工作，当着他父亲面不喊爸爸，还变着花样和楚天蓝作对，以此折磨她爸爸。其实在工厂这几年，她已经渐渐感觉到了她爸爸的伟大，也对楚天蓝深怀好感……"

罗小洋泪花打转脸色绯红，接过话茬儿说："是的，以前我记恨父亲，直到走近他身边，才猛然感到我应该为父亲，还有爷爷骄傲。他们是三线建设的两代人，从大城市无怨无悔地来到这山沟里，牺牲了很多正常人的幸福，他们就是我身边的大国工匠，祖国处处离不开他们的付出。所以请允许我迟到地喊一声，'爸爸，我错了！'"

吴炼坐在台下擦着泪水，工友们齐声为他鼓掌。

　　罗小洋抹干眼泪，指着一边的楚天蓝笑着说："还有这小子，让我又爱又恨。他抢了我的父爱，所以我嫉恨他；但他技艺超群，又让我心生爱慕。其实这次比赛我跟自己打了个赌，如果输给他我就跟他好，但又不甘心，想检验一下他的人品，就利用最后复检那三分钟动了手脚，先给他的模型留了条细缝，又故意给我的模型留了个焊接的纰漏，谁知这小子心眼实在，进去就帮我修补了纰漏，却没给他自己留下检查的时间。所以，这个傻小子，才是今天真正的胜出者……"

　　幸福来得太突然。此时的楚天蓝，用人品和技能赢得了美人心和全国参赛的资格，欢乐的工友们齐刷刷地拥上来把他抛到了空中。

百万悬赏

　　苏培顺老人是个退休多年的大学教授。他每天都要外出遛狗，刮风下雨也雷打不动。可前不久，他在遛狗时把养了两年的一条爱妃犬弄丢了，成天跟勾了魂似的，坐卧不宁。这天，他找到了报社，不但打出了寻犬启事，而且石破天惊地给出了一百万的赏金。

　　有人就说了，这狗也值不了那么多钱啊，报社工作人员也反复劝说，可苏培顺老人很执拗，坚持他的百万悬赏。

　　广告登出不久，很快就有无数的电话打进来，都是找到爱妃犬的信息。有性急者还专门跑上门来，抱着找到的爱妃犬供他辨认。这其中，大部分是抱有试探碰运气的成分，也有少数抱着蒙混骗钱的心理，一句话，都是冲着一百万的诱惑而来的。但苏培顺老人细细辨认后都一一谢之拒之。

　　这一天，苏培顺老人刚起床，就听到有人敲门，"砰砰"，声音很轻，仿佛没有什么力量。苏老上前打开门，发现门口站着一个八九岁的小男孩，他怀里抱着一条小狗，眼神怯怯的，却又充满着一种期望。小男孩的表情一下把苏老的心给抓住了。

　　不用说，小男孩也是来送犬的。苏培顺老人把小狗抱过来，轻声询问小男孩

009

在什么地方捡到的。小男孩说，他叫曹小雨，在医院照料生病的妈妈，前两天在医院花园里捡到了这条小狗，因为病房里很多人都看了广告，都在议论这件事，他和妈妈对照了一下，觉得这条小狗和报纸上的寻犬特征几乎一样。

苏培顺老人细细摩挲小狗，可不是，都是爱妃犬，臀部处都有一处毛色脱落，一条腿因为受伤微微有点瘸……只不过才几天时间，缺人照料的小狗已瘦削憔悴了不少。

苏老抬起头问："你刚才说，你在医院照料妈妈，你妈妈生的什么病啊？"

曹小雨听到这话，期望的眼神一下变得有些灰暗："妈妈得的尿毒症。医生说，再不换肾，妈妈就会……我就会失去妈妈。可，手术费要50万。"

苏老轻轻拍了拍曹小雨的头，和蔼地说："你也别急，一会儿我陪你到医院看看你妈妈。多亏你和你妈妈帮我找到了爱犬，没有它，我活得也没有魂。所以我要感谢你们母子帮我做了一件天大的好事，而且只有在见到你妈妈后，我才能把钱给她，你这么小，我不放心呀！"

曹小雨一听，脸上一下开满阳光般的笑容，上前拉住苏老的手，便急不可待要往医院走。到了医院，苏培顺老人先找到主治医生，了解到实情，最后来到曹小雨妈妈的病床前，果然看见小雨妈妈已浑身浮肿，一脸菜色。

得知苏培顺老人的来意，小雨妈妈强撑起身体，有些不相信地说："那天孩子捡到条小狗，非说就是报纸上登的要找的那条。我劝他他也不听，今天向我要了十块钱，我还以为他要吃零食，没想到竟抱着小狗坐车找上门去了，真不好意思。"

苏培顺老人笑道："我感谢还来不及呢，那条爱妃犬也是我的依靠啊。小雨妈妈，你有这么孝顺懂事的孩子，我替你高兴啊。我今天来，就是要兑现我的诺言，这是一张50万的活期存折，密码都写在本上了，你拿去先取来用吧。另外50万，我让孩子们尽快汇过来，凑齐就给你送过来……"

小雨妈妈一听，连忙拒绝："大爷，这使不得，你一把年纪了，怎么能把钱全部给了我呢。再说我也用不了那么多，这一阵凑了一些，再有个二三十万就够我手术了。"

苏老一听，正色道："那不行，100万我愿意给。在孩子的大善面前，我更不能失信而坏了榜样，我们做大人的都要信守承诺。"

苏培顺老人努力说服了小雨妈妈，拍了拍小雨的肩头，这才满意地转身而去。可几天后，苏老却突然收到派出所电话，让他去作证。苏培顺老人一脸蒙，不知发生了什么。他来到派出所，一眼看到了小雨母子，除外，还有他三个子女。

苏培顺老人育有二儿一女，都在外地发展，事业红火，钱没少赚。最近几年，因为生意忙很少回家看父母。两年前母亲去世，女儿便买了一条名贵的爱妃犬，让它给父亲作个伴。

前些天，苏培顺老人给三个子女分别打了电话，让凑50万急用。三人同时问父亲拿这么多钱用来干啥，当得知百万悬赏的原委后，都急急忙忙赶了回来。当三个子女见到那条小狗都顿时傻眼了，这根本不是原来那条爱妃犬，体貌特征非常分明，除非父亲老眼昏花，不然怎么会认不出来？为这条冒充的小狗送一百万，根本不值。为此三个子女认定，父亲被那对母子骗了，他们找到派出所，强烈要求严惩骗子并要回那笔被骗去的钱。

派出所为了弄清真相，专门打电话请苏培顺老人过来。当询问苏老时，苏老却说："这件事不能怪母子二人。那一百万，是我自愿给的，那条找回的小狗，在我眼里，就是我原来那条爱妃犬！"

三个子女都瞪大了眼睛，如果不是亲耳所闻，他们完全以为老父亲吃错了药。儿女们道："爸爸这是为什么呢？一百万不是一笔小数目，我们给你，是为了让你颐养天年啊！"

苏培顺老人笑了起来，他搂过曹小雨，抚着小雨的头说："有些时候，我们大人的所谓成功，在孩子的善良面前是多么肤浅。在你们三个眼里，钱是万能的，可以代替时间，可以代替孝心，甚至可以代替生命。所以你们为了求得心安，总是给我汇钱、汇钱，想让我过得舒心，可我舒心吗？"

三个子女看着父亲，眼睛里慢慢多了一些惭愧……

苏培顺老人继续动情地说："你们知道吗，我一个七十多岁的孤寡老人，拿那么多钱来干吗？逢年过节，别人家热闹团聚，可我只能拥着一条狗互相安慰。而眼前这个不到十岁的小男孩，为了救他的母亲，一直在尽最大的努力。不错，一开始我就发现那不是我要找的狗，可小雨的心是那样虔诚，他希望这是真正丢失的那只，这样才能换回他妈妈的命。你们也是四十左右养儿带女的人，你们能比一个八九岁的孩子更懂得尊重孝敬老人吗？"

三个子女一听，全都赧颜地低下头去。只听苏培顺老人最后掷地有声地说："如果这个百万悬赏，能唤回你们做子女的良心，我认为，值！"

赌牛

　　地处天府之国川西坝子的王家和肖家最近又热闹起来，起因是王家公子喜欢上了肖家千金，而世人都知道两家素不往来，虽不致有大仇，但怨气至少结了两代。本来以为，地处乡旮旯的两家人今生八竿子也打不到一块儿，怎料儿女情缘偏偏又把两家扯到一堆儿。

　　说到王、肖两家的矛盾，就要从一个很古老的职业说起——行户，用现在的话说就是经纪人。过去贸易不像今天这么方便，粮食、布匹、茶叶、丝绸、牲畜、油料、烟酒等大都通过行户进行交易。但在时代的变迁中，很多行业已经看不见行户的踪迹，唯有牛市还保留着这一古老的交易方式。

　　牛市做买卖都通过行户，是因为这行户都掌握着一种特殊的技能，那就是估牛。所谓估牛，就是一头牛除去皮毛和下水的重量，不是用秤称，而是凭目测，根据经验测算出牛的毛重和出肉率。估牛是行户的基本功，误差在百分之五已经不易，小于百分之一，则是绝大多数行户一辈子难以企及的高度。

　　且说王家和肖家两家附近有个很有名的牛市叫兴隆场，大大小小的贸易和充斥其间的行户促成了方圆附近的繁荣，而王家和肖家从上辈开始，就是兴隆场最受敬重的行户。

　　卖石灰的看不得卖灰面的，做的是同一门营生，难免没有一点儿龃龉。王家掌舵人王世渊的父亲王老爷子，比肖家掌舵人肖有贵的父亲肖老爷子大两岁，出道也要早两年，当肖老爷子在行户中还说不起话的时候，整个兴隆场就是他一言九鼎。

　　那一日王老爷子又去给一档生意当中间人。养殖户牵来一头体格健壮的黄牛，一边抹泪一边说，若不是家里人生病急需换钱，断不肯把这头牛拉来卖了。旁边的牛贩子兴奋得两眼发绿，还不时把一双三角眼瞟向王老爷子。

　　王老爷子心中有数，他目测了一下牛的体格，又用手摸了摸牛的肚腹和脊梁上的燕子骨，心头已有个十之八九。他把手伸到养殖户的袖笼子里，五根指头在对方手腕上聚拢一捏，这叫挠，意思是这头牛在600元成交。如果养殖户点头，他会再把手伸进牛贩子的袖笼子里，同样先挠一下，再用五根指头一捏同时划三下，这叫丐，喻示这头牛那边买成600这边800元可卖出，牛贩子就会明白，这头牛牵到别的市场至少可赚200元差价。这桩生意如果促成，王老爷子可在养殖户那儿抽成15元，而牛贩子会给出差价的百分之三十，这在二十世纪七八十年代是一笔不菲的收入。

　　拐、挠、条、丐、搔，对应的数分别是5、6、7、8、9，这是黑话。行户与买卖双方采用"黑话"促成交易，本来是不想给旁人饶舌的机会，但这一天，偏偏有个年轻人在旁边看不过去，他就是肖老爷子。肖老爷子说，这头牛依目测至少1950斤，杀了少说可卖700元。养殖户一听，当然不肯成交，牛贩子也一脸懊恼。当然最起火的是王老爷子，活生生被戳脱这桩生意，心头当然不甘，更何况当着这么多人，扫了他的面子。

　　王老爷子就发难，振振有词地质问："我在兴隆场摸爬滚打了多年，做行户促成的交易少说也有成百上千头牛，纵使大伙儿信任我，我也不敢把事情说死，敢情你就拿捏得那么准，这头牛可卖700元，而不是600元或650元，奇了怪了。"

　　旁边看热闹的人越聚越多，都奇怪谁敢挑战王老爷子的权威。肖老爷子却不怵，胸有成竹地指着那头牛说："牛的出肉率不出其体重的二至四成，这头牛毛色、体格不是一般，肚腹紧实说明经常下地耕种，加之主人家实诚待人，买卖之前没随意灌水和喂食，所以出肉率不会少于三成。如果王老爷子今天不是看走了眼，我斗胆愿意一赌，杀牛过秤，如果净肉在700元之下，我甘愿认输受罚，差多少添多少。"

看热闹的人阵阵起哄，希望王老爷子赌一把，但王老爷子心下却着实紧了起来。曾经，王老爷子也算秉持公正，不贪浮财，却终究抵挡不住利诱，慢慢依着威望，在交易时耍起了手腕，通过故意拉开差价，来寻求私利的最大化。现在突然被人点破，虽表情佯作镇定，但内心已料定此局必输。

王老爷子的稍微迟疑当然被肖老爷子看透，考虑到和气生财，肖老爷子主动拱了拱手说："当然，我也只是嘴上说说，真要赌起来未必能赢，只要添两个买牛钱，这桩生意也是不冤。"

肖老爷子以为王老爷子会就坡下驴化解尴尬，不料却在王老爷子心中从此埋下隔阂，此后二人赌牛又有过几次，不分伯仲，但两个资深行户之间的心结却从此悄然结下，最后成了老死不相往来的对手。

到了九十年代，已经长大成人的王世渊和肖有贵又各自继承了父亲的衣钵，干起了行户的老本行。本来井水不犯河水，两人也没必要再分高低，却不料又有一件事把两人扯到了一起。

兴隆场附近有个出了名的混混叫黑三，特别喜欢偷鸡摸狗，有一天不知从哪儿偷来一头牛，牵到市场想找个好买家。他先找到肖有贵，许诺给点好处，言下之意在交易时把牛价高估三成。肖有贵也不答话，却在交易时估得比黑三预想的还少了三成，这一下黑三不依了，横竖又请来王世渊评理。王世渊何等聪慧，他看一眼那头牛就看出了猫腻，想到父辈结下的"梁子"，便不无挖苦地说："这头牛称不上健壮，但少说也有千余斤，出3000元钱只会少不会多！"

肖有贵先前给出的牛价比3000元少三成就是2400元，从高三成变成低三成，一来一去就是上千元的差价。众人看着王世渊说得如此在理，都以为肖有贵会认输，却不料肖有贵横眉一竖，怒喝一声："那就杀牛称重，今天这一赌我认了，差价由我来补！"

不用说，这次肖有贵输了，在众人半是不解半是调笑的目光中补上了差不多

600元差价,喜得黑三当着众人的面奚落肖有贵缺心眼儿,还要请王世渊坐上席喝酒,但被王世渊拂袖拒绝了。那天肖有贵落寞远去的背影,预示着王、肖两家这心结还要一直结下去。

转眼又过去十七八年,王、肖两家的后代又出落成人。王家之子王子鸣与肖家之女肖雪从小学同桌,一直到高中毕业情窦初开,后来大学毕业留在同一个城市工作,最后捅破窗户纸谈起了恋爱。但二人都知道,从上两辈积累下来的怨气积重难消,也是横亘在二人之间的最大障碍。但儿女的姻缘如果得不到父母的祝福,总不是一件称心如意的好事。二人思来想去,终于有一天,王子鸣想到了一个办法,那就是再赌一次牛,由他先和父亲赌,赢了再和肖有贵赌。都赢了,双方家长就要同意他们的婚事。

肖雪一听就揪心,王子鸣对估牛之术,充其量知其皮毛。用赌牛来赌姻缘,赌注未免下得太大了。但王子鸣却拿定了主意,回去和肖雪把赌牛一事告知各自父亲,自然引来王世渊和肖有贵的极大震惊。两人都不相信,自己的儿女竟会冲破积怨私下交好,这当然是万万不可的,但二人转念一想,反正王子鸣也赢不了,又释然了。

这一天,在茶馆喝茶的王世渊和肖有贵这对冤家不期碰面了,两人都心照不宣斜视着对方,那意思仿佛就是说,从冤家做亲家没门,靠赌牛来赢姻缘,那小子没任何胜算。但王世渊和肖有贵又觉得,现在不比从前了,一头健壮的牛少说值个几千上万,如果用两场没有任何胜算的赌牛来赌姻缘实在是浪费。最后二人虎着脸达成协议,只赌一场,姑且结成临时同盟,拆散王子鸣和肖雪这对小冤家。

两家算好了日子,在兴隆场摆开架势。听说赌牛换姻缘,远近乡邻齐刷刷奔了来看闹热。等到王世渊和肖有贵出场时,二人傻眼了,除了黑压压的百姓,居然还有扛着摄像机的记者,另有一些来宾坐在台前,一问才知道都是王子鸣请来的。只听主持人说起了开场白,大意是行户这门手艺流传了几百年,是一个时代特有的烙印,但随着时代进步,从20世纪90年代开始,行户这门手艺已很鲜见。今天,有幸请来了十里八乡公认的行户王世渊和肖有贵两位师傅,今天就见识一番二人估牛的精妙之术。

说话间，一头壮硕的大水牛被拴在了木桩上，赌牛开始。首先上场的是王子鸣，他煞有介事看了看摸了摸，直接报出此牛重2000斤，出肉850斤。台下哄声一片。

　　轮到王世渊和肖有贵出场，两人到了水牛前，一摸皮毛二扪肚腹三捏燕子骨，再根据水牛比黄牛含水量略高，估出这头两千斤的水牛的出肉率，答案写好后交给主持人，静等杀牛过秤宣布出来。

　　两个时辰后，答案即将宣布，肖有贵率先坐不住了，扭头对王世渊说："世兄，按理这答案一掀开，侄子必输无疑，但想来总不是滋味。当年家父未顾及叔父颜面，当面揭穿估牛有诈，至此影响两家几十年无交往，至今仍有歉疚。"

　　听这么一说，王世渊也急忙表态："说来惭愧，十多年前你把黑三偷来的牛少估了600元，并不是你眼拙，而是你看不惯他那样的混混。情知这样，我却和你赌了一场，面子上我是赢了，道义上却输了。这么多年来我也想向你赔个不是，无奈就是放不下架子，真是枉为受人尊敬的行户了。"

　　当下二人互相检讨，不禁生出诸多感慨。旁边的王子鸣听得真切，赶紧上前笑着说："爸爸，伯父，看见你们今日和睦，才是我们做子女多年的期盼。其实今天，我和你们赌牛是其次，最要紧的还是想把你们这门手艺，通过更多渠道传播开来。作为一种即将消失的民俗文化，行户已经退出了只为谋生的历史舞台，但历史价值和文化价值值得记载。在一定程度上，你们就是民俗文化的传承者。"

　　王世渊和肖有贵一听恍然明白，原来王子鸣本意不在赌，而在于发扬光大，是想做件大好事。但两人也纳闷，几乎同时问："你就不怕今天赌输了，把女朋友赌没了？"

　　王子鸣深情地看了一眼旁边的肖雪说："想过，不过，既然是赌，就不能有退路。再说天下父母，面对儿女的幸福，有几个不愿意成全的，事实证明，我赌赢了！"

　　"且慢！"王子鸣话音刚落，主持人用富于穿透力的声音打断了他。只听主持人大声地说："下面我宣布，刚刚过完秤的净牛肉重量是830斤，而王世渊和肖有贵两位师傅估测后留在纸条上的答案都是825斤，误差率低于百分之一，所以今天赌牛的最后赢家是……"

　　"是王子鸣！"这一声清脆的声音来自肖雪，只见她羞涩而又大方地跑到台中央，对着台下所有父老乡亲和摄像机表白："我肖雪，愿意嫁给王子鸣，大伙儿说，他是不是真正的赢家！"

在众人祝福般的掌声中，王世渊和肖有贵，这对横跨三代人的"冤家"，两双大手终于紧紧握到了一起。

曾婆婆的布鞋

　　县城的老街上住着一位九十岁的曾婆婆，她耳聪目明，步履稳健，除了是远近闻名的老寿星，还做得一手漂亮的传统布鞋，特别是那种带棉的布鞋，温暖护脚，柔软舒适，穿在小儿或老人的脚上，再合适不过。曾婆婆二十岁嫁人，带着从母亲那儿学来的手艺，用做布鞋挣来的钱操持日子，一晃过去了七十年，曾婆婆也坚持了七十年。

　　曾婆婆习惯白天做鞋，到了傍晚，再把做好的鞋用推车装上，拉到县城一个繁华的地段摆摊售卖。很多人路过，都会停下步来，但看的人多，买的人少，除了好奇，似乎对这种早已过了流行年代的布鞋并不上心。曾婆婆好像也不在意，有人来买，给点成本价就行，更多的情况是一双也卖不出去，却一点儿也不影响曾婆婆的情绪，依然白天做鞋，傍晚准点出现在这个地段。

　　这一天傍晚，曾婆婆的摊位前来了一个三十多岁的陌生男子，他蹲在地上把曾婆婆做的鞋看了又看，摸了又摸，然后掏出钱来一双不剩地全买了。临走时，陌生男子还对曾婆婆说，今后做多少，他要多少。

　　这一天，曾婆婆第一次早早地推着卖空了的推车回的家，看着墙角堆着的做鞋的布料，心里百感交集。这些年来，曾婆婆一直和老伴儿一起生活，三个儿一个女，一个也不依靠。算起来，最小的曾孙也上幼儿园了，别人艳羡的四世同堂，在曾婆婆老两口这儿早已成真。但除了逢年过节，老两口和家人欢聚的日子并不多。

前一年，曾婆婆的老伴突然撒手去了，曾婆婆做鞋没有了帮手，每天摊位前也只留下曾婆婆孤独的影子。曾婆婆的三儿一女一商量，还是轮流接妈回家住吧。曾婆婆本来也答应了，毕竟年岁大了，身边有个照应也好。可儿女们接妈回家住是有条件的，那就是不能再做鞋来卖了，现在家里不缺钱不缺吃穿，每天劳心费力做那种老掉牙的布鞋岂不丢人现眼，不知情的人还以为儿女们没有孝心，让老人受尽了虐待。

谁知这一下曾婆婆不干了，她可以不要儿女们照顾，也不愿丢了做鞋这门手艺，只要身体动得，她就要坚持做下去。儿女们奈何不得，只得任由老妈去折腾，闲时轮番去看一看，以尽儿女们的孝心。

再说布鞋现在有了销路，确实让曾婆婆暗自欢喜了几回。可几天后，曾婆婆又不平静了，买这么多鞋，怎么用得完啊。所以，当有一天陌生男子又一次出现在曾婆婆的摊位前时，曾婆婆不卖了，并且说："年轻人，我当你是有善心的人，怕我的鞋做出来没有人要。其实，你别怕我没钱吃饭，国家每个月给的养老金都用不完。现在我就是闲不下来，手上想找点事做，我不缺儿孙照顾，所以你也别来照顾我了。"

陌生男子并不罢休，反而用很虔诚的语气恳求道："这样吧，您不让我买鞋也行，就让我每天给您打下手，拜您为师吧。"

曾婆婆听罢就笑了，咧着嘴笑眯眯地反问："你是说，你要给我当徒弟？年轻人，你图什么呢，我只会做布鞋，而且是现在很多人不喜欢穿的布鞋，你学来有什么用？还是去干点别的技术活儿吧。"

陌生男子被曾婆婆的爽快逗笑了，拱拱手说："婆婆，您才是真正的手艺人啊，不瞒您说，我来拜师，也是有私心的。"

陌生男子说，其实他在城郊办了一个鞋厂。做鞋讲究款式，可款式创新了，穿在脚上却总感觉欠缺一点儿什么。工厂的技术人员天天都在研究，可研究来研究去，也始终研究不出一个所以然来。后来偶然一天，陌生男子在街头看到了曾婆婆的布鞋，那细密扎实的针脚线，那柔软舒适的体验感，让他的内心受到了巨大的冲击。貌不惊人的手工做法虽很落后，做出的鞋样也多过时，但穿在脚上感觉却异常的好，这也正是工厂做出的鞋所缺少的东西。如果流水线做出的鞋子多少有一些手工活的元素，会不会出人意料赢得人们的喜欢呢？他现在就是想放下架子，真心实意拜曾婆婆为师，希望在手工学习中悟到一些真经。

曾婆婆听陌生男子绕了一大圈，算是明白了一点，那就是她的技术还是有价值的，不然就不值得一个鞋厂的老板这么劳心费神了。曾婆婆就说："行吧，我一把年纪了，算算也做不了几年了，如果对你有用，也当留点念想了。"

第二天，陌生男子如约来到了曾婆婆家里，曾婆婆戴着老花镜，用满是老茧的双手，手把手地教。曾婆婆说："手工做鞋急不得，几十道工序都不能偷工减料，像剪制底样、填制千层底、纳鞋底、切底边、缝制鞋帮、绱鞋、楦鞋、修整、抹边，哪一道工序都不能马虎，做鞋和做人一样，都要讲良心，不然穿在脚上就会硌得难受。"

陌生男子看着曾婆婆，突然感觉她像变了一个人，这是一个满有时代感的老婆婆啊，就说："您的话讲得好，做鞋和做人一样，都要讲良心，我要把这句话，贴在工厂的墙上，让每个工人都记住用心做人。"

自此以后，陌生男子就每天上门，除了学技术，还不时送上糕点或煲好的汤。曾婆婆婉拒了多次，陌生男子还是坚持要送，有一次曾婆婆边喝汤边感慨："我也是个儿孙满堂的人，为什么总感觉和你有缘，不是婆孙胜似婆孙呢！"

陌生男子也动情地说："婆婆，您就当我是您亲孙子吧，我们本来就是一家人啊。"

陌生男子在曾婆婆那儿学习一段时间后，消息传到了曾婆婆几个儿女耳朵里。儿女们打听到陌生男子的底细后更是坐不住了，一个鞋厂老板不好好管理厂子，却成天围着老妈转，图个什么呢，肯定别有用心。于是约齐了时间，把当天学了技术正要回家的陌生男子堵在了曾婆婆的屋里。

老大也是快到古稀之年的人了，还是火气冲天质问陌生男子："说吧，你每天好吃好喝伺候我们母亲，骗她的技术到底想干什么？"

陌生男子一听慌了，连忙解释："我不是骗！就是仰慕婆婆一门好手艺，想学习借鉴一下。"

老二也不满："借鉴？据我们所知，我们母亲这种手艺人，现在有个新词，叫工匠。你每天上门学技术，不是借鉴，是想剽窃吧？"

陌生男子想进一步解释，可老三老四你一言我一语上前对他说："大话别说了，如果真想学艺，至少要交一笔拜师费！"

曾婆婆在一边听明白了，责问几个儿女："你们今天就是来捣乱的，什么拜师费，他愿意学，我愿意交。而且，我感觉他就像我的亲孙子！"

儿女们一下沸腾了，冲母亲嚷嚷："妈，你和他才认识几天，他就成了你亲孙子？别忘了，我们才是你亲儿子。不行，他必须给一笔拜师费，不然别想跟师学艺。"

几个儿女说到做到，当天就强行把曾婆婆接到了老大家里住，虽名为照顾，实则是断了和外界来往。陌生男子也尝试着上门解释，但每次都被赶了出去。老大放言，说到拜师费，就怕给不起。一句话，这份师徒关系就此拉倒，给再多的钱也没用。就这样，陌生男子在曾婆婆眼前消失了。

曾婆婆做不了鞋，每天在家懒得找人说话，慢慢地这身子骨就有些不利索了，有一天胸闷气短竟下不了床，家人一慌，赶忙打"120"把曾婆婆送到了医院。

曾婆婆在医院没查出什么毛病，每天医生只是开一点营养液，另外叮嘱曾婆婆的家人要让老人家开心些。几个儿女也知道前段时间做得有点过火了，其实收不收徒弟全凭母亲的心愿，只要开心就好，可却被他们打着收取天价拜师费的幌子给硬生生地把这开心掐断了。几个儿女商量来商量去，觉得要让母亲重新开心起来只有一个办法，那就是把陌生男子重新找回来。

就这样，陌生男子和曾婆婆再次在医院见面了，精神不振的曾婆婆果然是焕然一新，握住陌生男子的手笑得跟个孩子似的。儿女们见状，知道他们要说点体己话，都知趣地退出屋去。

屋里，躺在病床上的曾婆婆，摩挲着陌生男子的手，突然很激动地说："孩子，其实我知道你是谁。"

曾婆婆说，三十多年前，有一天，一个妇女来到她的鞋摊前，拿着棉布鞋放下又拿起，拿起又放下，眼里透着不舍。曾婆婆说，你喜欢，就便宜点卖给你。可女人说，她没钱。原来女人的老公生了场重病，不但用光了积蓄，还向亲戚朋友借了一屁股债。尽管这样，病魔还是夺走了女人的老公，那之后，女人就独自带着孩子过日子，因为拮据，已经很久没有为孩子添置新鞋。曾婆婆听罢，就同情地送了一双鞋子，女人也是知恩图报，第二天就带着还在上小学的孩子，当面感谢曾婆婆，还送上自家地里种的蔬菜。那之后，曾婆婆就和这家人结缘了，孩子很灵性，学习好，懂礼貌，曾婆婆和老伴都喜欢，就合计着每天中午放学后让孩子过来吃饭，借机帮助他们。熟悉后，曾婆婆在孩子的后颈处看到一块铜钱大的胎记。但后来有一天，曾婆婆发现抽屉里存放的钱没了，而一同消失的，就是那对母子。一晃很多年过去了，当前不久陌生男子突然出现，蹲在她的摊位前聊天时，曾婆婆一眼就看到了他后颈处那块明显的胎记……

　　曾婆婆一说完，陌生男子就流着眼泪在病床前跪了下来。他说，是的，他就是那个孩子。当年他考上了重点中学，可是家里没有钱，无路可走的母亲在情急之下，利用去曾婆婆家里看孩子的机会悄悄拿走了抽屉里的钱。这件事让母亲一生愧疚，几年前临终时千叮万嘱让儿子今后要去报答。后来他大学毕业去了沿海，学到技术后回乡创业，办起了鞋厂，但心中一直没有忘记母亲的遗嘱，终于在这之前找到了曾婆婆。

　　陌生男子从兜里拿出一张银行卡，交到曾婆婆手上，动情地说："婆婆，我知道这点心意，不能算弥补，因为过错是很难弥补的。但这段时间，我把从您那儿学到的技术用在生产工艺上，取得了意想不到的成功。这张卡，算是您的技术入股分红吧。"

　　曾婆婆示意陌生男子站起来，慈祥地说："孩子，世上没有翻不过去的坎儿，过去的就让它过去吧。你学会了感恩，现在是对社会有用的人，你的鞋厂也正在发展，所以那些钱都拿去用在刀刃上吧，别给婆婆说什么技术股了，等将来挣了钱，你再多去帮助一点别人就行。"

　　陌生男子含泪点了点头……

不久，一款适合都市时尚人群的护脚轻便鞋走俏，当电视台记者询问设计理念从何而来时，那个三十多岁的企业负责人毫不犹豫地对着镜头说："做产品，就是做良心，这是一位工匠婆婆告诉我的。工匠精神的实质是什么，就是坚定执着，精益求精，这也是我们的企业要笃守始终的发展理念。"

电视台播放这条新闻时，曾婆婆和几个儿女正坐在电视机前，那一刻，曾婆婆笑得灿烂无比，天真得就像个孩子。

儿子成了CEO

生长在"脐橙之乡"的刘有田出了名，但他不是因为种脐橙，而是因为编竹器。

最近，县上搞了个工匠评比，评选出了"十大工匠"。许多老手艺人扬眉吐气，走上了红地毯，这"十大工匠"里面，就有做了一辈子篾匠活的刘有田。

颁奖会现场播放的VCR，是刘有田精心编织的一件件竹器，都是些蒸笼、背篓、菜篮、筲箕等等，他那专注的眼神和精湛的技艺，赢得了台下观众的阵阵掌声。

颁奖会后，刘有田兴冲冲上了回家的大巴车。一上车，他就迫不及待地给儿子刘小业打了电话，扬着大嗓门儿嚷道："儿子，赶快安排工人，把编织好的竹器都装车，明天拉到镇上去参加全县乡村旅游节的物交会！爸得奖了，跟县领导都握了手，现在是红人了，肯定会带来很多订单！"当地的物交会一年一办，有很多外地宾客参加，正是推销产品的大好机会。

可电话那头的刘小业却没有丝毫开心的表示，急匆匆地说："爸，你还是自己回来安排吧，菲菲不辞而别，我得找她去！"电话猝然挂断，只剩下嘟嘟的忙音。

啥？未来儿媳妇不辞而别？这一句话，让刘有田的心立刻沉到了底，获奖带来的幸福感顷刻间荡然无存。

刘小业大专毕业后在本地没找到合适的工作，刘有田满心希望儿子能跟自己学做篾匠，却被他一口回绝，背起行囊去了沿海大都市，很快找到了一份专业对口的工作，发展得还不错。去年刘有田决定办厂，但人手太少，于是再次提出让儿子给他打下手，帮忙处理一些外联的事儿。毕竟有工厂了，刘有田和儿子沟通时，底气十足。果然，儿子很快就回来了，但不是一个人，他还带来了未婚妻菲菲。菲菲很聪明，没多久就熟悉了作坊工厂的生产流程，而且对竹编工艺的改良提了很多想法，大多是建议应该编一些所谓新潮的玩意儿，这当然被刘有田拒绝了。刘有田觉得城里的女孩哪懂生意，她提出的都是表面花哨的东西，又费心思又费时间，再说了，哪有人买？而最让刘有田恼火的是，儿子竟在这女孩儿的撺掇下，提出要当一厂之主，嘿嘿，老子还活得好好地，就想"夺权"？门儿都没有。因为这，三个人多少有些争执。

本以为自己成了"十大工匠"之一，在自家的地位也上升了许多，没想到，未来的儿媳妇居然不辞而别！这事儿像谁拿刀子狠狠捅了刘有田一样，让他的胸口疼得喘不过气。唉，想当年，自己的媳妇桂花，也是在自己生意蒸蒸日上的时候不辞而别的！难道风水轮流转，儿子也要走自己的老路？

怀着无限纠结，刘有田急匆匆回到家。进门一看，儿子正手拿篾刀在开料、除青。面对刘有田焦急的询问，他只是淡淡说了一句"在车站追上了，可菲菲说了，在咱这山旮旯儿看不到啥美好生活的希望，我俩的事儿，她要回去想想。"刘有田看着在打竹钉、放筋、烤制、转皮的那些工人，指着堆满院子的成品说："别愁，爸得奖了，等我们积压的产品都卖掉了，女娃会回来的！"

第二天一大早，父子二人带着工人，拉上货早早到了展位前。不多一会儿，县内外的宾客就挤满了物交会。很多游人驻足在刘有田的展位前，围着叠成小山高的蒸笼啧啧称赞，还有人不时拿起筲箕、背篓什么的抚摸、拍照，但除了赞叹，就是没人掏钱购买。太阳越升越高，刘有田的心却越来越凉，突然，他的双眼又开始炯炯发亮，只见镇书记簇拥着一行人，冲他的展位走了过来。一介绍，原来是市里的领导。听说刘有田是县十大工匠之一，市领导紧紧握住刘有田的手，鼓励他多出新品，为发扬传统民间工艺再创佳绩。这一下，刘有田又得意起来，回头小声对儿子说："怎么样，市领导都肯定了我，愁啥子呦！"

儿子看着领导们的背影，苦笑了一下："爸，卖不掉货，握了省长的手也没用！""急啥子么，还不到中午！"

可是日头一点一点移动，来购买竹器的顾客始终寥寥无几，直到下午收摊，刘有田带去的竹器才卖掉几件，成交价也是压了再压，低到几乎刚够本儿了。

辛辛苦苦把货拉到现场，再拉回去，刘有田别提有多窝火。他心中腾腾的事业烈火，被兜头一盆冷水浇了个透心凉。回到家里，刘有田对着塞满了屋前屋后的各种竹器，一个人喝起了闷酒，谁都不搭理。

刘小业走过来，一屁股坐在对面，说："爸，我知道你心里难受，没事儿，走了菲菲，儿子也不会打光棍。"

这句话让刘有田更加难受，父子两个你一杯，我一杯，不知不觉都有点酒意，刘有田伤感起来："爸这篾匠手艺，是你爷爷，你爷爷的爷爷一代代传下来的呀，可以说是一绝。可这些年，这门手艺不吃香了，钱也挣得越来越少了，为这个和你妈没少吵架。有一次你妈非要我丢下这手艺，去跟她到镇上摆早点摊儿。我不愿意，你妈就唠叨个没完，我一气，就借酒下手打了她。她呢，哭着就跑了。唉，她这一走就是十来年……时至今日，篾匠这行当一天不如一天。儿子，爸不希望你走我的老路，要不……你、你去找菲菲吧！"

刘小业沉默了片刻，摇头说："爸，我们落伍的不是手艺，是经营理念！坚持做一个好篾匠这没错，只是我们要像领导说的那样，把这门手艺发扬光大呀。"

刘有田抬起头，打量着儿子问："你有什么想法吗？"

刘小业说："爸，现在网络这么发达，可以借助网络平台扩大影响，咱的生意一定会有起色。"

刘有田点点头说："爸不懂电脑，但知道很多乡邻卖蔬菜卖水果都借助网络。今后这事儿就归你来跑吧……"

刘小业抿嘴乐了："爸，搞网销我也不熟，也没有精力，我还要向你学技术呢。如果要到网络试水，咱们得请个高人。"

刘有田看出儿子的表情似乎胸有成竹，嗔怪地道："卖什么关子！你想请谁就说呗？"

刘小业说："就是菲菲。"

刘有田有些意外，讪讪地问："人家不是跑了吗？你还提人家干啥子？"

刘小业笑了笑，说："爸，我已经说动了菲菲，只是，她提出的一个条件，让人有点儿接受不了……"

"哎呀，是什么条件嘛？别说一个，十个百个都应该答应。"

"爸，我说了你可别骂我。"

刘有田使劲儿摇头："说吧，不骂。"

刘小业嘿嘿笑着说："其实也没什么，菲菲说，除非我是作坊的头儿，她才回来。我呢，就顺着她说，我现在是咱厂子的总经理了，大小也是个CEO，以后厂里的事儿，我说了算！我当头儿以后的第一个举措就是聘请她当技术指导，以后想编什么，随她。她一听，就答应了。"

刘有田算是听明白了，绕了一大圈，原来儿子是要他让位呢。这二十多年来，他早已习惯了在儿子面前发号施令，压根儿就没想过有一天，父子俩的角色会颠倒过来。刘有田咂着嘴琢磨了半天，长长地叹了口气："唉，这家，早晚得你当。行啊，只要你们有办法把这门手艺传下去，总经理也好，什么CEO也好，你要当，就当吧。"

刘小业"呼"地站起来，拍着胸膛说："爸，你放心，三个月没起色，我提头来见！"

"拉倒吧！你有几个脑袋？好好干就行了！"

几天后，菲菲就飞了回来，她对刘小业约法三章："既然你是这个厂子的总经理，就要带领我们好好干，要不然，我还会飞的哟。"

有了未来儿媳的帮忙，竹编的生意果然有了好转，网上增加了不少订户，只是他们的需求都很古怪。刘有田看着工人们在编织的那些精致的鸟笼、工艺品、花篮，边摇头边嘀咕，这种小东西，能救活厂子吗？可是，让他意料不到的是，这些小东西的卖价，居然远远高于那些大个头的簸箕、竹笼！刘有田不由得对儿子和未来儿媳妇刮目相看，竖起大拇指对他们说："爸早该把厂子交给你们了！以后咱再也不编那些傻大个儿的家伙了，就编小、编精！"

但是没多久，刘有田又发现了一件怪事，这段时间，刘小业早出晚归，也不知在忙些什么。最奇怪的是，厂子里的工人把原来的活儿全部停了，转而学习编织一种新的竹筐。这种竹筐个头大，式样精致，颜色就保持原有的青碧色。刘有田又糊涂起来，追着儿子问："儿子，大筐卖不动，你忘啦？"可儿子只是神秘一笑，说："您老就在家赚好吧！"

　　很快就到了橙黄橘绿的时节，一年一度的脐橙节开幕，刘有田作为本县名人，也受到邀请，坐在了嘉宾席。扭头一看，儿子正精神抖擞，带着工人把一筐筐新鲜的脐橙抬上展示台。再看那果筐，造型别致，精美绝伦，青翠的竹筐上还自带一些披离的竹叶。那些橘黄色的脐橙装在竹筐里面，颜值立刻拔高了一大截。台下的人纷纷发出惊叹声，记者们的长枪短炮也对准了橙筐猛拍。

　　这时主持人邀请刘小业上台讲话。刘小业迈着有力的步子走上台来，拿起话筒，大声说："我是刘氏竹编传承人、十大工匠之一的刘有田的儿子。我爸一直教育我们，祖宗传下的手艺，不能败在我们手上。政府也非常重视民间文化的传承，给了我们很高的荣誉。但是我认为，我们要传承的，是精益求精的工艺及执着坚守的工匠精神，要创造更多符合时代特征的产品。比如这种果筐，我们进行了反复的设计和市场调研，装上我们的优质脐橙，不但果子能提档升级，老百姓还可以把果筐当装饰，即便提来上街也很时尚拉风！"

　　刘小业在人们的笑声中回到父亲身边。刘有田恍然大悟，对儿子说："儿子，这些脐橙要是都用咱们的筐子来装，这订单……厂子一下就活了呀！"

　　这时，他的手机突然响了起来，刘有田一看，是个陌生的号码，他"啪"地挂了，但那电话又打了进来，刘有田不耐烦地道："谁？我不认识你！"那边传过来一个女人的声音："有田，我是桂花呀——这些年，你和儿子还好吗？"

　　"桂花？桂花是哪个？"话音落地，刘有田猛地愣住了，桂花是他的老婆呀！

情定玉皇山

　　川西平原东北面有一座玉皇山，盛产玉皇山葛根和皇菊两样地标性的产品。这两年，山上又建起了长达数十公里的国家级登山健身步道，每年春天都会吸引来自全国各地的登山爱好者参加登山比赛。

　　三月，正是玉皇山鲜花盛开、百鸟争鸣的季节，气候十分宜人。这一天，各路登山健儿齐聚山腰，准备开始一年一度的春季登山比赛，而在这所有的参赛选手中，就有来自省城中医药大学的大三学生朱葛。

　　比赛即将开始，正在热身的朱葛却被身边的礼仪小姐吸引，也许是天性热情，也许是为了减少比赛前的紧张，朱葛主动上前搭讪：

　　"嗨，你好！我叫朱葛，你叫什么？"

　　女孩回头莞尔，假装没听清楚："既然你是'诸葛亮'，那应该能猜出我叫什么。"

　　朱葛竖起拇指，赞许女孩的机敏，但心里还是不服："这儿山美，名叫玉皇；人美，总得有个名字吧。"

　　女孩却一脸正经："对不起，我正在工作，如果你真是为比赛而来的，就等拿了冠军再来问妹妹的名字吧。"

　　"这可是你说的！"发令枪落，朱葛像一支箭射了出去。

比赛结束，朱葛拿了登山比赛业余组的冠军。领奖前，朱葛自然想去索取他的福利，可是他的目光搜遍了现场，也没有在人丛中再找到那个漂亮女孩的身影。好在经过一番苦打听，得知这些女孩都是来自附近一所航空职业专修学院，刚才和他对话的女孩，是正读大一的空勤专业的准空姐，叫叶菊。

当天，参加比赛的各路选手都打道回府纷纷离去，朱葛却独自留了下来，住进了玉皇山的客栈。第二天中午，饥肠辘辘的朱葛来到餐厅，左选右选，最后点了一道"玉皇山葛菊鱼"。服务生在菜单中找了半天，也没找到这道菜名，刚想抱歉，一个40多岁的中年男人走了进来。

中年男子来到朱葛面前，温和地问："我是这儿的负责人，请问这儿的菜肴很丰富，你为啥偏偏要点一道没有的菜名呢？"

朱葛说："其实这道菜我也没吃过，只是听上辈人讲，到了玉皇山，吃不到'玉皇山葛菊鱼'就不算有口福，所以我留下不走，就想碰碰运气。"

中年男人若有所思："先不说口福，其实知道这道菜的人也不多，要吃到它，确实需要碰运气。这样吧，如果你愿意等，两天后我们专门为你做这道菜。"

朱葛点点头。他决定等，也正好利用这两天完成他另一个小小的心愿。不过下山之前，他专门带了一点玉皇山的葛根和皇菊。

朱葛到了山下，山下是一条奔涌不息的沱江，沱江之首是那座以花园水城闻名的金堂县城，县城不远就是以建筑风格新颖登上过央视的航空职业专修学院。

傍晚时分，朱葛站在了大学门口，让同学们帮忙传话找大一女生叶菊。接到传话的叶菊好奇地来到校门口，一见是朱葛又惊又气，心想这家伙脸皮真厚，竟找上门来了。

朱葛扬了扬手上的葛根和皇菊，笑着说："还没吃饭吧，我专门带了玉皇山特产，给你做拿手好菜'玉皇山葛菊鱼'。"

叶菊本来不想搭理这种厚脸皮的人，一听菜名，转过去的身子又转了回来，不相信似的问："你说什么？你会做'玉皇山葛菊鱼'？别不懂装懂套近乎，告诉你，没门儿。"

朱葛说："这有什么难的，告诉你吧，饭馆儿我都找好了，只要你愿意，我就下厨证明给你看。"

叶菊认真地看了朱葛一眼，像是在和自己打赌，最终点了点头。

看来朱葛确实提前准备了，叶菊刚随他来到学校外边一个小餐馆儿，朱葛就像个熟手一样乒乒乓乓干开了。先油锅下菜籽油，选剖好的鲫鱼数条下锅翻煎，倒水入锅放姜片，水沸腾须臾放入葛根和皇菊文火慢煨，一个时辰起锅备用。

朱葛忙碌的时候，叶菊一直在旁边看着，先不论工夫，单是朱葛做事的认真劲，倒是令叶菊多少改变了对朱葛的印象。她喜欢做事踏实的男孩子，而不喜欢见到漂亮女生就上前搭讪的登徒子。

朱葛似乎很满意自己的手艺，端上桌就忙不迭招呼："快尝尝正不正宗？"

叶菊用汤匙小心地尝了尝，点点头，又摇摇头："我很想知道，你这么辛苦做这道菜，是想向一个女生献殷勤，还是这道菜有什么故事？"

朱葛笑了："如果不是为了献殷勤那是假话，但这道菜，确实有故事，如果你愿意，我不妨讲给你听。"

朱葛说，之所以钟情于这道"玉皇山葛菊鱼"，而且专门来参加这次登山比赛，很大程度上是因为他的爷爷。他爷爷是改革开放后的第一批中医药大学生，毕业后留校任教。20世纪80年代中期，我国不少地方出现暴发性肝炎，这种病来势凶猛，当时治疗条件有限，很多病人治疗都不乐观。

就在那年，爷爷刚上小学的儿子，也就是朱葛的父亲也不幸染上了暴发性肝炎，虽然经过治疗有所好转，但小家伙儿天天茶饭不思，精神不振，于是爷爷思忖带小家伙儿出去散散心，就这样阴差阳错地来到了玉皇山。

当时爷爷带小家伙儿住在一户农户家，农户家也有一个和小家伙儿一般大的男孩子，而且这户农户的男主人祖上都是行医的，对中草药特别有研究，得知了小家伙儿的病情，就采来玉皇山特有的葛根和皇菊，天天给他泡水喝，还在饮食上特别增加了一道"玉皇山葛菊鱼"。就这样住了几个星期，小家伙儿精神越来越好，身体恢复很快。后来爷爷在实验室认真研究了玉皇山葛根和皇菊的药性，发现这两样药都具有很强的疏肝解郁、清热解毒的功效，对肝病有很好的辅助作用，再加上食疗调补，大大增强了治疗效果。

朱葛说到这儿停住了，叶菊忍不住问："那你爷爷后来又回过玉皇山吗？"

朱葛摇摇头："没有啊，爷爷的科研成果获了奖，他也因此带着父亲去了北京的科研院，世间很多缘分就这样暂时断了。不过爷爷经常对父亲和我说起玉皇山，说起那户有恩于我们的人家，说有机会一定再到玉皇山看看。我父亲也是学的中医，我考的也是四川的中医药大学，都是爷爷叮嘱的结果。"

叶菊眼圈儿发红地点点头，突然想起什么似的说："你的故事很感人，不过你做的'玉皇葛菊鱼'却不敢恭维。不瞒你说，我有幸尝到过，和你做出的样子有很大不同。"

朱葛说："我是凭想象做的，就是在这道菜中添加了葛根、皇菊和鱼三样元素，正宗的'玉皇葛菊鱼'我也没见过。"

叶菊笑了，打趣道："之前我以为你是个泡妞高手，现在才知道你是一个重情之人，看在你这么认真的份儿上，我就成全你吧，后天是周末，本小姐决定亲自上山为你表演'玉皇山葛菊鱼'的正宗做法，满足你的口福。"

朱葛做出一副怀疑的表情，但旋即又开心地笑了。手艺正不正宗似乎不重要，重要的是一个漂亮女孩子甘愿为他表演，很美好的开始啊。想到后天女孩和餐厅都将为他表演同一道菜，朱葛就激动地恨不得后天马上到来。

转眼到了表演时间，朱葛早早地去了餐厅，中年男人已经在等了，见到朱葛就把他请到了座位上。朱葛刚想问什么，中年男人就说，叶菊一早就在忙了，现在差不多该上桌了。

不多一会儿，翘首以盼的"玉皇山葛菊鱼"就端上桌来，浓郁的一锅鲜汤透着诱人的香味，穿着厨师衣帽的叶菊忙得小脸儿通红。朱葛急不可耐拿起汤匙伸向锅里，沉在汤底的是淡黄色的葛根，浮在水面的是硕大金色的皇菊，而浓浓的鱼鲜味能够闻到，但就是找不到一条鱼的踪影。朱葛一下蒙了。

中年男人笑着说："先别急，尝尝再说！"

朱葛还是不解："奇怪，能闻到鱼香，却见不到鱼，难道叶菊和餐厅都是这个做法？"

中年男人点点头："正宗的做法就只有这一种。年轻人，为了做好这道菜，叶菊今天一早就去了河边收购鱼。你知道她收购的是什么鱼吗，不是一般的鲤鱼鲫鱼，而是沱江里只有三月间才能见到的桃花鱼。这种鱼因鱼身呈桃花红而得名，喜欢在春天的激流浅滩处戏水，最大才只有三寸长，而且过了春天就不见踪影，所以季节性很强。"

正说着，门口一阵涌动，另一个中年男人风尘仆仆走了进来。当下一见，两个中年男人急步上前，相视片刻就紧紧拥抱在了一起。而旁边的朱葛一见，也很意外："爸，你怎么也来了？"

刚进门的中年男人说："听说你来玉皇山参加登山比赛，你爷爷催着我也赶上来看看。再说，你叶叔叔是爸爸当年在玉皇山养身体的小伙伴，30多年没见了，我也怪想他。"

中年男人刚说到这儿，鼻子忽然翕动了一下，像嗅着什么宝贝似的看着桌上说："看来我运气不错，一来就闻到了30多年前那道'玉皇山葛菊鱼'，还是老味道啊！"

被唤作叶叔叔的中年男人指了指旁边的叶菊，对老朋友说："忘了介绍，叶菊，我家千金，今天这道菜，本意不是为欢迎你的，而是专门做给你家公子品尝的。那天他来餐厅指定要吃我们菜单上没有的这道菜，加上外貌特征，我就猜个八九不离十了。"

叶菊羞涩地看了看朱葛，正遇上朱葛欣喜的目光，两人一路熟悉到今天，既意外，又惊喜。

老朱说："其实，这么多年，我们一直关注着玉皇山，前几年你带头在这儿搞旅游开发，建起了玉皇山养生谷，让一度差点绝迹的玉皇山葛根和皇菊重新成了远近闻名的地方产品，事迹上了报纸网络。特别是那道'玉皇山葛菊鱼'，真是了不起的独创！"

朱葛还是不解："爸爸，叶叔叔，这道菜固然好，可是我不知道为什么要这样组合，最后鱼又去了哪儿呢？"

两个中年男人相视一笑，最后老朱说："这道菜，看似简单，实则不易。自古以来，葛根和皇菊都是治肝病的良药，但是这里面的桃花鱼就不同了，它只有春天才有。在祖国医学阴阳五行的五行学说里，五季是指春、夏、长夏、秋、冬，而五脏的排序是肝、心、脾、肺、肾，所以中医认为春天最适宜养肝，而只产于春天的沱江桃花鱼，就成了春天养肝的上品，和着玉皇山特有的葛根和皇菊，对肝病患者无形中起到了很好的辅助作用。至于汤里为什么见不到鱼，那是因为要先用小火把桃花鱼在油锅中小煎，而且用的也不是菜籽油，而是用玉皇山另一种特有的彩色花生压榨的花生油来煎。而在另一口锅内，是先行煨好的葛根皇菊汤，待鱼儿两面金黄，再把煨好的汤倒入慢火细炖，直到鱼肉溶解在汤里。总的说来，'玉皇山葛菊鱼'融合的养生理念，是对祖国医学最好的传承！"

不知什么时候，酒杯已斟满美酒，大家都举杯共贺。只听老叶动情地说："朱家公子名中带葛，叶家女儿名中含菊，说明玉皇山的情一直深藏在两家人心中。希望这份美好的情意，能在儿女们那儿一直保持下去！"

老朱慨然点头："我们三代人，能幸福美满走过40年，一句话，是托了改革开放的福啊！"

笑声中，朱葛和叶菊的酒杯深情相碰，一饮而尽。

最后一任川剧团团长

还有几天，是付秀辉老人的八十岁寿诞，儿女们都想给他一个惊喜，但除了吃，似乎也想不出什么新意。

这一天，付老接到县文化局曹局长电话，邀请他参加第二天的艺术节开幕式。付老很意外，自从二十年前退休，他已经很少参加外面的活动，对县上一年一度的艺术节更是漠不关心。

第二天一早，曹局长派了一辆小车把付老接到了艺术节现场，开场歌舞之后，压轴大戏上场了，是一出叫《鳖灵魂》的川剧。台上刚报出剧目，台下的付老就坐不住了，使劲揉了揉眼，伸长脖子，恨不得把台上演员的扮相和唱腔看得更清楚、听得更明白。

旁边的人都看得出付老的激动，只是不太明白他眼含热泪的原因。早些年，付秀辉在县川剧团当团长，他自己也是"生、旦、净、末、丑"中扮演丑角的行家。在20世纪川剧最火热的年代，很多家长都以能把孩子送到川剧团学习作为最荣耀的事，那时还是盛年的付秀辉为了川剧发展，还专门招了一个"川剧娃娃班"。这些七八岁的孩子进了娃娃班后，就每天跟着师傅和学长们学练基本功，一旦有了好的苗子，川剧团就会留下来进一步培养。而在娃娃班的所有学员中，付秀辉特别看重一个叫周元仑的孩子，不但悟性高，而且特别吃苦，他试着扮演的丑角，有着和年纪不太相称的成熟，和付秀辉扮演的丑角如同一个模子，让人十分喜欢。付秀辉从周元仑身上看到了希望，有意把所学传授给他，悉心栽培。周元仑家境贫寒，为了让他能多拿点养家糊口的钱，还让他在单位兼管财务。

那一年，付秀辉花费多年时间精心创作的川剧剧本《鳖灵魂》终于杀青。古时的成都平原常常遭受水患，古蜀国的国王为民所急，拓巫山，开三峡，用开凿出来的两条人工河带走了岷江水，让整个川西平原从一片泽国变成了沃野千里。这个伟大的工程比李冰父子修建都江堰水利工程还早了四百年。还原这段历史，是川剧在传统剧目上的创新和发展，寄予了付秀辉一生的心血。剧本完成后，付秀辉组织剧团进行了精心排练，其中一个调节全剧戏份的重要丑角，就交给了渐已崭露头角的周元仑。

为了让周元仑尽快掌握角色，付秀辉专门开小灶启发他。付秀辉演了半辈子的丑角，不仅说、学、逗、唱样样精通，而且"现挂"工夫十分了得。所谓"现挂"，就是即兴发挥，类似于现在的"脱口秀"，需要演员基本功扎实，文字功底深厚，体现了川剧雅俗共赏、俗不伤雅的特点，能极大增强川剧的观赏性和趣味性，角色位置十分重要。为了帮助周元仑理解角色，付秀辉找来了不少历史书和专业书，让周元仑从中汲取营养。周元仑有感于付秀辉亦父亦师的恩德，跪地拜了老人为师。

付秀辉没有想到，川剧《鳖灵魂》排练上演后却面临一个窘境，那就是观众锐减。从20世纪70年代到80年代，川剧经历了一个从高峰到迅速衰落的过程。国家在80年代提出了两个振兴，一个是振兴中医，另一个就是振兴川剧，各地的中医医院倒是如雨后春笋建起来了，川剧团却在经济大潮的冲击下变得岌岌可危，每天坐进县川剧团剧场的观众已经屈指可数，入不敷出的经营局面让整个川剧团人心浮动，人人都在思谋着今后的去向。

眼看大势已去，剧组的人工资都发不出来，付秀辉仍然坚持自己的目标，正巧他父亲落实政策到手了一笔钱，他干脆把这笔钱交给了剧团，起码还能撑一段时间。

不料到了发工资的日子，剧团里的人盼了一天，兼管财务的周元仑却没有出现，那以后一连半个月，谁也没见过周元仑，倒是有人说过，看见他几次喝得醉醺醺的。

九十年代初的一天傍晚，付秀辉的家被一个年轻人敲开了，进来的正是弟子周元仑，进到客厅就跪了下来。正在客厅看书的付秀辉瞥了一眼，心里咯噔一下，沉下脸问道："大家等着你拿钱开支，你怎么玩起失踪了？"

付秀辉在客厅的沙发上坐下，跪着的周元仑早已泪流满面。周元仑说："师父，我对不起你，那笔钱……我想先拿去借给一个高息揽储的机构赚点利息，再给大家发薪水，没想到，那是个骗子公司，不但把您的钱卷空了，我的那点可怜的积蓄也都搭进去了……最近我天天借酒浇愁，都不敢来见您……"

付秀辉一下子站起来，指着周元仑狠狠地点了几点："你、你、你这不长脸的东西！怪我瞎了眼，振兴川剧最后这点希望，也毁在你手里了！"

周元仑跪下不敢抬头，好半天才说："我错了，也没脸留在家乡，我要走了……这笔钱，我会归还的！"

付秀辉冷然说道："既然要走，还堂而皇之告诉我干吗？走吧，走吧，走得越远越好！"

周元仑一脸羞愧："师父，我还瞒了你一件事情。这两年川剧团走下坡路，剧团每个人都在想着退路，我也一样，悄悄跟人去学了根雕，技术也渐渐有了些长进。前些日子有人帮我在缅甸介绍了份工作，去那边做根雕，工资是我现在的十倍，一个月可以拿到三千。师父，我才二十出头，如果一直唱戏，我看不到任何出路，剧场已成了没有观众的摆设，迟早会解散的。弟子思前想后，过去奋斗一些年，就能还上您的钱，也能给自己找到一条出路！"

付秀辉闭目半响，冲门口挥挥手说："钱的事，你自己看着办吧。水往低处流，人往高处走，既然已经定了，剧团也不留你了。从今以后，你我各自安好。"

周元仑一个劲点头，泪眼蒙胧中，他看到了师父脸上极度的失望与落寞。周元仑也不会知道，他离开剧团后没多久，剧团就宣布解散，付秀辉被安置到同一个系统的电影公司，郁郁寡欢地守到退休。

此刻，曾经远离的川剧《鳖灵魂》重现舞台，人物设置和川剧表演全部是按照当年付老的要求完成的，这让不太情愿来到艺术节现场的付老百感交集。正有些疑惑，坐在旁边的曹局长告诉他，《鳖灵魂》的剧本是在尘封的县川剧团的档案中找到的，经过县上的红叶艺术团一帮川剧发烧友的紧张排练，才有了今天重现天日的机会。

付老泪光闪烁："真是没想到，我这辈子还能看到自己编写的这出戏。我希望演出后，见一见红叶艺术团的演员们，特别是艺术团的团长，他太有心了。"

付老这样想，是想解开心中一个疑惑，一帮发烧友，把一出《鳖灵魂》排演得惟妙惟肖，一定有高人的指点，他想见一见这个高人。

可是，待演出后，付老被请到了后台，他见到了红叶艺术团的团长，却是一个仅二十多岁的年轻人，付老不信，怎么看他也不像高人啊。

年轻的团长一见付老，马上上来挽住道："前辈，我们事前没告诉您，就贸然排练了您的作品，今天请您来，就是想听听您的意见，得到您的指导。"

付老兴奋地点着头："你们演得很好，我要谢谢你。我以为，我这一辈子都不会再和川剧有缘了，早在二十多年前，我的弟子离开了，川剧也没观众了，想不到今天被你一个年轻人搬上了舞台，而且是在艺术节的开幕式上演出，没有想到啊。"

年轻人说："其实啊，政府现在越来越重视对川剧的传承和保护，有意让我们排演了这出《鳖灵魂》，还从省川剧院请来了老师进行专业指导，才让这帮业余的发烧友有了这次登台演出的机会。"

付老开心一笑："看来是我思想僵化了，川剧没有落伍，正在振兴中啊。"

这时年轻人话锋一转："前辈，我们刚刚才听说再过几天就是您八十寿诞，我们一帮川剧发烧友都想到时候一齐去贺寿，不知前辈欢不欢迎？"

付老一个劲点头："欢迎，欢迎，儿女们正不知道如何给我祝寿，到时候我们来一场老少同台川剧表演，大家一齐乐一乐。"

这一天，付老都很激动，一回到家就吩咐儿女，把他藏在衣柜里放置了二十多年的川剧服饰准备好，到了寿辰那一天拿出来穿上。儿女们听了都眼眶子发热，父亲热爱川剧如热爱生命，作为最后一任川剧团的团长没能带领大家走出低谷，让剧团"败"在了他的手里，是他心里一辈子的痛。现在父亲主动要唱一出川戏，说明心结正渐渐打开。

几天后，刚日上三竿，付老的院门外已是一派热闹，文化局的曹局长带着年轻的艺术团团长和一帮川剧发烧友齐扑扑地涌了进来。付老高兴地迎上去说："你们来得可真早，我连演戏的戏服都来不及穿，你们就到了。"

付老扭头正要吩咐儿女拿戏服，身前的年轻团长却一把扶住了他："前辈，我们今天来祝寿，还专门给您带来了一份特别的礼物。"

"哦？"付老微微讶异。

年轻团长往院门外一指，一个依稀熟悉的人影一下闪到了近前，迎面才刚刚跪下，两眼却已是泪水涟涟，嘴里一个劲儿大喊："师父，弟子元仑，来迟了！"

付老看了看，没有错，当年的弟子，那个风华正茂的年轻人，虽然轮廓依旧，却已是两鬓斑白，算一算，也是半百之人。师徒重逢，付老激动得步履踉跄，想上前扶起弟子，又想起当年决绝一别，又忍住了，别过身去。

周元仑跪着说："师父，这么多年没来，是我没脸见您啊！"

原来，当年周元仑决绝地离开川剧团，固然跟思谋退路有关，但最关键的是没有抵住诱惑。当年有人许以他三千块的月薪，请他去缅甸制作根雕，他打算赶紧挣钱还债，不料去了才知道三千的月薪不是人民币，是缅币。周元仑知道受骗，最后费尽周折才回到国内。

回来后，周元仑痛定思痛，最后决定在哪儿跌倒从哪儿爬起，潜心修炼根雕技艺，慢慢地让产品有了好的销路，在圈子内声名鹊起，这已经是最近几年的事了。

有了一点经济实力后，周元仑开始反思他走过的路，觉得他应该为曾经热爱的川剧做点什么。他让儿子报考了戏剧学院，又在县上的支持下，组建了红叶艺术团，资助艺术团排练优秀文艺节目，包括让一帮热爱川剧的发烧友把付老编创的川剧剧目《鳌灵魂》重新搬上舞台。他还让学戏剧的儿子兼任了红叶艺术团的团长，全力以赴地把上辈人热爱的川剧事业，通过今天的年轻人传承下去。

周元仑最后说："那天艺术节的开幕式上，我就坐在观众席中，但我实在没勇气上前见师父您。师父，这是一百万的银行卡，是我偿还您的那笔钱。您收好！"

周元仑的儿子这时也跪在了父亲身边，诚恳地对付老说："前辈，我父亲一直在用他的下半生为当年赎罪,他希望得到您的原谅。现在政府也很重视文化传承,准备恢复川剧团,重新招收娃娃班,让川剧这门艺术瑰宝在孩子们身上扎根。"

旁边的曹局长接过话茬儿:"是啊,老爷子,您是最后一任川剧团团长,我们还想请您当川剧团的顾问,站好最后一班岗呢!"

付老闻罢老泪纵横,摆摆手,没有接银行卡,说:"这笔钱,就作为振兴川剧的启动资金吧,还是由你来掌管!"转过身冲儿女们大吼:"快拿我的红戏服出来,今天我要让老中青三代川剧人痛痛快快唱上一出!"

秘方

　　罗康仁是县中医院年轻的主治医师，30岁不到已小有名气。这一天，医院派他到省里进修，师从名老中医上官先生。上官先生年过七旬，但肤润发黑、精神矍铄，对治疗疑难杂症特别有心得，每天来自全国各地的病人挤破门诊，一号难求。

　　罗康仁对上官先生仰慕已久，现在有机会面对面学习，内心是一万个庆幸。每天上班时间一到，就第一时间把沏好的茶，恭恭敬敬地摆放在老师桌前，自己坐于旁边，掏出一个小本悉心记录。一句话，他要利用进修，把老师的心得全部消化。而且罗康仁相信，所谓名医，一定有秘不示人的地方，比如秘方。

　　罗康仁的心愿很快就得到了满足，上官先生并不是一个保守的人，他开出的方剂都通过口述的方式，让罗康仁规规矩矩誊抄在处方笺上。一来二去，罗康仁算是摸到了上官先生的习惯，他开出的方子，基本上都是由一个中医古方"逍遥散"加减而来，以至于每一个病人进来，不待上官先生吩咐，罗康仁已在处方上先写下"逍遥散"那几味中药：柴胡、当归、白术、白芍、茯苓、生姜、薄荷、甘草。

　　罗康仁就想不明白了，古人治病用药讲求"君臣佐使"，君是主药，臣是辅药，佐是佐助君臣之药，使是药引和调和之药。古人发明"逍遥散"固然伟大，但今天来看，从柴胡这味治病的主药到甘草这味做调和的使药，都普通得不能再普通了，用它治病虽然有效，但也不至于适合所有人吧，毕竟中医讲究辨证施治。而上官先生虽然每副中药用量略有差别，也会不时增添两三味活血化瘀的中药，可是再怎么看，也普通得和秘方不搭啊。

罗康仁渐渐有些郁闷了，他是来学经验讨秘方的，但上官先生展示给他的，基本上是一个千篇一律的处方，这和他的期望值相去甚远。罗康仁这样想，态度上就不像过去那样谦恭了，上官先生的茶杯，偶尔也会被罗康仁忘记沏茶。

这一天，上官先生要去参加一个学术会，叮嘱罗康仁代他守门诊。上官先生说："很多病人，从全国各地天远地远赶来，可能住好几天才挂得上号，如果找不到，会非常失望。你守在门诊，如果病情轻微或非我不可的，你尽可大胆处方，反之你帮我做好解释，我去参会两日便回。"

罗康仁喏喏点头，但上官先生一走，内心就开始不安分了。他想到每天誊抄无数遍的那个处方，既然上官先生能用它治好病人，他也能。

第二天，罗康仁坐在诊断室里，果然有许多不知情的病人找上门来，一见医生是个年轻人，问明情况很多人就离开了，但还是有些病人抱着试试看的念头，坐在了罗康仁的诊断桌前。罗康仁也很认真，诊完病再郑重写下"逍遥散"那八味药，再像上官先生一样煞有介事添上两三味活血化瘀的药，叮嘱病人服两服再来复诊。

中午快下班那会，诊断室门口出现了一对中年夫妻，但显得很犹豫。罗康仁不悦地问："如果是来看病的，就进来坐下；如果不愿意，我马上就要下班了。"

这对夫妻迟疑着走了进来。男的就解释："是这样，我们从外地来，爱人因为乳腺癌做了手术，每天精神不振，茶饭不思。听说上官医生很有经验，好不容易找了来。既然你是上官医生的门生，就请开两服药方吧。"

罗康仁一听，心里早洞悉了三分，这种病人，多半都是迈不过精神上那道坎，怀疑这样怀疑那样，最后往往不是被病拖垮，而是被自己的内心世界击溃。这种心因性病人，用中医的"逍遥散"对症治疗再好不过，所以一番"望闻问切"后，罗康仁便胸有成竹开了处方。

罗康仁信心满满，却没预料到他诊治的这些病人在回来复诊时表现得不太友好，他们直接说吃了他的药，效果并不理想。最让罗康仁不舒服的，是上官先生在病人复诊时并没有过多地修改处方，而是在他开出的原处方上增减了一两味中药，反而赢得病人连声致谢。罗康仁一下明白了，不是他手艺不好，而是病人不信任他，精神因素胜过了"逍遥散"的功效。

有了这想法后，罗康仁觉得，他这次来进修的目的也差不多达到了，名医也不神圣，他们开出的药方也不离奇，只不过身上多了一层名医的光环，让很多病人被"暗示"了，他相信自己再历练几年也同样可以受到病人如此崇拜。

没过两天，那对中年夫妻又来了，而且也是来"控诉"的。不过，那对夫妻也算留面子，说吃了罗康仁之前开出的药方，有疗效，但不明显，所以他们没有急于回外地，而是等着找上官医生复诊。

罗康仁很睥睨地看着，见上官先生细细地问症，细细地诊脉，开大同小异的药方，然后把那对夫妻恭送出门。但上官先生并没有急于道别，他在门外叮嘱着一些什么，然后拿出笔，在那个女病人的手心上写了些什么，直到病人满意而去。

罗康仁的脑子开始快速闪回，这时很多他之前没太在意的细节一一浮现眼前，那就是每遇疑难杂症的病人，上官先生除了诊断上特别细致，还要在开完药方后亲自把他们送到诊室门外，避开所有人在病人的手心上写上几个字。不用说，那背地里给病人手板心上写的，一定是一味神秘的中药，而且这味中药就是整个秘方的核心。

想到这儿，罗康仁为之前有意无意流露出的怠慢后悔，包括给老师沏茶都没有过去积极，这种微妙的转变一定让上官先生觉察到了，所以才不愿意传授秘方中那过筋过脉的地方。

这之后，罗康仁每天一早赶去上班，把诊断室打扫得干干净净。上官先生一坐到诊断桌前，泡好的茶叶早已清香四溢。当然，罗康仁现在的尊重也是发自内心的，他敬重有真才识学的人，上官先生秘方中那一味秘不示人的中药，让罗康仁觉得自己需要学习的地方还很多。

罗康仁本以为，他如此谦恭好学，一定会重新赢得老师的好感，可等到进修都快结束了，上官先生也并没有主动告诉他那味神秘的中药究竟为何方神物。离开省里那天，罗康仁终于还是忍不住了，暗示说："上官老师，我可能不是最好的学生，但作为你的弟子，我还是希望能学得你的全部真传，以期把更好的仲景之术造福一方百姓。"

上官先生说："你已经学得很好了，耐心、认真，而且能不断反省，你任何细微的变化，其实我都看在眼里。至于说到治病，中医理论大不过阴阳，小不过气血，世间方剂何止千万，但说到底还在于'君臣佐使'之间的搭配。我擅长'逍遥散'的使用，方剂经典，药味简单，但疗效实实在在。在祖国医学治病中，这只能算是一个门派，你尽可在此之上推陈出新，开创一条适合你也适合病人的行医之道。我不知这些嘱托，算不算是我的全部真传？"

罗康仁听完这些，知道再问下去也是多余，身为名医的上官先生，也许靠的就是他单独写在病人手板心那味中药，来证明自己有别于人的价值。如果说透了，他头上的名医光环也就消失了。

不管怎么说，罗康仁带着学成归来的荣誉回到医院，很快就受到了县内外病人的信任，特别是听说他师从上官先生，很多病人半夜就排队挂号。罗康仁不得不加快诊病的速度，很多病人板凳还没坐热，就已经拿到了开好的处方。

这一天，诊断室走进来一对父女，父亲一脸焦虑，他指着身边像个病西施一样的年轻女子说："罗医生，快救救我的女儿吧。"

罗康仁刚一询问，这父亲就说开了。原来她女儿重点大学毕业后，工作一直高不成低不就，最后只在当地乡镇找到一个自己并不喜欢的工作。为这，大学交往三年的男朋友也掰了，女儿也从过去开朗活泼变成现在这样沉默寡言。慢慢地，女儿不吃饭不说话不出门，父亲带着女儿到市上医院检查，抑郁症，治疗有好转，但反反复复。这不，罗康仁名声在外，父女二人满含期冀找上门来。

罗康仁"望闻问切"查完四诊，突然想到上官先生的"逍遥散"。"逍遥散"出自宋代一本叫《太平惠民和剂局方》的医书，通过八味药的巧妙搭配，达到疏肝解郁、让人愉快的功效，专门用来治疗因情绪引起的各种病症，在此基础上稍加增减，能变幻无穷的方剂。上官先生深谙其道，罗康仁进修时也自诩为完全掌握，所以他很有把握地告诉父女二人："吃上两服药，基本上药到病除。"

罗康仁大话一出，却不料事倍功半，那父亲带着女儿看了几次后，病情反倒加重。罗康仁无辙了，思来想去，他打电话向师父求救。

上官先生推托不过，只得坐罗康仁的小车到了医院。见过那女孩，见脸颊已开始浮肿，不禁暗暗吃惊。但上官先生诊疗一遍后，开出的处方依然是"逍遥散"，只不过，他在送父女二人出门时，又单独在女儿手板心中写了那味神秘的中药。

罗康仁用小车接送了师父几次，那女孩的病情已明显好转，不但浮肿消了，脸色也渐渐红润，还开始主动和人交流。唯独每一次开完处方，上官先生必亲送父女二人出门，而且无一例外要在女孩手板心留字。

终于有一天，上官先生最后一次为女孩开了药，告诉她可以回去上班了。看着开心离去的父女，罗康仁的情绪刷地就上来了。他对老师说："师父，其实我们开的药都差不多，为啥我的就不如你的见效呢？是不是你在病人手上留下的那味神秘的中药不愿告诉我？"

上官先生想了想，点点头说："其实你一直想知道我在病人手板心上留的是什么神药？告诉你吧，千百年来，祖国医学治病，推崇的是医圣孙思邈'上医医心，中医医人，下医医病'的行医之道。很难相信一个人心病不治，能有真正意义上的痊愈。而从全国各地找我看病的人，基本上都是在各地医院看了不见好的疑难杂症，久病成郁，都有很重的思想包袱，比如那个女孩，就因为工作、感情不顺造成抑郁，长期营养不良出现低蛋白水肿。幸好老祖宗英明，很早就发明了'逍遥散'，就是专门治疗心病的，心病治本，表象治标，治病就是要从本开始，这就是为什么我用药,总是万变不离'逍遥散'的原因。至于我最后留在病人手心里的，也不是什么密不见人的神药，就是两个鼓励他的字——加油！"

罗康仁一下如遭电击，他恍然明白了，为什么每次看完病，上官先生都要亲自送病人出门，而且郑重写下"加油"二字，其实他就是用一种很平常的举动，给病人精神鼓励啊。再好的药，都离不开爱的关怀，如果只把病人当工作，他每天重复的就是机器人一般的程序。而一个小小的举动，两个很普通的字眼，拉近了医患距离，让病人得到更好的精神慰藉。这就是为什么开同样的药，效果却不一样的原因。

罗康仁很愧疚地对上官先生说："师父，我终于明白了，行医之人最可贵的品质，不仅仅在于用药搭配，而在于始终保持那份无私和仁爱，这才是你想传承给我们的真正的秘方。"

爱上一条虫

　　菜香庭年轻漂亮的女老板许紫妍最近遇上一件窝火的事情，好闺密给她介绍一个男朋友，端出的名片是科技公司的老总，叫郑曦华，可是等到双方在咖啡厅见面时，许紫妍一下愤怒了，眼前哪儿有什么科技公司的老总，分明是那个夜里开小货车拉泔水的小司机。许紫妍一下想到了几个月前。

　　许紫妍开的菜香庭，原本是她的爷爷在几十年前创下的，经过爷爷和父亲上两辈人的努力，菜香庭已成为这个城市餐饮业一张响当当的名片。几年前，大学毕业的许紫妍接班上任，她面临的第一个问题不是餐厅的经营，而是怎么处理每天的泔水。

　　过去，泔水是可以卖钱的，养殖户出少量的钱，每天把泔水拉去饲养场喂猪。慢慢地，餐厅的生意越来越好，规模也在不断扩大，每天产生的泔水也成倍增加，可是来拉泔水的人却越来越少。泔水运不出去，又不能往下水沟排，渐渐就会形成公害。刚刚上任的许紫妍想到处理这件事情的最简单办法，就是花钱请人把泔水拉走。可即便这样求三求四，那些拉泔水的人也并不是很积极，经常使脸色抬价格。

　　几个月前，许紫妍正在办公室忙，大堂经理走进来告诉她，有人主动上门联系收购泔水，而且还要求签合同确保泔水供应。许紫妍开始觉得是天方夜谭，心下释然之后赶紧招呼见客，而那天走进来签合同的就是郑曦华。

初见郑曦华，如果把他和泔水不加联系，也能感觉他是一个气宇轩昂充满男人味的汉子。可现在他来收购泔水，成天和那种恶心的东西打交道，许紫妍就懒得去判断他的身份了，充其量就是个养猪大户。

随后两人开始谈判，许紫妍很好奇这些泔水的用途，郑曦华却闭口不提，他只要求一旦合同签订，就要保证泔水供应，因为他考察过了，依莱香庭每天的接待量，每天产生的泔水够他每天使用量的大半，少量缺口还要到其他餐饮点收购。许紫妍心下暗想怎么会有这么大的消化能力，不过这不重要了，重要的是原来花钱都送不出去的泔水现在有人上门收购，压在许紫妍心头那块石头顿时松开了。

这之间还发生了一个小插曲，郑曦华离开不久，大堂经理走进来对许紫妍说，郑曦华刚刚向他打听了许紫妍的情况，比如多大，婚恋情况。许紫妍表情淡然，心下却不屑，这不癞蛤蟆吗。

那之后许紫妍有意无意询问过泔水运转情况，其实她心头多多少少还是有点担心对方反悔，甚至还想过真到了那一步白送也好，只要不造成泔水滞留就行。但事实证明她的担心是多余的，双方合作很好，对方每天夜晚来拉泔水，从不耽搁。有一晚许紫妍加了班，走出餐厅正好遇见开车来拉泔水的郑曦华，他很热情地上前打招呼，反倒是许紫妍不自在，好像撞见这件事很伤面子似的。

许紫妍千想万想，怎么也想不到，就是这个拉泔水的郑曦华，有一天会成为闺密鼎力向她推荐的男朋友。坐在咖啡厅，一杯咖啡还没有喝完，许紫妍就借故告辞。走出咖啡厅，许紫妍第一时间打电话向闺密问罪，是不是脑子进水了，把一个养猪大户介绍给她。闺密在电话里咯咯直笑，坦言她刚交的男朋友和郑曦华是发小，这次约会还是郑曦华专门委托她促成的，一句话，他想追她。

开车回餐厅的路上，许紫妍的内心多多少少还是有点不了然。不错，她已经到了谈婚论嫁的年龄，但并不意味着要草率对待。她也不是没人追，比如那个叫龙海的饲料公司的老总，就一直对她不死心，被拒绝了多次还一个劲儿约她。这不，明天他的公司有个合作签字仪式，专门邀请她去助威，许紫妍还在想该怎么拒绝呢。

说起这个龙海，其实也算人中凤凰，用父母的钱创办了饲料公司。当他和许紫妍熟络后，便开始明里暗里追求。许紫妍也不反感，并尝试着去接触。有一回龙海接她去公司参观，却被许紫妍看出了猫腻，工人们把一种神秘粉剂掺和在一种饲料中，暗地里销往一些养殖户，而且龙海还很得意，说是抗病和催肥功能显著，很有市场。许紫妍悄悄一打听，怀疑得到了证实，饲料中添加的是抗生素和激素。许紫妍当即询问龙海为什么干这种没良心的事，龙海却若无其事说为了追求利益最大化。许紫妍当即就中断了和龙海的进一步交往。

龙海后来又厚着脸皮来找许紫妍，解释说他已经认识到错误，他的饲料被人举报也受到了重罚，现在正着手寻找饲料的新配方，请许紫妍再给他机会。许紫妍笑着回答，重新做人是好事，但一开始就没有答应做他的女朋友，过去不会，今后也不会。龙海却不死心，依然不时打电话碰碰运气，包括明天的签约仪式也邀她参加。

许紫妍本来不想去，不想接触的人，就没必要给机会。可是到了晚上，闺密的电话又来了，说到的恰恰又是那个签约仪式，让许紫妍死活给个面子，明天务必光临。许紫妍质问是不是又受人之托，闺密笑着说，放心，这次不是郑曦华，而是那个甩也甩不脱的狗皮膏药龙海，非得让她帮这个忙。许紫妍听罢真是没好气。

许紫妍抱着走走过场的心理，第二天故意姗姗来迟，当她到达签约现场时，看见龙海正一脸谦恭地握着一个人的手，合作方是一个西装革履的型男，当他转过身来时，许紫妍差点叫起来，龙海这么看重的合作方居然是郑曦华。

那一刻许紫妍真觉得滑稽透了，台上的两个人，一个她不喜欢，一个她没感觉，可偏偏两人都喜欢她。现在，她对二人的合作项目，远超过对他们自身的兴趣。

龙海首先致答谢辞："我们饲料公司，过去走过一些弯路，有愧良心，也受到了应得的惩罚。今天，我们和郑总的科技公司签约，就是要脱胎换骨寻找发展生机，新型饲料的问世成为我们打开销路的最新动力。"

轮到郑曦华表态了，只见他炯炯有神的眸子专注地投向许紫妍，继而笑着对大家说："大家都知道，我们公司一直致力于对黄粉虫繁育的研究，经过数年的努力终于获得了成功，所生产出的黄粉虫现在远销欧美和韩日，供不应求，包括龙总的饲料公司在内的国内多家生产企业也已开始合作。在这儿，我想特别感谢一个人，因为她的出现，给了我使不完的劲，她就是莱香庭的老总许紫妍。"

人们纷纷把目光转向许紫妍，有的还鼓起掌来。其实许多人和许紫妍一样不明就里，为什么要感谢她。就在大家正在猜度的时候，更令人错愕的一幕出现了，郑曦华径直走向了许紫妍，在她微启朱唇惊讶不解的目光中，牵着她的手走向了门外。

郑曦华开着车，载着许紫妍很快来到了自己的公司。这时郑曦华才解释他这样做的目的："当初去你的餐厅和你签下收泔水的合约，我就被你的气质所打动。我喜欢兰心蕙质的女子，就像你，但你不了解我，所以我今天特别带你来公司，让你知道我为什么这么热衷收购泔水。"

两人进到了生产车间，在一个巨大的搅拌池前，只见一桶又一桶的泔水倒入池中，再配合倒入一袋一袋的麦麸，开启搅拌机搅匀，最后变成了一种像干粉样的东西。郑曦华说，这就是黄粉虫最喜欢的饲料。那些黄粉虫，被养殖在一个个大纸箱中，纸箱被一层又一层整齐码在架子上，饲料撒入纸箱中，霎时便有许多蠕动的小虫扑上来抢食，这一根又一根一两厘米长的小虫就是黄粉虫。

许紫妍看得心惊肉跳，却见郑曦华双手捧起黄粉虫，像捧着珍爱的宝物一样动情地说："过去没找到好的饲料前，根本不敢大规模养殖黄粉虫。别小看这黄粉虫，价值却不菲，它的蛋白质和脂肪含量都高，是最好的鱼饵或家禽饲料。但过去黄粉虫产量低，市场供不应求，因为国内还没有掌握大面积饲养的技术。后来我们在研究中发现，黄粉虫作为一种食腐动物，最大的特点就是不分荤素通吃，城市餐厅每天留下许多残羹剩汁，这些泔水过去都拿去喂猪，这又很不科学，因为泔水中的猪牛羊肉都来自脊椎动物，再拿去喂同是脊椎动物的猪，极易造成同源性蛋白污染，疯牛病就是由此引发的，而喂养家禽则正好。把泔水转换加工成饲料，既解决了泔水的问题，也找到了喂养黄粉虫的办法，大面积饲养黄粉虫已经不是天方夜谭！"

许紫妍听明白了，郑曦华的公司变废为宝，把泔水变成了黄粉虫的香馍馍，最重要的是，他刷新了许紫妍对他的印象，变得深邃睿智了。

那天在离开公司前，许紫妍在郑曦华的鼓励下，闭着眼睛把手伸进了纸箱，感受黄粉虫爬满手心令人心悸的颤动。恍惚间，眼前的郑曦华变成了一条金灿灿的黄粉虫，正一点一点地吞噬着她的心。

几天后，郑曦华打电话正式约会许紫妍，许紫妍故意调皮地反问："我为什么要答应你呢？"

郑曦华清亮地回答："大学毕业后，我自主创业，经历了许多失败，所以我特别珍惜机会，对认准的事情坚持不懈，包括爱情。为了接近你，我主动替换司机去拉泔水，让你的闺密穿针引线，所以那天在签约仪式上我说很感谢你，因为事业加上爱情的动力，一个人才更努力更完整。"

许紫妍听罢轻吟道："好吧，你让我改变了对虫的印象。我过去最怕虫，如果我要爱上一个人，就从爱上一条虫开始吧！"

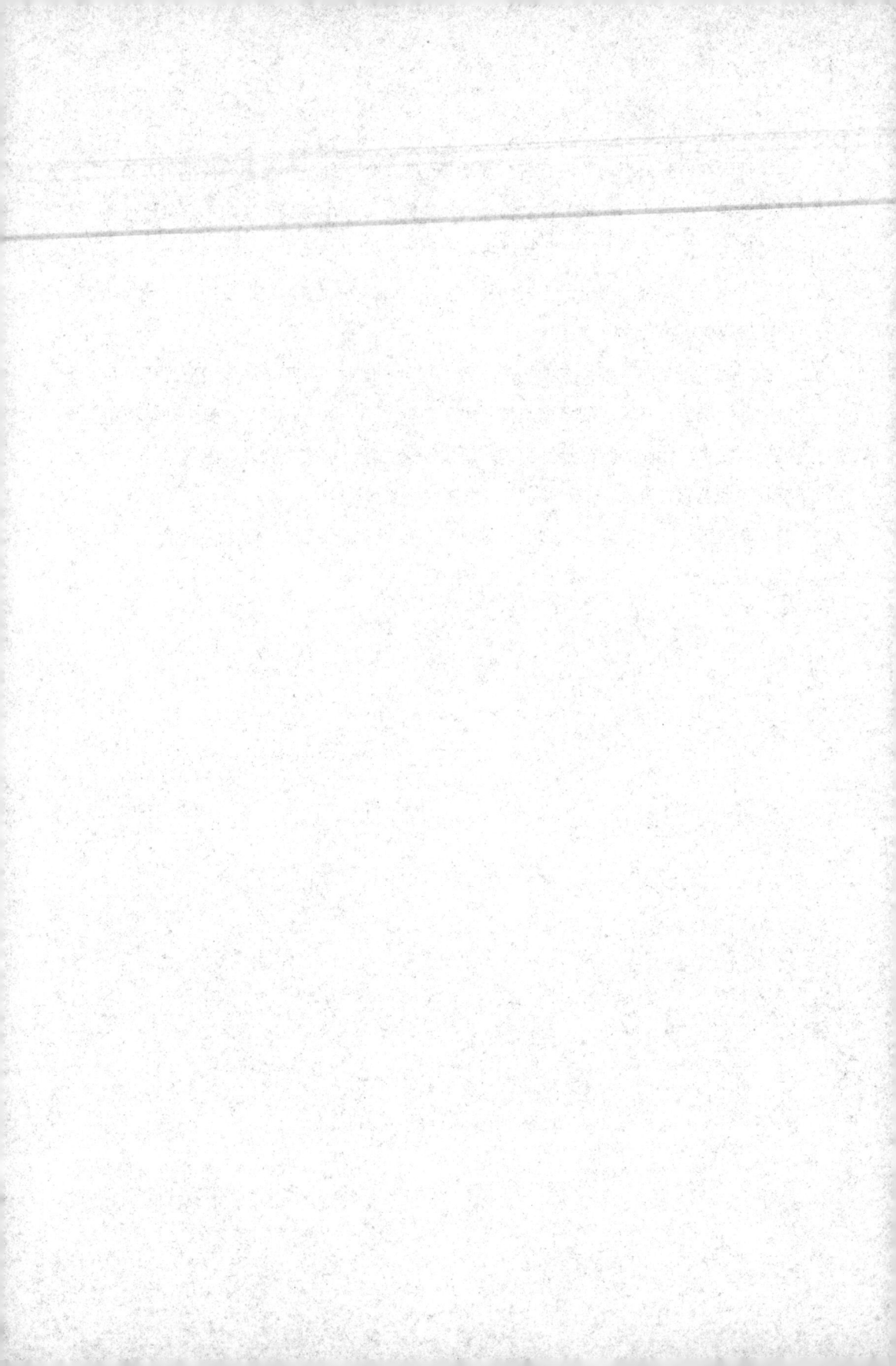

这个河长不简单

这个河长不简单

王小菲大学毕业，回到故乡金堂工作一年，被组织遴选下派锻炼，到梨花沟村挂职任村支部书记。

梨花沟村虽地处丘陵，却有两个其他地方不具备的宝贝：一是有十多株上百年的老梨树，每年花繁叶茂，吸引不少人慕名而来；二是当地出产的黑山羊品质上乘，正被越来越多的食客接受。这两个具备无限商机的优点很快就被有眼光的人嗅到，几年前开始在梨花沟村投资兴办了"金堂县鑫鑫农业现代合作社"，一共流转了以梨花沟村为主的近两千亩土地，合作社在整个梨花沟遍种梨树和各种时令花卉，组织农户规模化饲养黑山羊，同时兴建车厢式旅店和特色农庄饭店，每年春天举办梨花节冬天举办黑山羊节，形成了远近闻名的现代观光农业。

按理，一个风景秀丽的地方还拥有一个势头向上的特色项目是一件大好事，可是梨花沟村的历任村支部书记却高兴不起来，原因就在于离合作社上游三公里的地方，建有一座生产白酒的"大地魂"酒厂，每年酒厂排出浸泡和发酵粮食的废水，会经过旁边的小溪一直流向下游，所过之处，包括合作社无一不被污染。合作社反映了多年，梨花沟村的书记换了两任，直到王小菲走马上任，这个问题依然没有解决。

要想解决这个棘手问题，就得实地去考察。于是，王小菲很快就和合作社的老总见面了，没想到，两人一见面就怔住了，王小菲原本以为，喜欢农业的多半是个老头子，见面才知道对方很年轻，衣着得体，阳光有型。而对方似乎更意外，伸出手微微一笑，自报家门："我是宋子涵，我可是你多年的粉丝。"

王小菲以为他是套近乎，宋子涵却一脸虔诚："如果我没认错，你应该也是'SC农大'毕业的，当年的校园里，你可是所有男生公认的校花。"

王小菲一下得意起来，宋子涵说得没错，在当年的"SC农大"，曾经满足了她不少虚荣，众多的男生要么写情书要么半路追她，大学四年她没谈过一段恋爱，却一直被各种绯闻包围。

想到这儿，王小菲笑着打趣说："这么说来，你也是'SC农大'的，莫非当年一大堆情种里面，你也算一个？"

宋子涵佯装难受地摇摇头："不，我没机会，当年你进学校，我马上毕业。从情感上讲，我们算校友，如果亲切点，我是你师兄。"

宋子涵带王小菲参观，边走边介绍说，大学毕业后，他没有听从父母安排留在省城接家族企业的班，而是四处考察，最后选定金堂县梨花沟村作为发展现代农业的平台，用父母借的钱开始自主创业。

在一片花海前，他们停了下来，只见五月的蜀葵花千姿百态，十分娇艳，不少年轻人在拍照留念。宋子涵仿佛是下意识地说："蜀葵花的花语是忠贞和爱情，特别适合相爱的人拥有。所以我很希望这是一片爱情的圣地，不要受到任何污染。"

话语间，王小菲随着宋子涵来到小溪边察看，还没走近就能嗅到一股刺鼻的臭味，溪水流动缓慢，水边的土壤发黑，不时引来蚊蝇飞舞。王小菲的心一下揪紧了。

宋子涵用木棍撬开发黑的土壤，望着周边说："其实酒厂排出的废水不含重金属和化学污染，对土质没有恶劣影响，但由于它过于营养，里面的有机物分解会消耗大量氧气，导致溪流中的鱼儿和周边植物无法生存，对周边生态是会造成影响的。而夏天尤盛，刺鼻的气味四处泛滥，滋生无数蚊蝇，让人非常头痛。"

王小菲点点头说："其实污染不止你这一块。溪水顺流而下，在下游汇入大河，造成更大的污染。现在治理河水污染，是当务之急的大事，上级专门成立了三级河长制抓治理，县长、镇长是一二级，作为芝麻官，我就是第三级，而且这次走马上任领到的首要任务就是净化这条小溪，绝不以牺牲环保来换取眼前利益。"

宋子涵似信非信："政府下这么大决心，那我权当相信一回。"

王小菲调查结束，心中也很快有了数。过了两天，她打电话给宋子涵，说已经和酒厂进行了协商，酒厂决定对给合作社造成的影响作一定的补偿，就是为合作社的特色农庄饭店提供全年免费白酒。宋子涵一听就笑了，他说这个酒厂老板太有商业头脑，所谓的免费白酒，其实是借用这个平台，为他打了免费广告，可是，说到底污染仍然没有解决啊。

王小菲沉吟半晌问："你有什么建议？"

宋子涵毫不迟疑答："让酒厂搬迁！"

王小菲说："这样吧，找个地方，我把了解的情况和听到的故事讲给你听。"

这一天，二人在梨花沟村的村委会见面后，王小菲如数家珍地给宋子涵讲了这样一个故事：

大约三百年前，湖广填四川，有一户人家从湖北一路辗转来到了金堂县梨花沟。临行前，这户人家从父母那儿拿到的并不是银两盘缠，而是三壶酒。父母特别叮咛，这三壶酒，不是拿来路上喝的，一旦入川安家后，先把第一壶酒放在神龛上，预示传承家风，不忘根本，酒在家在；第二壶酒种在房后，栽上竹子，预示后继有人，节节高升，酒在人在；第三壶酒种在家门外，预示交朋结友，前途无量，酒在运在。

几百年里，这户人家的后人谨记祖先的教诲，酿出了名为"大地魂"的特色美酒。而每次酒一出窖，这户人家必先供奉三壶。这三壶酒，不能喝，意在叮咛子女不能今朝有酒今朝醉；不能卖，意在告诫子女不可做败家子；不能丢，意在教育子女做一个有责任的人。

到了今天，已发展壮大的"大地魂"酒厂不仅生产优质白酒，还建有独特的藏酒洞和酒文化博物馆，致力于"大地魂"酒文化的传承和打造。每年酒厂都会举办独具特色的"种酒文化节"，就是把选中的酒用坛密封埋进土里，届时各路宾客汇聚于此，亲手把酒"种"下去，让一壶壶美酒，留待来年启封享用。这时的酒，已经不是简单的琼浆玉酿，而是积淀着历史、蕴含着亲情、融入了文化、洞彻人心灵的一种象征，"大地魂种酒"也因此被正式列入当地的非物质文化遗产。

听完这个传奇故事，宋子涵若有所思："看来这座酒厂不仅仅是利税大户，也是当地的一张文化名片，让它搬迁，确实不现实啊。"

过了两天，王小菲接到宋子涵的电话，说他有了一个初步设想，可以彻底解决王小菲这个河长心中的疑难。这个设想就是建一条专供管道，把十公里外的大河里的水引过来，小溪污染的一个重要因素就是水质不流动，引水工程可以极大地改善水环境，让污染问题迎刃而解。

王小菲试着问："这个设想固然好，但要给合作社新增多少投入呢？"

宋子涵说："我们测算过了，大概需要200万。"

王小菲握着手机，骤然感到宋子涵身上的担当，让她意外，也让她感动。

不过王小菲并没有支持宋子涵的设想。三天后她回复宋子涵，说经过与"大地魂"酒厂反复沟通协调，已经做通酒厂工作，准备自建一个污水处理厂，让排污问题从根本上得到解决。

宋子涵惊讶不已，没想到这个师妹身上竟蕴藏如此大的能量，能够让一个企业拿出那么多钱修污水厂。宋子涵佩服地说："你用了什么办法，让酒厂答应呢？"

王小菲故弄玄虚地说："我是河长啊，污染是他造成的，当然就该他们拿钱出来。"

宋子涵被逗乐了，好奇地问："建一个污水厂要多少钱？"

王小菲想了想说："好像和你那个引水工程预算差不多，也是200万。"

王小菲本来以为，这件事她做得很漂亮，不想几天后突然收到邀请，宋子涵约她到农庄吃饭。见了面王小菲就打趣说："是不是排污问题解决了，你节约了成本，想通过吃饭来犒劳我？"宋子涵略显神秘地回答："不仅仅是犒劳，是有重大发现要和你分享！"

趁王小菲坐下喝茶的工夫，宋子涵变戏法一般拿出一束千娇百媚的蜀葵花，递到王小菲的手里说："刚从花田里采回来的，虽说很容易，但我还从没给任何一个女孩子送过花！"

王小菲看着宋子涵，觉得他话里有话。果然宋子涵又说："其实，这束花不仅仅是要谢谢你，还要谢谢你促成了我和酒厂的缘分。"

在王小菲惊讶的目光中，宋子涵讲出了这几天的经历。那天在得知"大地魂"酒厂准备拿出200万自建污水厂时，宋子涵感动之余，主动上门拜访了酒厂老板，谁知二人一见如故，竟迅速达成了战略合作意向。合作社有旅游优势，可以组织游客参观酒厂的藏酒洞和博物馆，亲身感受"大地魂酒"的历史和文化，而酒厂可以把"大地魂种酒"文化引到合作社，让游客参与和体验种酒的乐趣，提升旅游品质，让现代观光农业和非遗文化完美结合。当然，宋子涵也有担当，主动承担了修建污水厂一半的费用。

王小菲听完就笑了，不禁问："这样你不吃亏了吗，把100万投到别人那儿去了？"

宋子涵却笑而不答："我给自己打了个赌！"

王小菲不解："什么意思？"

宋子涵深情款款地看着王小菲说："那天在'大地魂'酒厂，我在办公室看到了酒厂老板和他女儿的合影……"

王小菲脸一下红了。是的，她就是"大地魂"酒厂老板的女儿。挂职村书记兼任河长后，她感觉肩上担子很重，而宋子涵顾全大局拿钱引水更是深深震撼了她。于是她晓之以理动之以情，终于让已经有些环保意识的父亲最后下定决心自建污水厂。谁知这一义举也彻底打动了宋子涵，当即决定与"大地魂"酒厂联手治污共谋发展，而那张挂在墙上的父女合影，更是让宋子涵的两眼充满欣赏。

这时候王小菲第一次忘记了自己的河长身份，变得羞涩起来，小声问："你说的打赌，究竟打了什么赌？"

宋子涵含情脉脉地表白："我喜欢上了老板的女儿，我要追求她，让合作社和酒厂实现真正的联姻。"

此时，王小菲手中那束蜀葵花香得正艳，好像是在祝福他们的爱情。

职场爱情

伍德在一家大公司做销售主管，既长得帅，又很能干。但伍德也很苦恼，那就是她和女友的地下恋情难以公开。他的女友叫辛晓晓，一个时尚漂亮的女孩子，和伍德在同一家公司做销售助理。二人郎才女貌，珠联璧合，那为什么恋情不能公开呢？原来是这家公司规定，禁止办公室恋情，一旦发现，有一方必须辞退。

因为这规定，伍德和辛晓晓的关系一直难以见天，即便上班同处一个办公区，彼此见面也视同常人，客气中保持着距离。如此痛苦掩饰的结果，是两人相恋了两年竟没被人发现。

一个周末，适逢辛晓晓生日，伍德一早开上车，把辛晓晓接到临近一座小城游玩。两人手挽着手，在小城里尽情溜达，这样的放松对他们都很难得。伍德看见前方有家首饰店，挽着辛晓晓高兴地走了进去，面对琳琅满目的饰品精心挑选起来。伍德把一条珍珠项链佩戴在辛晓晓天鹅一般雪白的脖子上，越发衬托出辛晓晓的非凡气质，兴奋中的辛晓晓一头扑在伍德胸前，高兴地送上了一记热吻。两人正忘情，突然"啪"的一声，伍德的肩头被重重拍了一下，猛然一回头，伍德和辛晓晓都骇然一跳，原来是公司好友王畅，和妻子也利用周末来小城游玩，竟不期碰上了。

王畅略带诧异地开玩笑："哟，你俩可真保密，什么时候好上的，竟然跑这么远来浪漫？"

伍德面露尴尬，因为前些天和王畅喝酒，他还矢口否认，自己没有恋爱，不想今天被当面揭穿。还是辛晓晓反应迅速，一把拉过王畅的妻子说："嫂子，平时想请你们也没时间，今儿中午就让伍德请客，咱们轻松一下！"

中午，酒过两轮，王畅端起酒杯敬伍德说："放心吧，今天这事，打死我也不会说出去。不过我还是要啰唆两句，最近公司业绩不好，据说准备裁人，销售部首当其冲。另外销售部准备重新物色经理，据内部消息，最有力的竞争者就是你我。我俩是好朋友，谁上都没意见，但如果因为恋爱的事被裁员或者影响了你升迁，那就太不划算，到时也别怪我没提醒！"

辛晓晓一听，表情略显僵硬。吃完饭和王畅小两口分手后，她马上开始发泄："真倒霉，又是裁员又是升迁，专门和我们作对！唉，原以为跑远点可以避免遇上熟人，谁知还真遇上了，而且还是竞争对手！"

伍德不解："你说什么，王畅是我好友，不是小人！"

辛晓晓"哼"了一声："是不是小人走着瞧！你和王畅在公司都是很有能力的人，过去惺惺相惜，是因为没有利益之争，所以你们才是朋友。现在，你们变成了对手，你的七寸被掐，升迁和裁员，保不准都会看他的脸色！"

伍德见辛晓晓满腹怀疑，连忙笑着说："别把小事无限放大，大不了公开我们的恋情，让别人去说好了，我另谋职业。"

辛晓晓撇了一下嘴角："你说得容易！你是公司的红人，公司怎么舍得开你？而我资历最浅，要开，也是开掉我，可是公司福利待遇这么好，我舍不得离开啊！"

两人暂时没想到办法，游兴也被破坏，只得草草地结束游玩回了城。分手时，辛晓晓对伍德说："我们都尽快想个两全其美的办法吧，既能保你升迁，又能保我职位。"

第二天，伍德刚到单位，突然看到辛晓晓正冲他挤眉眨眼，似乎很开心，显然，辛晓晓是找到了什么办法。果不其然，才一会儿伍德就收到了辛晓晓发来的短信，但伍德一看，非但不高兴，反而越发沉重起来。

原来，这办公区还有一位喜欢伍德的女孩，叫陈瑶，在公司的销售业绩也很突出。陈瑶前两年刚来公司时，曾得到过身为主管的伍德许多言传身教，陈瑶在学到本领的同时，也暗暗喜欢上了伍德。可那时的伍德，心思都在漂亮的辛晓晓身上，面对长相平平的陈瑶多次或明或暗的表白，伍德都装作不懂。这件事，公司很多人都看在眼里，辛晓晓自然也知道，所以经过一夜思考，辛晓晓终于认识到这是一个可以利用的机会，那就是，让伍德假意靠近陈瑶，造成谈恋爱的错觉，借机开掉陈瑶。

伍德看完短信后，很干脆地给辛晓晓回了一句话："荒唐！爱情岂能儿戏，爱情又岂能被利用！"

辛晓晓却决意已定，下班后她找到伍德，再次阐明了自己的观点："今天一上班，每个人都在传播准备裁人的消息。在销售部，陈瑶的业绩一直比我好，如果不开掉她，被辞退的就只能是我。"

伍德说："我不同意这种做法。伤害无辜，不是我做人的风格。实在不行，我辞职，这样既保证你不被辞退，还能继续留住我们的爱情。"

辛晓晓不悦道："开什么玩笑，你好不容易混到今天，辞职后还能找到这么殷实的工作吗？没有物质保证你拿什么养活我？如果你真正在乎我们的今后，就按我的计划做吧。我保证，只要我的饭碗保住，我一定再助你一臂之力，保你升职成功。"

伍德没能说服辛晓晓，只得依计而行。第二天，伍德瞅准办公室人多，上前拿出两张电影票故作热情地招呼陈瑶："嗨，瑶瑶，今天有时间吧，晚上一块儿看电影。"

陈瑶一愣，脸上立时飞起两朵红云。她不是那种喜欢张扬的女孩，过去多次暗示失败后，便悄悄收敛了好感。从内心深处她不想勉强什么，只希望自己喜欢的人能幸福。现在，自己喜欢的人突然邀请看电影，她内心马上就乐开花了。

当天晚上的电影，两人各怀心思，陈瑶是心花怒放，伍德却心不在焉。随后几天，陈瑶变被动为主动，毫不避讳当众邀请伍德吃饭逛街看电影，公司上下一片哗然。最后，反倒是老板坐不住了，把伍德叫到办公室，语重心长地说："你千万不要告诉我，你在和陈瑶谈恋爱，既坏了公司制度，又在自毁前程。"

伍德尴尬地说："我们不是谈恋爱，纯粹是友情！"

老板听了更气愤："年轻人玩儿前卫我不管，但一个男人敢做不敢当，比违反规定谈恋爱更让人难以容忍，希望你不让我失望。"

伍德灰溜溜地从老板办公室出来，刚好遇到好友王畅。王畅把他拉到一边，没好气地说："什么意思，你想脚踩两只船，明里爱一个，暗里另爱一个？你在玩儿什么阴谋？"

伍德抱拳讨饶说："我哪敢三心二意，别说两个女孩，就是一个，我现在也难以摆平。一句话，都有难处。"

伍德回到办公区，看见辛晓晓若无其事摆弄着手机，心头更是沉闷。这一阵，他虽然佯装和陈瑶接近，但内心却一直惦着辛晓晓。几次约会辛晓晓，都被她拒绝了。辛晓晓说这是关键时期，等陈瑶被辞退，再恢复两人的约会。

辛晓晓正等着陈瑶被辞退，但几天后却传来消息，陈瑶主动向公司递交了辞呈。再一打探原因，原来一周前，陈瑶在和伍德逛街时，被毛贼抢了挎包。伍德见状，奋力和毛贼搏斗，虽然抢回了挎包，胳膊却被毛贼刺伤。伍德被送进医院输液治疗，陈瑶就寸步不离守在医院照顾他。而受伤的伍德，此时最想见的人其实是辛晓晓，他忍痛偷偷发去好几条短信，辛晓晓却只回复了一条："不便！"

伍德受伤还想着辛晓晓，却不知守在他身边的女孩更出人意料，陈瑶直接回公司把辞职信交给了老板，并大方承认说："我恋爱了，爱上了伍德。现在他受伤了，我没有理由请假照顾他，因为公司制度不允许，所以我干脆辞职！"

伍德直到伤愈出院才知道这事，连连责怪陈瑶是个傻孩子，为一段子虚乌有的爱情丢掉了这么好的工作，不值啊。当他刚愧疚地说出一声"对不起"时，就被陈瑶打断了："为自己爱的人，没有什么对得起对不起。离开了这份工作，我还可以找别的事干，你不用为我担心！"

伍德看着陈瑶，第一次发现自己越来越渺小，而眼前这个朴实的女孩却越来越高大。这天晚上，伍德终于收到了辛晓晓久违的约他见面的短信。两人见了面，辛晓晓没有询问伍德伤情好得如何，而是得意扬扬地夸赞自己的计谋英明，终于除掉了陈瑶，而保全了自己的职位。见伍德不是很开心，辛晓晓凑上前耳语道："我答应过你，只要保住了我，我就可以助你升迁。我要让你的对手王畅，畅快不起来！"

伍德诧异地看着辛晓晓，似乎不明白这个美丽的女孩为什么越来越疯狂。果然没过几天，伍德就收到了王畅的电话，王畅难过地说："算我过去瞎了眼，把你当哥们儿。而你，为了一个销售部经理的位置，竟然让自己的女朋友色诱我！既然你那么看重这职位，我就成全你吧，但从此我们恩断义绝！"

伍德不知所云，找到辛晓晓对质。辛晓晓终于满不在乎地说："既然你知道了，我也不再隐瞒。我请王畅喝酒，并利用酒醉色诱了他，还安排人留了照片。我这样做，是不想有人成为你升迁的绊脚石。"

伍德气愤得哽咽："谁让你这么做？你这不是在帮我，是想让我的良知终身受到鞭笞，是让我在爱情和友情面前永远无地自容！"

辛晓晓冷笑起来："你别装纯情！我这样做，也是为了我们今后能过上好日子。情场职场都充满险恶，谁成为拦路虎，我就要不惜代价除掉谁！"

伍德看着辛晓晓，第一次发现自己越来越后怕，而眼前这个工于心计的女孩却越来越陌生。

两天后，经过冷静思考的伍德找到老板，郑重地递交了辞职信。老板看完辞职信后摇摇头："陈瑶第一个辞职，是因为你，因为爱情。王畅昨天来辞职，是因为你，因为友情。你今天来辞职，是因为王畅，因为你也不想他为你辞职。其实你们都错了，这个公司里，最该辞职的人还没辞，而你们，不战自退。我也在反思，在爱情上对员工的限制，表面上看有一定道理，实则违背了人性，只要有利于工作，有利于公司发展，同事之间为什么不能谈情说爱呢？所以啊，你们三个的辞职报告，都未获批准！"

伍德从老板办公室出来，心里突然亮堂了，他决定找辛晓晓坦言，是的，他曾经喜欢过她，但这份感情，已经被她无限放大的自私给吞没了。他现在要认真面对的是陈瑶，她那份为了爱情敢于表达敢于牺牲的品质才最值得珍惜。他还要找王畅好好喝一次，共同珍惜彼此毫无杂念的友情。经过职场和情场的洗礼，他终于知道什么才是内心的需要。

不久，公司任命下来，王畅任销售部经理，伍德任市场部经理。而升任销售主管的陈瑶，终于可以和伍德亲密同行。

红娘的桃花运

　　黄蒲大学毕业一年了，工作之余，时常陪人相亲，以经常牺牲自己而促成别人的壮举，被圈子内戏称红娘。

　　话题要从大学说起。黄蒲同寝室的姐妹中，有两个关系最铁的闺密。闺密小莹外表娇媚容颜姣好，很喜欢体育系一个篮球打得好的帅哥。无奈帅哥地心引力太强，身边蝴蝶纷飞，小莹示好几次亦无果，自尊心大挫，躲在寝室里梨花带雨。另一闺密小萱见状，喝令小莹拿出点美女的自尊，将帅哥弃之若敝屣。可小莹哪儿舍得，铁定要将帅哥攫为己有。万般无奈，一直苦苦思索的黄蒲只好出一下策，让自己陪着相亲。

　　黄蒲知道自己是那种第一眼没什么感觉的女生，平平淡淡的五官平平淡淡的身材，放在一大帮花蝴蝶般的女生中，就像小石子投进大海会被淹没，好在她有自知之明，从不因缺少男生殷勤而闷闷不乐，看见小莹茶饭不思，她当然要以身相救。

　　黄蒲换上一套松大的牛仔服，脸上不但不施粉黛，眉毛还画成两条粗线，嘴唇涂得俗艳，头发也蓬松杂乱，乍一看，与骂街的妇人无二。小莹一看就不干了，她当然明白，黄蒲打扮这么丑，是想故意当自己的陪衬。

小莹搂着黄蒲的腰，半恳求半戏谑说："这不行，为了成全我，你不能这样糟蹋形象！"

黄蒲却天真无邪回应："糟蹋形象又不是出卖色相！只要能成全你，糟蹋一两次又何妨？"

就这样，小莹接受了黄蒲的奇招，让她当了一次陪衬，在约会现场以巨大的性别反差，赢得了帅哥的好感。

黄蒲成全了闺密小莹，让闺密小萱也看到了希望。小萱也是个美女，心中也在怀春，隔壁油画系一个"毕加索"一直是她心中的上甘岭。小萱试探过几次，"毕加索"始终不温不火，黄蒲一听，干脆好事成双，把小萱的好事也促成。

黄蒲让小萱约出"毕加索"，自己的打扮则与上次如出一辙。吃饭的时候，更是显得没有分寸，吃菜的咀嚼声和喝汤的味溜声此起彼伏，此番女汉子的彪悍与身旁小萱小家碧玉的温婉对比鲜明，"毕加索"的爱情大旗立马倒向一边。

黄蒲成全两位闺密的佳话悄悄在校园内传开，很多女生嗟叹之余纷纷找上门来，希望黄蒲大放爱心也帮忙陪衬一次，而黄蒲也多半却之不恭。就这样，黄蒲成了校园内小有名气的红娘。

虽然受人尊敬，黄蒲的情路却一直空白。既不修边幅，又像假小子，真要有一两个好奇的男生，也早被吓跑了。

一晃大学毕业，黄蒲走上了工作岗位。可爱的黄蒲发现，虽然不是校园，但工作中的很多女同事依然为情所困。黄蒲不想管，但甘当红娘的同情心又上来了，于是又主动帮忙，当了几次女同事的陪衬。

成全了一对儿又一对儿，黄蒲依然单着。一直保持着联系的小莹和小萱坐不住了，打电话让黄蒲多想想自己，别为了当红娘，最后当成了剩女。黄蒲刚谦虚了两句，小莹和小萱的骂声又交替来了，大意是黄蒲没心没肺，即便找不到一个如意郎君，也要有点市场经济的脑子，让"红娘"变得有经济价值。

经过二位闺密洗脑，黄蒲屈从了。她在网上发帖：本人甘当陪衬，最大限度烘托你的美貌，以促成相亲成功为己任，每成功一对，收费600元。

发完帖子，黄蒲忐忑不安，如果过去是"公益"，今番就有铜臭味了。这边还在怀疑自己动机，那边已有生意找上门来，照例是某女的暗恋，落花有意，流水无情。黄蒲闻罢，先前志忑一扫而空，抖擞起精神迎战。

帮忙变成了生意，黄蒲越发进入状态。现在的她，越来越忙碌。小莹和小萱也趁机打趣，要她好好考察市场，争取办一个陪衬公司。

这一天，黄蒲又收到一电话，该女自称大家闺秀，喜欢上一外资公司的金领男。希望黄蒲衬托一把，帮她把金领男搞定。

黄蒲不敢怠慢，赶忙找出那套已洗得有些发白的牛仔服，空空荡荡套在身上直奔目的地。女方果然美丽婀娜，把乔装闺密的黄蒲简单介绍给男方。黄蒲虽然没正眼多看对方，但余光让她明白，身边的金领男挺拔刚毅，是个让人动心的真男人。

黄蒲不敢多想，使命感让她拿出了道具——俗气的眉笔和口红，过去的几年，她就是这样作践自己，从而陪衬出女方的优雅与美丽。虽然有时候心头也难受，但成就别人也让她心有慰藉。

黄蒲正心不在焉描着画着，突然她听到金领男笑了起来，那男人分明是扭头对她说："事过两三年，你还穿着原来那套当红娘的牛仔服，是不是也该换一换行头了？"

黄蒲还没明白过来，那位优雅的大家闺秀已有了反应，她诘问金领男："怎么，你们认识？"

金领男爽朗笑了："她不认识我，但我认识她，我们大学大名鼎鼎喜欢助人为乐的红娘！"

黄蒲羞得恨不能找地缝儿钻，瞄一眼大家闺秀，正妒忌地恨着她。黄蒲深知今天的陪衬演砸了，那600元报酬自然打了水漂。她立马站起来，转身而逃。

黄蒲跑到十字路口，金领男从背后追了上来，他一把拽住黄蒲的胳膊，对着黄蒲说："别跑！我来是想告诉你，我和那个大家闺秀没有缘。另外我要劝你，别当她们的陪衬了，你自己就很优秀，何必作践自己？"

黄蒲气恼地挣脱对方，瞪着他说："别对我发号施令。我不管你是真同学还是假同学，都请你离我远远的。再见！"

黄蒲夺路而逃。所谓再见，就是再也不见，黄蒲压根儿没想过身为小公司员工的她，会和金领男有什么交集。可是第二天，金领男不知从哪儿搞到了她的电话，径直打给了她。金领男说："黄蒲，脱下伪装吧，本是女儿身，何苦把自己变得俗不可耐。从大学起我就暗恋你，我喜欢你当陪衬前那种阳光、率真、热情的性格和模样，我也一直在寻找你。昨天的相亲，就是我在网上看到你的帖子后找人来演的戏，请你做我的女朋友吧！"

黄蒲犹豫了片刻，还是狠心拒绝了。这太突然了，她完全怀疑真实性。过去的几年，她从最初想帮助闺密一把，到渐渐变成职业化的陪衬，已习惯于条件反射般地让自己扮丑扮傻，这样的形象，连她自己都不喜欢，又怎么能让一个优秀男子喜欢呢？黄蒲决绝挂断了电话。

黄蒲带着失落的情绪继续陪衬相亲，几番下来，竟没有促成一件好事，反倒是那些相亲的男人，无一例外流露出对她的好感，变着心思套她联系方式。黄蒲诚惶诚恐，难道风水变了，让她遇上了桃花运？没人时她就脱掉伪装对着镜子细瞧，粉腮柳眉，眼波传情，婀娜身姿，曲线动人，再配上职业装，完全是一个十足的时尚女子。黄蒲的自信心顿时风起云涌，金领男动人的音容宛若耳畔眼前。

黄蒲有了信心，便鼓起勇气给金领男打了应约的电话。那天约会时，小莹和小萱主动要求给黄蒲当一次陪衬，不过三人都穿得花枝招展，彼此衬托，相得益彰。小莹和小萱还告诉黄蒲，金领男上次导演的相亲戏失败后，又主动找到二人要到了黄蒲的电话，在第二天明确追求遭到拒绝后也没有气馁，又继续找人演戏，通过一次次相亲消除掉黄蒲心中的自卑后，才有了今天这番坦荡的见面。

见到黄蒲那一刻，金领男满眼欣赏，他手持玫瑰快步迎了上来，嘴里动人地表白："一个甘愿成全别人的人，即便她装扮得再丑再傻，也掩饰不住内心的高洁。这样的陪衬，更配拥有爱情！"

爱情合伙人

郑颖是个漂亮姑娘，大学刚毕业就有房有工作。房子是郑颖父母举全家之力在几年前买下的，虽然不足60平方米，但在房价飙升的年代，却也是具有战略眼光的投资，也让许多一房难求的大学毕业生羡慕不已。照理，依这样的条件，吸引男孩子喜欢不在话下，实事上追求的人确实也不少，可几次接触下来，几乎每段"恋情"都疾如闪电，来得快也去得快，这让郑颖难以释怀。最后一个男孩子还算坦诚，他这样说："你知道大家为什么不敢和你谈下去吗？因为'毕房族'的女孩子让男人有压力！"

大学一毕业就拥有自己住房的年轻人，被称为"毕房族"，在不少人眼里，"毕房族"要么家境优越，要么有靠山，让男朋友产生一定压力也难免。可郑颖不是这样啊，家境普通，也不傍谁，好容貌好工作外带住房，反而把男同胞们全都"吓"跑，这让郑颖很不服气。

不服气的郑颖就在微博上晒情绪，对不平的遭遇大道苦水，还委屈地道出了每月还房贷的苦恼。许多博友和她呼应，其中一个实名叫李小彦的博友对她说："你有你的苦恼，我也有我的难受。你是有房无车，我是有车无房，天天为高昂的房租和汽油费苦恼呢！"

郑颖和李小彦聊了几次，还算投机，遂相约咖啡吧见面。当下一见，两人都有些发愣，郑颖是个美女，李小彦也是个帅哥，衣着虽朴素，但干净阳光，郑颖怦然心动。

坐下一聊，李小彦自嘲说："你一定会问，我为什么不先买房，事实上是，房子太贵我买不起，而买车既满足了男人的虚荣，还能用它来钓MM。"

郑颖哑然失笑，顺势问："那你钓着了吗？"

李小彦懊恼地说："实不相瞒，不但MM没钓着，每月还要为汽油费和房租发愁，现在后悔已晚。今天见你，就是想和你商量，咱俩干脆搭伙过日子，你提供住房，我负责每天专车接送，取长补短，抱团取暖，共渡难关，怎么样？"

郑颖看着李小彦如此顺畅地表达完愿望，内心也有些喜出望外。这个干净阳光的男孩子让她没法子拒绝，她双手一摊，调皮地说："成交，都市合伙人！"

自此以后，郑颖每天上下班就有了专车，每月少了一笔交通费开销，她也乐在其中。时间一长，同事们都看得眼熟，夸赞郑颖身边的护花使者英俊帅气。郑颖每次嘴上解释：非也，非也，我们不是恋人，充其量合伙人而已。同事们更来劲了："什么合伙人，生意上的还是生活上的？"郑颖老实巴交说："算生活上吧。"众人更乐了，打趣道："借用一句时髦话，叫爱情合伙人！"郑颖表面嘟嘴，心头却也暗自快乐，每天和李小彦同居一室又同处一车，虽然没有什么亲昵举止，但李小彦作为一个男人的细心和负责还是让她满意的，这样的男人如果能发展成男友，那就再好不过。

郑颖美美地想着，只是苦于没有机会挑破。不久，郑颖参加了一场同学会，地点在邻城。她玩得很疯，喝了不少酒，还跑到雨天去淋了雨。郑颖很自然就病了，当同学会散伙时，她却躺在邻城医院输液。接到电话的李小彦二话没说就驾车赶了过去，还专门请假在医院照顾了郑颖两天。郑颖很快痊愈，内心春花荡漾，出院时她撒娇说："如果我告诉你，这次我是故意把自己淋感冒的，你会怎么想？"

李小彦好像不明白，傻乎乎问："你疯了，为什么故意呢？"

郑颖羞怯地说："我想和自己打赌，如果我生病了你来看我，我就和你谈恋爱！"

李小彦故作严肃，刮着郑颖鼻子装腔作势说："调皮，谁说我要答应了！唉，看在你一腔痴情份儿上，我就成全你吧！"

郑颖遭到抢白，伸手佯打对方，被李小彦一把捉住，洋洋自得地说："我收回刚才的话，现在正式宣布，把之前普通合伙人的关系，提升至爱情合伙人战略高度，从此彼此收编！"

郑颖心中暗乐：谁说"毕房族"的女子没人爱，稍施小计则钓得如意郎君，快哉，快哉！

郑颖和李小彦拍拖，从此房车两全，人前人后受尽捧场。可是有一天，一个闺密提醒郑颖，人在得意时，最容易忘形，你和李小彦相识于网络，没有爱情根基，难道对方主动要求"入伙"就没有居心？别的不说，单论房与车就不能相比，一辆几万元的三流小车怎么能和一套大都市的房子比呢？一句话，尚需考验。

闺密虽然有点小肚鸡肠，但郑颖想想也不是没道理。自古以来，美好的爱情都不是一帆风顺的，适度的考验可以增加婚后的安全感。郑颖眼珠子一转，计谋就涌上心来。

这天月光不错，点上烛光吃晚餐倒也浪漫。抿了红酒，郑颖的笑容更迷人，所以她说任何话都娇羞可人。郑颖说："现在车房合一了，我们也该为下一步结婚作准备。但现在这房子，显然太简陋，不如你破费装修一下吧，让我体体面面嫁给你！"

李小彦听罢，惊疑，惊喜，再惊呼："正合我意！来，碰杯，喝了这杯酒，你就算我的准新娘了，改天我就去联系施工队，我巴不得早日娶你！"

郑颖非常高兴，自此掐着指头等待施工队进场。可一连几天，不但动静全无，李小彦的人也神神秘秘起来，不时背着她给别人打电话，有时低三下四，有时语气严厉。郑颖想问点什么，李小彦也显得不耐烦。后来有一次，他干脆消失了几天，再见到他时，已是满脸疲惫。

大半个月后，郑颖在沙发上看到一本李小彦忘记拿走的病历。翻开一看，是一位姓李的50多岁的老人，患了急性尿毒症。郑颖恍然明白了，这位老人多半是李小彦的父亲，为了挽救父亲生命，李小彦四处奔波筹款，他打了很多电话，操了很多心，甚至还消失了几天，应该都是去四处借钱去了。郑颖越想越坐不住了，恨不得马上为恋人分担。

这天李小彦回家，失落地对郑颖说："我已经把车卖了，从今以后，我不能再接送你上下班了。"

郑颖生气道："伯父生这么大的病，你竟然不肯告诉我，我们是恋人，为什么不让我们一起扛呢？"

李小彦说："这类天灾，少一个人知道，就少让一个人痛苦。再说，我也正在想办法解决，任何困难都会过去的。"

郑颖却一点没吓倒，她抓过李小彦的手，认真地问："我们是恋人吗？"

李小彦刚点头，郑颖又问："如果我没有了房，你还会爱我吗？"

李小彦懵懂地又点点头，表白道："那当然，当时我主动和你合伙，表面上是因为你有房，其实是你美丽的外表、率真的个性吸引了我。就算你没房子，我也会大胆追你的！"

郑颖笑了，很开心地说："原来你拿车来诱惑我，只是找了个合伙的借口。可是，本小姐经不起诱惑，已经完全爱上你了。为了你，为了爱情，我也要做出一些牺牲了，你现在不是很需要钱吗，我今天咨询了房屋中介，如果卖掉这套房，足以换一笔治疗伯父换肾的钱！"

李小彦大惊，随即坚决不允。但郑颖似乎主意已定，她告诉李小彦，这件事不知道也知道了，所以她要管到底。房子失去了今后可以买回来，父亲失去了不会再有。李小彦听罢，失声痛哭。

三天后，郑颖告诉李小彦，让他陪她去中介公司，和约好的买房人一起商谈价格。李小彦答应了。

到了中介，郑颖见到了买房人，是一对老夫妻，男的威严中透着慈祥，女的雍容中透着端庄。他们打量着郑颖，目光犀利又带着欣赏。郑颖被看得有点不好意思，她鼓起勇气抛出了房子的售价，本以为讨价还价会有几个回合，但对方马上就点头答应了。

旁边的李小彦比郑颖还惊奇，他低下头不好意思冲二老说："谢谢爸爸妈妈，没想到你们今天会来……"

"爸爸妈妈？"郑颖如坠云雾。

李小彦一脸愧疚地说："对不起，郑颖，我没告诉你，是不知道今天我爸爸妈妈会不会来。还有一件事我也没说透，得尿毒症的李伯伯不是我父亲，而是从小把我带大的我们家的司机……"

在郑颖不解的目光中，李小彦的父亲愧疚地解释："孩子，这件事从头至尾，都是我和小彦妈妈的错。当初小彦打电话告诉我们，说他喜欢上了一个女孩子，我们坚决不同意。我们的家族企业做得很大，小彦大学毕业虽然自己找工作锻炼，但最终还是要回来接我班的，所以我们总想为他找个门当户对的。这个时候我们家退休的老司机生了重病，小彦知道后，要我们拿钱救人，我们犹豫了。孩子，当小彦告诉我们，你甘愿卖掉唯一的房子拿钱救人时，我们被震撼了，你的举动也触醒了我们的良知，今天我们来，就是要告诉你，你的人品证明了我儿子的目光，同时我们也决定出钱给老司机治好病。至于房子的合同，户主不变，因为小彦告诉我，房子是你和小彦成为爱情合伙人的见证，不论今后如何发展，都留做你们爱的纪念！"

郑颖宛若在太空中旅游一圈，带着重新落地的喜悦，对李小彦嗔怪道："你不诚实！为什么一直不告诉我你有这么显赫的背景？"

李小彦拉过郑颖的手，一脸甜蜜地检讨："我这么做，只是不想失去爱情合伙人的资格！我要牵你的手，合伙一生！"

郑颖如何表态的呢？她没有说话，只是任李小彦牵着她，目光里，溢满幸福。

潜规则

这年夏天，陈漫从大学播音主持专业毕业，开始寻找工作。

这一天，好消息传来，一家电视台打来电话，通知陈漫第二天前去面试。陈漫第一时间把好消息告诉了好友吴芯。两人是同学，又是闺密，现合租在一块儿。但吴芯并没有向好友祝贺，反而泼冷水："这家电视台经常报道一些捕风捉影的消息，对外形象不好，你还是另择高枝吧，免得今后坏了名声。"

陈漫略显诧异，但也没计较："现在工作难找，有这样的机会，总不能放过吧。对了，你的作品找到伯乐没有？"

吴芯说："晚上就有一个出版人约吃饭，你陪我一块儿去见识见识吧！"

陈漫答应了。吴芯从小父母离婚，看淡一切。上大学后，又偏偏喜欢上写作，毕业前刚完成了一部青春励志的长篇小说，正指望靠这部小说敲开人生求职路上的第一扇大门。为了这个目标，吴芯已经跑了好几家出版社和影视公司了。

傍晚，陈漫陪吴芯见到了那个出版人，一个发福秃顶的中年男。中年男身边，还有另外几个老板大款。大家兴致都高，一边喝酒，一边说些荤段子，就是绝口不提吴芯的作品。吴芯似乎也不在乎，陪着一帮男人喝酒调笑，这让旁边的陈漫非常别扭。

　　喝完酒，几个男人还想去唱歌，但陈漫找借口把吴芯拉走了。半道上陈漫有些担心地说："这样喝酒怎么行，我感觉他们就是想把你灌醉。"吴芯挥挥手说："你以为职场干净吗，我倒觉得这种赤裸裸的表现，比那些善于伪装的正人君子强。你明天面试才要多加注意！"

　　陈漫不知所指。第二天一早，陈漫赶到电视台，看见一同前来面试的有好几个靓女帅哥。主考官是分管业务的副台长梁辉，虽然不苟言笑，但仍显出成熟稳重的男人魅力。梁辉说，电视台准备新设一档娱乐节目，未来的主持人就要在今天的面试者中产生。大家一听，都很认真，陈漫也即兴表演了一段小品。这天的结果是，大伙儿都很优秀，梁辉决定给每个人一个月实习机会，最后再决定留下哪些人。

　　虽然只是一个实习的机会，但陈漫还是很高兴，她一直想凭自己的努力找到一份如意的工作，现在至少看到了曙光。

　　陈漫回到小屋做好了晚餐，却一直不见吴芯归来，打电话一问，谁知吴芯接起电话劈头盖脸就是一句："陈漫，我知道你想说什么，你的主考官一定是个正襟危坐仪表堂堂的男人，对你这种清纯玉女一定挺欣赏。"

　　陈漫觉得对方应该喝多了酒，口齿有些含混，连忙问："你是不是又喝了酒？告诉我，你在什么地方？"

　　吴芯说："我在麦凌格酒吧。昨天不是没谈成作品吗，今天我主动约了那个出版人，你放心，我没喝多。"

　　陈漫坐不住了，她不想让吴芯借酒撒野，连忙出门打的，直奔麦凌格而去。走进酒吧，却被告知吴芯已跟一中年男上了出租车。陈漫打了无数遍电话，始终没联系上吴芯。

　　第二天一早，吴芯却意外归来，略显疲惫地一头扑在床上说："昨晚我确实喝多了，不知怎么醒来竟躺在宾馆里。"陈漫不敢相信："那个秃顶男人呢？"吴芯哼了一声："放心吧，没人侵犯我，那男人让前台告诉我，见我喝多了又不知住在哪儿，才专门把我送到了宾馆。不过说老实话，我昨天是豁出去了的，我不相信不付出一点什么，就能找到真正的伯乐！"

陈漫不信这一套，第二天她就全身心投入到电视台的实习工作中。为了更好胜任主持人的角色，陈漫花了数天时间，写了很多策划稿。她把这些精心准备的策划方案，全部递交到梁辉案头，以期获得一个肯定的微笑，但她失望了，板着脸的梁辉没有给她半点赞赏。

　　回到小屋的陈漫多少有些失落，一旁的吴芯见状却说："人长得美不算啥，利用好美，以美为手段，才能征服职场。那个梁台长，别看他仪表堂堂，或许就是个道貌岸然的角色，你不给点甜头，如何在一帮实习生中脱颖而出？"

　　陈漫还在思考，吴芯已帮她拿了主意："你放心，征服梁台长这件事，交给我来办。你只做一件事，明天上班把他QQ号搞来！"

　　第二天晚上，吴芯用搞来的QQ号，以陈漫之名加了梁辉为好友。得知梁辉还在办公室加班，吴芯趁势打趣说嫂子没意见吗。梁辉没有正面回答，只是说晚一点回去没关系。吴芯一听，决定替陈漫搏一把，便斗胆地说："梁台，这么晚还工作肯定辛苦，一会儿忙完后我请你喝夜啤酒吧，我一个人住！"

　　梁辉沉默了片刻，打出一行字："陈漫，做特立独行的女孩吧，别走那种俗而又俗的路！"

　　陈漫知道后脸上火辣辣的，不知明天如何面对梁台长。吴芯却胸有成竹："事情尚未见分晓，容我今晚再想想，保准明天帮你拿出一个十全十美的主意！"

　　陈漫不想让吴芯再掺和，谁知第二天上完班刚走出电视台，就遇见了站在街头树荫下的吴芯。吴芯主意已经想出来了，她抓过陈漫的手机，当着她面发出了一条约会信息："梁台，我想到了一个更能展现主持人风格的方案，今晚想表演给你一个人看。晚上9点，春熙大酒店512号房，我等你！"

　　陈漫看完急了："怎么能这样？这种龌龊的事我不去，要去你自己去！"

　　吴芯也很气恼："我还不是想帮你！只要能顺利拿到工作，牺牲一次又何妨？你要真不愿意去，那我替你，到时候别怪我抢了你饭碗！"

　　两人不依不饶，不欢而散。陈漫本来想给梁辉发一个短信解释，却又无颜面对，只好眼睁睁看着吴芯消失在夜幕中。

　　吴芯赶到酒店，她希望梁辉不要如约而来，但门铃响起。房门打开，门口站着准时到来的梁辉，两人一照面，门里的吴芯一脸鄙夷，门外的梁辉一脸愤怒。吴芯讥讽天下没有不偷腥的猫，梁辉则愤怒地把一封信掷在吴芯脚下，怂然而去。

吴芯黯然回屋，见到陈漫的第一句是："你敬重的梁台长，如约来了！"接着泪如雨下……

转眼快到一月实习期，梁辉约每个实习生谈话。轮到陈漫时，梁辉问："短短三十天，你认为自己合格吗？"陈漫答："我认为我合格。我工作认真，做人正派，不像有些人，只是面上君子。说内心话，在这种氛围里，我已没有当初找工作的激情了。"梁辉淡淡一笑："你很坦荡。这样吧，我不想错过一个优秀的人才，也不想你勉力而为。我们互相给两天时间，是去是留，都给彼此一个理由。"

陈漫心情郁闷回到小屋，发现吴芯正在啜泣，旁边还站着中年男。陈漫以为吴芯被欺负，正要发作，吴芯却示意说："不怪他，怪我。我来自离异家庭，对感情本不存希望，步入社会，以为有捷径可走，所以这段时间我游走在形形色色的人之间，下午我就差点答应了一个帮我出书的商人。幸好他闯了进来，表情严肃当场要和他的商人朋友割袍断义。我突然觉得，这个世界还是好人多。"

中年男说："也是凑巧遇上了。我们都不是圣人，但相信多数人都有做人的底线。吴芯的作品很出色，我今天来就是找吴芯签出版合同的。"

中年男告辞而去。这时吴芯才从包里拿出一封信，递给陈漫说："其实有件事，我一直没敢告诉你，那个梁台长，是我父亲。我用你的QQ加她，怂恿你到宾馆搞潜规则，其实都是利用了你。当年他和我母亲分手，我以为是父亲背叛了母亲，所以很愤怒，还改随母姓。这次我想通过你给他制造难堪，那晚酒店相约，他确实来了，但不是来见你，而是专门给你送这封信的，歪打正着让我读到了，我也由此明白，在对待父亲的态度和为人处世上，我错了。"

陈漫接过信，仿佛听到了梁辉的声音："小陈，本来我想通过QQ回复你，但想了想，还是写封信，当面交给你以示尊重。在职场上可能存在误区，让少数人以为通过潜规则可以走捷径，我能理解。我的女儿，也是学传媒的，在她初中时，我和她母亲离了婚。那时我们都努力工作，想尽一切办法往上钻，为了所谓的成功无所不用其极，从而失去了方向和判断。一个偶然，我妻子成了被潜的对象，她升职了，但也因为愧疚，造成了我们婚姻的破裂。离婚时，为了减轻孩子对母亲的误解，我找了个喜欢上别人的借口，但也造成孩子和我至今不睦。今天，我女儿也如你一样毕业了，真希望你们都通过双手找到真正的伯乐，不给今生留一点遗憾！"

读完信，陈漫似有所悟，她抓起了电话："梁台长，我误解你了，明天我就去报到！"

梁辉轻轻一笑："吴芯之前已打了电话给我，解释了发生的原因，我们也冰释前嫌。我已和吴芯的妈妈联系，改天欢迎你和吴芯回家。"

寻找送花人

黄尧是一家服装公司的设计师。这个周末,她收到了一束鲜花。送花人她认识,是公司对面一家花店的员工,叫赛虎。但从花丛的卡片上看,赛虎只是受命而为,应该是有人在花店买了花,指定花店送过来了。卡片上没留名字,只有一句祝福语:周末快乐!

黄尧没有在意。她长得漂亮,如果有人送花,一点儿也不意外。一年前她刚进公司时,便受到许多人明里暗里追求。那时的黄尧就是只快乐的小鸟,下班没事时便喜欢四处闲逛,赛虎工作的花店也是她经常光顾的地方,一来二去,性格活泼的黄尧便和赛虎混熟了,她也因此读懂了许多花语,比如玫瑰象征爱情,郁金香象征美丽,百合象征纯洁,而紫罗兰象征信任。因为经常在赛虎工作的花店逗留,便有闺密以为他们在交朋友。黄尧却矢口否认,赛虎长得帅,工作认真,但充其量就是个"花童",这对大学毕业有着良好工作的黄尧来说,根本不在考虑范畴。

没多久,黄尧接受了同事的追求,他叫黎朗,是公司公认的首席设计师。黎朗出身寒门,但工作近乎严苛,经常加班加点搞设计不说,还利用周末和节假礼拜四处拜师。黄尧心里暗暗佩服,唯一遗憾的是,黎朗陪她的时间太少,有时黄尧想陪同外出，黎朗总是拒绝。黎朗说，他这样做，就是为了两人的今后，现在苦点，今后才有好日子过。

这个周末，黎朗又去了外地，黄尧闲着没事，便又想到了那束鲜花。卡片上没留名，成了她心里的一个疙瘩，她倒希望是黎朗送的花，恋爱这么久，她还从没收到过一束玫瑰，黎朗不缺浪漫，但缺一个让黄尧感到浪漫的机会。

黄尧信步去了街上，四处闲逛一阵，不知不觉又来到了花店，她还是想弄清是谁送的花。赛虎正在打理花枝，头也不抬地说："送花人是通过电话委托的，花店只是完成一桩生意，并不知道是谁，也不过问送花缘由。"

问不到结果，黄尧也自觉没趣，见店里新进了不少花都需要打理，便主动提出帮忙。赛虎答应后，黄尧便边学边忙，不知不觉，竟过去了一上午。午饭时，赛虎把工作暂时交给其他人，执意要找个地方犒劳黄尧。

通过吃饭交流黄尧才知道，赛虎是学园林的，毕业两年，一直在花店打工。黄尧眼里露出惋惜的神色说："花店多小啊，为什么不能有更大的抱负呢？"

赛虎淡淡回道："饭要一口一口吃，事情要一件一件做，把基础夯牢，总不是坏事。如果某一天，你发现生活并不是自己想的那样，你该怎么办？"

黄尧不明所以，她抬起头，刚好遇上赛虎探寻的目光，似乎想告诉她什么。氛围微微有些尴尬，赛虎没有追问，黄尧也不想深究。她是一个简单热情的女孩，不想胡乱猜测。

一周时间很快过去，黎朗告诉黄尧，这个周末他又要外出。黄尧心疼地说，何必这么累呢。黎朗安抚道，人年轻，体力好，多累点没事。

黎朗离开的这个周末，黄尧又收到了一束花。花依然是赛虎送来的，赛虎似有心事，欲言又止。黄尧虽然有些奇怪，注意力却被鲜花中的卡片吸引。卡片上有留言：周末快乐！想知道我是谁，明天下午6点花园酒店门口见。

到了第二天，黄尧提前半小时就去了花园酒店，她选了个角落，却可以看见进进出出的人。她太想知道送花人是谁，为什么送花给她。单从卡片上的留言，她看不出对方的目的，而两次送的花，也读不懂花语，这反而勾起了黄尧的好奇。

门口进来一对用餐的男女，只一眼，黄尧就像触了电。一个花枝招展的女人旁边，走着的正是黎朗。两人很亲切，坐下那一刻，黎朗甚至讨好地为女人拂了拂凳子上的灰尘，接着变戏法一般，拿出一束事前放在那儿的玫瑰，献给了对方。

黄尧傻了，眼前的浪漫，于她陌生而刺激，她甚至怀疑自己是在做梦。问旁边的服务员，服务员说，那二人是这儿的老顾客了，经常周末来住店，晚饭也事前订好。

黄尧一瞬间懂了，黎朗借口外出拜师，却偷偷来这儿幽会，但这事被送花人知道了，于是借送花约见，让她明白发生的事情。这一刻，黄尧心痛如麻。

周一上班，黄尧已变了心情。黎朗还想狡辩，但在黄尧逼视的目光下，黎朗最终心虚地承认了。黎朗说："其实也没什么好奇怪的，那女人有钱，答应帮我筹建自己的公司。找到这样的靠山，这辈子不愁混不出个人样儿。今后公司就是我和你的，那是多么伟大的抱负！"

黄尧气愤呵斥："所以你不惜欺骗我，而且不惜出卖人格去达到目的！"说罢黄尧斩断了和黎朗的情缘。

尽管这样，黄尧却心绪难平，她本来是看好这段感情的，却没料到会遇到一个吃软饭走捷径的人。这一天，黄尧一直很压抑。下班时，赛虎又替人送花来了，而且这次是一捧紫罗兰。望着代表信任的鲜花，黄尧泪如泉涌，她请求说："无论如何，请务必找到这个送花人！"

赛虎不置可否："找到送花人又怎么样呢，也许他只是不想让你受伤害！你现在的状态相当差，这样工作容易出差错。建议明天休息一天，我带你去个地方散心。"

第二天一早，赛虎打了一辆出租来接黄尧。目的地是一片数百亩的园林，空气清新，沁人心脾，虽然已是10月，但月季、菊花、木槿、孔雀草，还有许多叫不出名字的花开得正艳。赛虎带黄尧在一个亭子前坐下，自称要为黄尧采一束剑兰，独自去了园林深处。

这时，一个服务生过来为黄尧沏茶。黄尧见杯子里泡的全是桂花，不免有些好奇。服务生倒是热情，他对黄尧说："这都是园林里桂花树上采摘下来的，喝了舒肝养胃，是上好的养生茶，咱们赛总特意叮咛为你泡这个，请慢用。"

黄尧端杯欲饮，突然又放下杯子，叫住正转身离去的服务生，问："刚才你叫什么，赛总，赛总是谁？"

服务生满脸惊奇："赛虎就是赛总啊，他对你这么好，你都不知道？"

黄尧像听天书："赛虎不是在花店打工的吗，什么时候变成老总了？"

服务生解释："我们赛总就是低调，他父亲是这个城市大名鼎鼎的赛氏集团的老总，赛总却不依不靠，大学毕业自主创业从开花店开始。这园林也是赛总租下来的，栽培出来的花，专门供他城里的十多家连锁花店用。知道你今天要来，赛总昨天就打电话吩咐，要把卫生搞好，说千万别扫了你的兴。"

黄尧听罢，感觉自己就像个幼稚生，居然把名世显赫的赛虎看成了一个普通花童，可他为什么要这样低调呢？这时赛虎已采完花回来，手里捧着一束剑兰。他没有注意到黄尧表情的变化，而径直说："剑兰花亭亭玉立，有艳压群芳的姿容。但剑兰花真正的美不在这，而在于它解热毒抗跌打，是很好的中药。而你，就是一株剑兰花，希望在情绪低落时，尽快振作起来。"

黄尧接过赛虎递过来的剑兰，眼里已蓄满了泪水。她抚着剑兰的花瓣说："如果我没猜错的话，之前那个匿名送花人，就是你！"

赛虎犹疑了片刻，点点头承认了。赛虎解释说，当初他看到黄尧的第一眼，就被她的外表和性格吸引。但他还来不及表白，就被黎朗捷足先登。本来他想让这段情愫珍藏一辈子，却不料无意间撞破了黎朗的隐情，黎朗为了讨好对方，多次来预订鲜花送到酒店。黎朗愤愤不平，却又担心一旦点破，让黄尧认为他是在嫉妒，于是利用送花的方式，让黄尧自己去慢慢警醒。

黄尧听罢嗔怪道："不管你的解释借口再好，你刻意隐瞒身份这一点，还是表明对我不尊重。"

赛虎牵起黄尧的手，指着满目的花朵说："我不想你因为我的身份而爱上我。我更希望用我自己种下的鲜花，每天为你送上一束，直到永远！"

黄尧娇羞如兰，柔媚的眸子盈满了幸福。

难以做主的拍卖

林飞达刚从工厂退休下来，和很多喜欢跳舞、遛鸟的老年人不同，林飞达喜欢收藏，什么字画、陶瓷、工艺品之类都是他搜寻的对象。虽然称不上行家里手，但作为一种爱好，也算一种颐养天年的方式吧。

这些天林飞达心情特别不错，前一阵在省城工作的女儿打电话回来，说经人介绍认识了一位男朋友，男方工作不错，薪水也高，人品和外貌也让她非常满意，言语间充满自得。林飞达一听，叮嘱女儿多加考察，暗地里却也心中快活。

人逢喜事精神爽，林飞达精神饱满，天天都往古玩市场跑，要么专心"淘"货，要么和玩友们喝茶聊天交流。

这一天，林飞达又一早到了古玩市场，见市面尚很冷清，便信步踱进了旁边一家古玩店。老板也算是熟人了，一边做事一边让林飞达自个儿观赏。林飞达看着看着，突然看见一只摆放在展架上的瓷盘，四边釉色饱满，盘中绣着五彩花鸟，花儿鸟儿都栩栩如生。林飞达轻手摩挲，心中突突直跳，眼里更是生出难掩的爱恋。旁边的老板见状，连忙上前打趣说："林师傅，怎么了，看上这只盘子了？"

林飞达点了点头："我感觉这只盘的瓷色、花纹、做工都很细腻，看成色应该有些年份了，就怕价格不低。"

老板又笑了，夸赞道："不错，这只盘产于清康熙年间，是当年景德镇的官窑烧制，史称五彩花鸟盘。林师傅慧眼识珠，如果确实喜欢，我就贱卖给你！"

"贱卖？"林飞达听着高兴，但心头也在估量，再怎么贱卖，价格也不会在10万以下吧，这价格，早已超出了一个退休工人的承受能力，所以林飞达摇了摇头："不，别说贱卖，贱卖我也买不起，还是卖给那些有钱的主吧！"

老板嘿嘿一笑，伸出三根指头说："我说的贱卖，肯定不会让你掏大钱，就这个数？"

"三万？"林飞达暗暗咂舌，觉得这个数可以商量。老板却把手一挥："不，300，你看上了就拿去。"

林飞达完全蒙了，老板却乐得调侃："这只五彩花鸟盘，从着色到工艺都不错，只可惜这不是老瓷，而是当代工匠仿制的，由于现代仿制技术高超，几可以假乱真，害得林师傅你都看走眼了。"

林飞达一脸赧然，见老板如此地道，连忙不好意思地说："实不相瞒，我出道晚，退休以后才爱上这行，说到底还是个门外汉。今天也确实眼拙，如果不是遇上实诚的你，指不定还闹出更多的事来。谢谢你。"

林飞达捧着五彩花鸟盘回到喝茶的玩友们中间，乐滋滋的和众玩友分享刚才的经历，大家一边感叹当代的仿制工艺确实了得，一边也为林师傅花300元买个教训而高兴。这时一个玩友突然对林飞达说："古玩的真假，说起来容易，识别起来很难，在座诸位谁没有过心痛的教训？不过，林师傅家里那只青花龙凤瓶，倒是经过专家鉴定的，今天少说也值一百万了，还是让我们这些业余玩友羡慕啊！"

林飞达的心再次快活起来。那只青花龙凤瓶，是20年前他和老伴去一个外地小镇旅游时，无意中从一户人家手中花2000元淘来的。当时也就是觉得好看，也不知道其真正价值，为此还曾惹得老伴不快。不承想此一时彼一时，后来去参加电视台组织的鉴宝节目，在场的几位专家竟一致给出了是明朝万历年间"真瓷"的鉴定，这一来不但让林飞达喜出望外，也一下抬高了林飞达在众玩友中的地位。唯一遗憾的是，这只青花龙凤瓶究竟值多少钱，至今也没个准信儿。

说者无心，听者有意。当晚林飞达回到家里，连忙和老伴一起，上网查询青花龙凤瓶的相关信息。让他们意外的是，网上的类似信息也是纷纷扰扰，真假莫辨，但有一点是绝对真实的，如果要让古玩变现，最好是通过拍卖公司。拍卖公司举行的各种规格的拍卖会，可以帮助卖家寻到一个更加合理的价位。

老伴首先出来做工作："我支持拿出去拍卖。许多人收藏古董，不是为了带进坟墓，而是为了增值。当年2000元淘来的古瓶，如果今天能够卖100万，不仅赚足了，还可以拿这笔钱在省城给女儿买套房子，也算我们为父为母尽到了最后一点责任。"

林飞达瞥一眼老伴，故意不悦说："当年我花2000元，你就嚷嚷着是破费，现在怎么不说我有眼见了？"见老伴一脸嗔怪，林飞达乐呵呵笑了起来。

过了两天，林飞达联系上了省城一家拍卖公司，听说林飞达手中有经过专家鉴定过的青花龙凤瓶，拍卖公司非常高兴，不但允诺帮他卖个好价钱，还安排专车去接林飞达和老伴。想到女儿也在省城工作，顺便还可以见见女儿和未来的女婿，林飞达和老伴高高兴兴带着青花龙凤瓶上路了。

到了省城，拍卖公司热情接待了林飞达和老伴。公司专门请来了估价师——一个30岁左右的年轻人，西装革履，精神干练，自称小许，全名许乐。许乐捧着青花龙凤瓶，非常认真审看起来，边看边点头，边看边叹服。许乐说："这件青化龙凤瓶，真是不多见，釉色细腻，色彩佳妙，是明器中的上品。虽然清代的康、乾两朝也盛产陶瓷佳品，但都不能与明代相比。像这件青花龙凤瓶，青釉极厚，宛如温玉，加之外形高端完整，实属人间罕见佳品。"

林飞达一听，有些发蒙，失声问道："以你的估价，值什么数呢？"

许乐先比了一根指头，又伸出五根指头，很有信心地说："这件青花龙凤瓶，基本估价在1500万上下！"

林飞达完全怔住了，他作过无数设想，也没超越过100万，突然间听到上千万的数字，思维完全乱了。老伴在旁边紧紧攥着他，也有些喘不过气。林飞达这时好不容易清醒一点，连忙问："年轻人，你能保证它值1500万吗？"

许乐微笑着，平静地说："在我经历的估价中，1500万不算高啊。有许多如你们一样的收藏者，事前都估计不足，直到来到拍卖行才知道。当然，这只是估价，最终要变现，还得靠拍卖公司帮忙，像这家拍卖公司，就经常在香港、纽约举行拍卖会，帮助许多卖家卖出了好价钱！"

林飞达听明白了，宝贝要变现，就必须通过拍卖公司，到时候，他就是千万富翁中的一员了，还犹豫什么呢。林飞达当即和公司签下了拍卖合同，拍卖公司也很爽快，不但承诺三个月内完成拍卖，还把应按百分之一到百分之一点五收取的服务费降至估价的百分之零点八。从拍卖公司出来，林飞达和老伴高兴地在车站给女儿打了个问候电话，面都没见就急匆匆坐火车回家筹钱去了。

时间过得很快，三个月转瞬即逝。这期间，林飞达一直期盼拍卖公司能带给他一个利好的消息，但三个月合同期过去，依然没有任何消息。林飞达坐不住了，天天往公司打电话询问，得到的答复总是让他再等等。

这一天，林飞达又往公司打电话，接电话的恰好是许乐。许乐劝林飞达不要急，公司这段时间正在筹备香港的拍卖会。末了许乐说："好事不在忙上，这次的香港拍卖会，林师傅的青花龙凤瓶一定会拍出一个满意的价钱。另外，如果林师傅手中还有什么存货，也可一并拿到公司估价拍卖，机不可失。"

林飞达暗自掂量，这次拍卖青花龙凤瓶，仅估价的服务费就给了12万，想起就让人心疼。但比起即将到手的1500万，12万只是九牛一毛，可惜家里拿不出更有品质的古董，否则赚得更欢。

想到这儿，林飞达灵光一现，他忽然想到了那只五彩花鸟盘，用外行的眼光看，也算最上乘的工艺品了。如果把这件几乎可以乱真的作品拿出去拍卖，会是一个什么样的结果呢。

就这样，林飞达试着把五彩花鸟盘告诉了许乐。许乐也很高兴，第二天就带了两个估价师亲自开车来见了林飞达。林飞达小心翼翼捧出五彩花鸟盘，忐忑不安拿给许乐一行估价。出乎意料的是，经过一番细致的观摩，许乐最后给出了一个天文数字的估价：400万。

林飞达的老伴当场就坐不住了，刚想出来澄清，就被林飞达用眼神制止。林飞达叮嘱老伴说："赶快去银行取4万元，把服务费给了，旅途劳顿，让许乐他们早点回省城。"

不消一刻，老伴取来现金，送走了许乐一行。门一关，老伴不依了，嗔怪道："钱啊，真不是个好东西。明明价值300元的工艺品，你却拿去当400万的古玩卖，你良心被狗吃了，谨防晚节不保！"

林飞达狡辩："我也不是有意这样，本来只是随便说说，谁知专业的拍卖公司也会看走眼，拍出400万的天价！如果他们拿到香港拍卖会上，不说拍出400万，就是20万，我也开心了！"

老伴还是不服气："我总觉得不对劲，前一拍1500万，后一拍400万，这么重的水分，难道没有一点儿猫腻？"

林飞达点点头，但又摇摇头，他不相信会遇上什么邪门的事。

转眼快到年终，望眼欲穿的香港拍卖会迟迟没有音讯。林飞达天天抱着希望打电话，得到的回答都是失望。到最后，电话不但打不通，反而接到了公安机关的电话，告诉他那家拍卖公司原来是一家没有拍卖资质的山寨公司，因为被举报已被公安机关查封。警察抓获了山寨公司的老板，正在对所有受害者调查取证。

林飞达大病一场，原本好好的心脏突然心律不齐。他对老伴检讨说："如果我没有贪念，何苦会上当受骗呢。两次交了16万服务费，是个不小的教训啊。"

老伴劝慰说："你也别生气了，你的宝贝女儿马上要带毛脚女婿春节回来见我们，无论如何，你也要表现得开心一点。"林飞达点了点头。

春节前，把家里收拾一新的林飞达和老伴终于等来了女儿，女儿的身后，跟着一个西装革履、精神干练的年轻人。只一眼，林飞达开心的表情就僵住了，那年轻人不是别人，正是骗了他16万服务费的估价师许乐。

许乐也认出了林飞达，连忙上前解释："伯父，早知道是你，我就不应该昧着良心骗你啊。所谓的估价，都是当初公司故意安排的，其目的就是要多收服务费！"

但所有的解释已经晚了，林飞达什么也听不进去了，这时的他，再一次心律不齐了。

寻找温暖

　　尔冬年近而立，却已是一家知名公司的片区经理。肩上添了担子，对家里自然照顾不够，日子一长，难免不被妻子抱怨。情绪就像茅草，搅得人心里发乱，两口子便时有龃龉。这不，尔冬为了给总公司上报年度计划，这一阵几乎天天都耗在办公室，熬红了双眼不说，无形中也冷落了妻子。但尔冬非但没有给出一个很好的解释，反而认为妻子的不理解是小肚鸡肠，两人就这样悄悄打起了肚皮官司。这天早上，一觉醒来的尔冬发现妻子没有像平常那样为他备好早餐，心头不免上火，一赌气就摔门而出。

　　尔冬没有叫司机，而是自个儿赶路，他喜欢边走边思考，有一种忙里偷闲的快乐。日上三竿，上班的高峰期已过，大街上行人不多，有一种说不出的清爽。转过一个街角，尔冬的电话响了，是妻子打来的，叮嘱他自己买一份便当，别饿着肚子上班。尔冬心头暖和着，嘴上却故作轻慢，俨然不在乎。正有些"心不在焉"，突然"哐当"一声，回头一看，是撞了一个人，那人手中的一件瓷制品，因刚才那一撞掉在了地上。尔冬再一看，被撞的是一位年迈的大爷，掉在地上的是一口旧瓷盆，似乎并没造成什么伤害，所以稍一迟疑，尔冬又往前赶去。

　　尔冬走了几十米，感觉有些不对，被撞的毕竟是一个耄耋老人啊。而此刻，老人正试图去拣地上的瓷盆，却体力不支，趴在地上直不起腰来。一些路人从旁经过，都露出或好奇或疑惑的目光，却没有人上前帮忙。尔冬忍不住了，返身跑回去，把老人慢慢搀扶起来。尔冬道歉说："都怪我，刚才只顾看路，让您老受累了！"老人却没有责备，他说："不怪你，只怪人老不中用了！"说罢下意识地看着手中的瓷盆，仿佛是一件宝物。尔冬一看，瓷盆经过刚才那一"咣当"，竟裂了一道口子，不过，瓷盆本身很陈旧了，几乎看不出底色，而且补丁摞补丁。尔冬想了想，就说："大爷，事情因我而起，不如我赔你一个新的吧，虽说是塑料的，但总归比这个'老古董'强！"老人充耳不闻地说："别说它老，补一补能用，用惯了的东西，好使！"老人拒绝了尔冬的好意，蹒跚着腿慢慢往一边走去，尔冬只得轻叹着摇摇头。

这天中午，尔冬伫立在公司大楼办公室的落地窗前，他的目光掠过城市喧闹的车流和人群，最后落在街角一处不起眼的旮旯里。那儿摆放着一个修补摊，一个戴了老花镜的师傅正全神贯注地敲补着。尔冬的思维开始跳跃，那个手拿瓷盆的老人在他脑海里浮现出来，尔冬的心头有了一丝牵挂。

第二天早上，尔冬暖暖地喝了一碗妻子专门煲的粥，临出门前他看了一眼妻子，或许他该说声谢谢，但最后还是忍住了。有什么可说的呢，妻子操持家务就像他奔忙事业一样天经地义，没什么不平衡的。

来到街头，尔冬仍然没叫司机，一个人寻寻觅觅地走着。不出所料，转了一个街角，一眼就看到了那个拿着瓷盆的老人。尔冬走上去，发现瓷盆的裂缝并没补上，就说："大爷，您老还没找着补瓷盆的地方吗？"老人认出了尔冬，搭话说："是啊，这年头没人用这玩意儿了，要找个补它的地方真难！"尔冬觉得这老人很犟，一件过了时的老古董，竟让他如此难舍。想了想就提了个建议："这样吧，我倒知道一个地方，或许能补这种瓷盆，您老不方便，就交我得了，明天这个时候，我还是在这里等您，保证还一口好瓷盆给您！"老人觉得尔冬一片真诚，就答应了。

过了一天，尔冬守约而至，老人已等在那里了。接过尔冬递过来的瓷盆，老人细细端详起来。看着看着，老人似乎突然来了情绪，他伸手细细摩挲着，目光专注，面色凝重。尔冬见状就问："怎么了，补得不好？""好！"老人轻轻颔首。

"补得不满意？"尔冬还是感觉不太放心。"不，我很满意！"老人再次点点头。尔冬说："那您……还有什么不对劲的地方吗？"没想到老人两眼早已濡湿，他说："没什么不对劲，我只觉得补得太好了，好得让我感觉很亲切！年轻人，你能带我去见见那位修补师傅吗？"

尔冬没有让老人失望。但尔冬没想到，戴着老花镜的修补师傅和老人一照面，当下两人都热泪盈眶，俨如一对分手已久的老伙计。老人握住师傅的手说："人恋旧！自从我搬了家，一直用这盆子。每次摔坏了，我就总想起你，今天一摸到补疤，就觉得眼熟，亏了这个年轻人，不然我俩这辈子怕没缘分相见了！"修补师傅听这么一说，有些感激地冲旁边的尔冬点了点头，然后对老人说："是啊，一晃几十年，咱们都成老骨头了，我也是坐不住啊，明知这种生意没多少人光顾，可我还是每天守在这儿，偶尔见一两个老面孔，这心头就熨帖啊！"说到这儿，修补师傅转头恳求尔冬说："你过两个小时再来吧，今晌午我们哥俩去喝两盅，叙叙旧。"

尔冬没有拒绝这一请求，虽然他觉得这跟自己没什么关系。两个时辰后，尔冬独自开了车来接老人。他看见老人和师傅都红光满面，微有醉意。临上车前，两个人相互千叮万嘱，愉悦之情溢于言表。半路上，老人似乎还沉浸在美好的回忆中，他自语般地说："算起来，我跟老师傅的缘也有近四十年了，那时还年轻，每次去补瓷盆，我都让自己媳妇陪着。那师傅会说话，总拣顺耳的让我们听，干活又精细，一来二去，就成老熟人了，没事也喜欢在一块叨叨。四十年来，我搬了好几次家，唯一忘不了的就是老师傅那热情、专注的面孔，总是在想能否还见上一面。现在好了，知道老伙计日子还过得充实，身子骨也硬朗，这心头就特别熨帖。是这口瓷盆，让我们在修补之间建立了一种默契，看着相互间好好的，彼此间都很放松，如果我的瓷盆每次都能在老师傅手里妙手回春，我心中便有了寄托啊！"

尔冬把老人送到目的地，搀扶着老人下了车，当老人准备离去时，尔冬忽有所悟地说："老人家，你知道吗，其实那修补瓷盆的师傅是我父亲。过去我一直不理解，家里不愁吃不愁穿，他瞎忙个啥，不是给我丢脸吗。但今天，我却从你们身上，读到了一种很温暖的东西，每个人的生命都有一个支点，人的精神才不会垮，心中才会永远充满希望！"

回家的路上，尔冬打电话给父亲，感谢他再次给自己的人生上了鲜活的一课。父亲说，生活中最平凡的东西最感人，只可惜我们往往不以为然，比如你妻子，为了你的事业，为了一个家，默默牺牲了自己的青春和时间，而你，只需要对妻子说上一句关心的话就能温暖她的心，只需要抽一点时间稍微陪陪她就能满足一个女人最起码的情感需求，可是，你最终疏忽了，让幸福在指间滑过，让爱情悄悄溜走……

尔冬不知父亲是怎么知道这些事的，不过他已经无心过问，他现在唯一想做的事情是，回家前，去花店买一束鲜花献给妻子。想到这些，他感到一股从未有过的温暖。

两个俏皮的倔老头

长寿小区住着两个70来岁的倔老头，互相见了面都没有一副好脸色。按理古稀之年什么事情都该想通想淡了，犯不着老跟谁过不去，可这俩老头都挺硬气，谁也不肯施舍一个善意的笑脸。小区进出有两个门，两人为了避而不见，干脆各选一个门进出，各自安好。

这两个倔老头子，一个叫牛强，一个叫龙海，都是当年在一个连队的战友。照说二人在连队关系也不错，牛强那时饭量特别大，在炊事班的龙海总是千方百计照顾，有次牛强训练伤了腿，龙海还特意准备了荷包蛋，悉心照料了两周。牛强倍感温暖，浓浓的战友情维持着二人的友谊，直到一同复员回到地方。

且说龙海的孙子叫龙小严，大学毕业在医院当医生，最近交往了一个当教师的女朋友，周末这一天，龙小严兴冲冲带女友回家见家长，父母见未来媳妇长相清秀又有礼有节，自然十分满意，可是到了爷爷这一关，就有了麻烦。

龙海一直看着未来的孙儿媳妇，总觉得她像一个人，就不经意问了孙儿一句："她姓什么？"

龙小严连忙回答："她姓牛，叫牛娜，其实也和我们住在同一小区。她爷爷差不多和您一般年龄大。"

龙海一听，肚子里的气就乱窜，仿佛患了急性肠梗阻似的不舒服："姓牛？难不成叫牛强？"

龙小严鸡啄米似的点头："对对对，她爷爷叫牛强，和你一样，当过兵，打过仗，难道你们是战友？"

龙海脸色骤变，原本饭菜都端上饭桌了，可他撂下碗筷就走，把所有人都弄了个丈二和尚。倒是龙海老伴明白过来，不露声色招呼一家人吃饭，自己却想起一段往事来。

那是牛强和龙海一同复员到地方的20世纪70年代初，二人一个安排在肉联厂，一个分配到五金公司。肉联厂负责屠宰和售卖；五金公司呢，卖家电日用品比如自行车。两个人之间的"梁子"，始于那个买什么都要凭票的年代。

那年春节龙海的小姨子结婚，准备请双方父母吃顿饭。可这顿饭没荤腥不行，而那个年代割肉实行限量，需要凭肉票购买，于是小姨子请姐夫帮忙。龙海急忙去翻箱底，发现当月的肉票已经不够了，思来想去，决定去找自己的老战友帮忙。

此时的牛强已经做了肉联厂的厂长，每个月有20斤猪肉的特批权。龙海心想凭这份战友情分个三五斤猪肉应该不成问题，于是信心满满找了过去。

龙海到了肉联厂门口，一眼就看到了牛强，正在送一个中年人出门。那中年人他也认得，是县城出了名的王二哥。王二哥在县城帮人打杂，没事喜欢推个架架车满街收破烂，遇到什么事特别喜欢帮忙，人缘非常好。而此刻，王二哥架架车里面拉的却不是什么破烂，而是一筐新鲜的猪肉。

龙海一见到猪肉就兴奋了，连忙大喊牛强的名字。两人这关系，龙海也不想绕弯子，直接就道出了到访的目的。可牛强刚一听完就摇头，连声说这个月的特批肉，全部没了。

龙海怔了怔，以为牛强是没听清楚，又加重语气说："老战友，这回可是我小姨子结婚，今天要是拿不到这猪肉，回去怎么向老婆、向老丈人老丈母好交差呀，你批个条子不就成了吗？"

牛强苦着脸说："这可不行，我手上真没那个权力，要不，我用肉票帮你割一斤肉！"

龙海很是不悦："刚才见王二哥拉一筐肉，你能批给他，就不能批给我，莫不是你和他有什么交易？唉，算了，我也不说那么多了，你就当帮帮我，让我好歹也走一次后门。"

牛强一听走后门，一下唬下脸来："这年头，为了二两肉，打着各种旗号和关系来走后门的人太多了，我们都是守纪律讲规矩的军人，不是随处打洞蛀空地基的老鼠，如果人人都找我批条子，我们和人人喊打的老鼠有何区别，所以这样的条子我不能批！"

龙海听罢真来气了："牛厂长，我不是走后门，而是小姨子结婚有急用，人生一辈子这么大的事总该帮帮忙吧，大不了下个月我把肉票补交上来不就行了。"

牛强依然不允，半开玩笑说："不行就是不行，我给你的建议是，吃不到肉就吃素，想开后门没门儿。"

原本以为五分钟的事情五十分钟都没搞定，龙海被呛得恨不得一头钻进地缝儿，他也从此记住了牛强那张一本正经的脸，还战友呢，简直是没有人情味的冷血动物。

这件往事，龙海的孙子龙小严在当天晚上就打探清楚了，可他心头感到很可笑，多小一件事啊，不就是三五斤猪肉，何至于呢。不过转念一想，爷爷之所以如此计较，确实也怪牛娜的爷爷太刻板。于是，当他再一次和牛娜约会时，就半是认真半是玩笑把这件事讲了出来。

谁知牛娜一听，也很纠结地讲出一件事情来。原来那天去了龙小严家，见龙爷爷满脸不高兴，牛娜心头就有些疑惑，回家问起爷爷缘由，牛强便讲了另一件让两人不高兴的事情。

那已经是20世纪80年代中期了，改革开放让人们的餐桌上吃肉已经不成难题，肉票取消了，可是在工业基础薄弱的当时，一些生活用品还实行限供，比如自行车，买一辆"凤凰""永久"，比现在买一辆汽车还难，没有自行车票是买不到一辆牌子货的。

恰好那一年，牛强一个"老辈子"从农村找来，希望帮忙买一辆名牌自行车。牛强家里很穷，一直没有少受"老辈子"的接济，现在"老辈子"的儿子是改革开放后最早毕业的大学生之一，如果再配一辆那个年代最时髦的"凤凰"牌自行车，在那个年代绝对称得上高大上。现在，有恩于自己的"老辈子"找上门来，牛强拍着胸脯打包票，绝对没问题。

牛强手上是没有自行车票的，但当了这么多年厂长，走到哪儿办事还是容易讨到面子。牛强就想凭肉联厂厂长这张老脸，去找五金公司经理批一张条子。但牛强并不知道，五金公司刚刚换了新经理，等牛强找上门一看，坐在经理位置的正是龙海。牛强进退不得，只好硬着头皮讲明了来意。

龙海一见牛强就心下不悦，没想到堂堂肉联厂厂长也有求人办事的一天。当即头也不抬地说："批条子？这年头，为了一辆自行车，打着各种旗号和关系来走后门的人太多了，我们都是守纪律讲规矩的军人，不是随处打洞蛀空地基的老鼠，如果人人都来批条子，我们和人人喊打的老鼠有何区别，所以这样的条子我不能批！"

牛强一听龙海用他当年的话对付他，心头很愤怒，但又不得不赔着小心："我知道现在肉联厂厂长不吃香了，吃香的是手中有权的五金公司经理。不过好歹我们也扯平了，你的挖苦讽刺我也认了，请看在曾经战友的份上，举手之劳批一张条子吧。"

龙海却不留情面："不说一张，半张条子也不行。说我报复也好，说我坚持原则也罢，反正开后门的事情坚决没门儿。"

牛强被呛得灰头土脸，气得两只牛眼圆瞪，临出门时气不过，回头对着龙海发了一句狠誓："我狠，你更狠！我发誓，今后屙尿都不朝你这方向，这辈子再搭理你，我改了跟你姓！"

这话一撂出来，相当于是断了二人的任何退路。好在之后差不多四十年过去，二人之间既无工作交道也无生活交集。慢慢地两人都退了休，眼看日子也越来越好，没想到山不转水转，两人不但住进了同一小区，成了低头不见抬头见的近邻，更搞笑的是，双方孙儿孙女竟谈起恋爱来。

两个倔老头子本来不太看好小辈们这段姻缘，但小辈们爱得如胶似漆，两个老人的反对成了耳边风。不久，龙小严和牛娜说通各自父母，瞒着老爷子悄悄准备了订婚仪式，他们想借这个机会帮两个爷爷解开结了40余年的"梁子"。蒙在鼓里的牛强和龙海当然不知道子女们的用心，直到走进餐厅坐到了一张席桌，才知道这是订婚宴。二人想发火，却看见坐在宴席里的多了一位客人，竟是上了岁数的王二哥。

王二哥站起身来，在龙海惊讶不解的目光中，把他拉到一边，打趣说："你肯定在猜，今天我一个外人为什么会坐在这里，其实就一句话，我是来帮你消气的。"

龙海看着王二哥，有些云里雾里，只听王二哥又说："想当年，生活很困难，特别是一些伤残军人和军烈属家庭，吃顿肉并不容易。这件事后来被刚当上肉联厂厂长的牛强考虑到了，他找到我，说向上面打了个报告，每个月给伤残军人和烈属家庭特批20斤猪肉，希望通过我分发下去。结果那天去拉肉，被你看见产生误解，以为牛厂长和我有什么猫腻，不给你这个战友面子。你们这'梁子'结了几十年，直到前些日子我遇见牛厂长，听他谈到你们的过节，包括影响到孙儿孙女相亲相爱，才认为应该找个机会给你们解开这个心结。"

龙海听罢呆住了，他一直认为是牛强不讲情面在先，他不过是回敬对方罢了，这一来显得他多小肚鸡肠啊。正在想，牛强端了酒杯走过来，给龙海和王二哥各递上一杯，举起杯子示意龙海说："王二哥刚才的话，我也听到了，我们一起敬王二哥一杯吧！"

一种从未有过的愧疚涌上心来，龙海一把拉住牛强的手，有些哽咽地说："老战友，对不住啊。过去我认为，是你不讲战友情，又把肉批给别人，觉悟不高。今天才知道，觉悟不高的是我，误解了你。在那个年代，你做了一件了不起的事，我要向你检讨、学习！"

牛强一听，连忙摆摆手说："其实我也不对，你不批自行车条子，是讲原则，不只是报复我，可惜这个道理，几十年后的今天才明白。老战友，我也应该向你检讨啊！"

在一边的龙小严和牛娜忍不住笑了起来，一齐说："两位爷爷也别检讨了，其实怪来怪去，只怪你们以前的日子太穷了，什么肉票布票粮票自行车票，只有穷日子买东西才凭票，才让你们两个老头子生出那么些奇奇怪怪的事情来。"

这时王二哥提议大家一起举起酒杯，感慨道："说得是啊，如今生活已经变了个大样，红红火火的日子多好啊，我们都应该放下过去多活几年，何苦还找陈谷子烂芝麻来讨气恼？"

龙海一听笑起来，端起杯子打趣说："老战友，我现在认为你当初的话还是有道理。你那时说吃不到肉就吃素，我就跟自己打了个赌，今后想办法多吃肉，气死你！现在看来，你是对的，现在生活太好了，还是要多吃素！"

牛强也举杯回敬道："老战友，说到打赌，还是你赢了。我曾经发誓，这辈子再搭理你，我改了跟你姓。这不，我孙女一嫁过去，今后曾孙还真跟你一个姓了……"

第 三 辑

搭讪是门技术活

搭讪是门技术活

曾毅是一家锅炉企业的工程设计师，拿着不菲薪水有房有车的他28岁还没女朋友，这不能不叫人大跌眼镜。曾毅有个表哥是当老师的，每次见面都奚落他，说你小子什么都好，最大的毛病就是不会和女孩子搭讪。这年头，不会搭讪的闷骚男可不吃香了。

曾毅承认自己是技术男，情商只相当于幼儿班。他每天上班都要坐地铁，前一阵见到一女孩，长发飘飘，清纯天然，完全是他心仪的类型。尽管很多时候都会碰到，但曾毅却从不敢上前有半句搭讪，眼看每天机会流失，除了偷看，也只敢哀叹自己无能。

这一天，表哥请客，有事相商。席间，表哥举杯说，这次商量的主题，就是要帮助曾毅提高情商，学会和女孩子搭讪。表哥指着旁边的表嫂说，其实论收入论外表，我比很多男的不如，当年却在众多的追求者中独揽花魁，凭的就是主动搭讪。

曾毅一听来了兴趣，连称愿闻其详。表哥兴致更高，得意地说："当年你表嫂年方20，是医院护士小姐中一朵花。我听说后，有一次就守候在她下班的路上，等她走近故意把手机套子掉在地上。果然你表嫂中计了，捡起就追了上来……"

表嫂一听，柳眉一竖，嗔怪道："嘿，你编故事也不害羞，明明是我的手机套子被你捡到，并借还我之机死乞白赖套我的联系方式，我这朵鲜花怎么会插在你这堆牛粪上！"

曾毅一听，乐活了："我明白了，不管怎么说，懂得巧妙搭讪，是追女孩子的第一步！"

表哥竖了竖大拇指说："你是理工生，按理不该我们来指导你，但这年月，搭讪确实是一门技术活，如果不掌握好技术含量，追女孩子就是白搭。在城市的当下，什么8分钟约会、电视征婚都OUT了，学会地铁搭讪才是最精准最快捷最浪漫的泡妞方式。"

曾毅满脸好奇，却又一头雾水。只听表哥介绍起地铁搭讪攻略：

首先第一步，在车厢搜索心仪的女孩，用最快的速度走到美女的前方，保持安全距离1.2米。美国心理学硕士邓肯说过，除非是特别信任、亲近的人，否则逾越了这个距离，一个人会产生不安全的感觉。

第二步，仔细观察美女身上的随身物品，比如，分析女生的手机套是否通过网上购买，提前埋下伏笔。随后找到一个合适的角度坐下，推荐美女正对面的左右两侧位置（大约35°角）。因为人的双眼视角范围一般为120°，左右两侧（35°角）属于视角的边缘范围，不会引起注意，这对于之后的行动会有所帮助。

第三步，是地铁搭讪攻略技术含量最高的部分。先准备一枚硬币，作为沟通的桥梁。地铁刚启动的时候，掏出口袋里的硬币，用手指轻轻地推动硬币，硬币落地会顺势滚动。根据余弦公式cos35°、重力加速度、牛顿第二定律等科学公式，计算出推动硬币所需的力约为0.0045牛。只要投掷的硬币能够顺利滚到美女的脚边，搭讪就算成功了一半。建议丢掷硬币反复练习30次以上，直到成功率高达90%以上为止。

最后一步，就是看美女的反应，如果美女发现硬币并且帮助你捡了起来，此时你便有很好的理由可以与她交谈。第二种，美女未发现或者视而不见，这时你仍有机会靠近她进行搭讪，比如，通过赞美女孩的手机套好看，间接索要她的电话号码。如果她愿意给你号码，搭讪大功告成。

曾毅听罢觉得很有难度，在人流拥挤的地铁上能准确把硬币掷在美女的脚下，并且要女孩发现并有所反应，确实不太容易。但表哥说，理论和实践并没有距离，关键是训练，为了让曾毅尽快掌握技巧，还专门为他找了一个陪练。

说话间走进来一个女孩，长发飘飘，清纯天然，曾毅一愣，这不正是他经常在地铁中看见的那个女孩吗。表嫂笑道："她叫玲玲，是我们医院的院花，今后让她来给你当陪练，应该不会委屈你吧！"

曾毅摸着口袋里的一枚硬币，扭扭捏捏答应试试。玲玲也很大方，当即走到两米开外，现场当曾毅陪练。在表哥表嫂的目光鼓励中，曾毅笨拙地掷起了硬币。

第一次练习，曾毅掷了30遍也没成功两遍，每次面对玲玲戏谑的目光，曾毅就紧张得双手不听使唤，掷出的硬币不着边际。玲玲见状调侃："你哥嫂都说，你是一个脑瓜子很好使的人，可为什么你能设计大型锅炉，却不能使唤一枚小小的硬币呢，是你用心不够吧。这样吧，我天天来陪你练习半个小时，直到你出师为止。不过当陪练也很辛苦，如果你不用心练习，就得受一点小小惩罚，如果多数硬币滚到我的左脚，那晚上就罚你请我吃火锅，如果多数硬币都滚到我的右脚，那晚上就罚你请我吃中餐，好不好？"

曾毅还来不及答应，表哥表嫂已替他点头了："当然好，有玲玲这样的美丽女孩陪你练陪你吃，便宜了你！"

果然从第二天起，玲玲每天下了班就来陪练半小时。而曾毅认真起来潜力是巨大的，不消三天，已熟练掌握掷币技巧，基本能让硬币准确滚到玲玲的脚尖尖。这一天吃完饭，玲玲就对曾毅说，你出师了，但还需要实践检验。明天上班，去地铁找个美女搭讪吧，祝成功。

第二天一早，曾毅随人潮挤进了地铁，遍寻一圈，还真发现了一个美女，但这个女孩不是别人，正是当了他三天陪练的玲玲。曾毅还有些犹豫，突然在1.2米开外35度的位置，一瘦高个抢先向玲玲掷出了硬币，硬币也很听话，径直滚到了玲玲的脚尖。眼看瘦高个还有下一步的举动，曾毅抢先一步上前说："哥们儿，你是不是在等着对方捡起硬币还你，然后你趁势套近乎，搞到她的联系方式？"

瘦高个呆住了，惊讶地问："你怎么知道？"

曾毅用一副不屑的口吻说："我猜为了今天，你昨晚至少练了一千遍掷币，这点雕虫小技，何以瞒得过我呢？可惜，你迟到了，地铁泡妞理论虽然我没注册，但那个漂亮妞我早已经注册了！"

瘦高个听得一愣一愣，但见曾毅如此坚定，只得收起硬币，落荒而逃。这时玲玲挤了过来，询问发生了什么事。曾毅掩饰说："也没什么，刚才那厮说，他要和我比掷硬币的技术，被我狠克了一顿，瞧他瘦得像根腊肠，也敢来搭讪你？"

玲玲扑哧笑道："别人有搭讪的勇气，你有吗？你又不是我男友，却横加干涉别人追我，没道理。"

曾毅也承认没道理，可他就是不喜欢别人对玲玲虎视眈眈。就从这天起，曾毅每次都有意无意陪着玲玲坐地铁，随时伴随在玲玲的左右，向任何可能存在的对手宣示主权。

时间一天天过去，曾毅始终和玲玲保持着若即若离的距离。这一天，坐完地铁下来，玲玲对曾毅说："从下周起，你不用再陪我了。"

曾毅不解："为什么？"

玲玲说："别人给我介绍了男朋友，他答应每天开车来接我。"

曾毅失落了一天。傍晚他打电话给表哥，痛苦地说玲玲有了男朋友，再也不需要他的陪伴了。表哥问："告诉我实话，你喜欢玲玲吗？"

曾毅没有迟疑："喜欢！"

表哥叹口气说："那你为什么不主动，难道还要玲玲向你表白吗？你的搭讪术真是白学了。"

表哥说，当初表嫂准备把玲玲介绍给曾毅，又怕这种方式太老土，于是以地铁搭讪术之名，给二人制造搭讪表白的机会，包括地铁上的瘦高个也是表哥找的朋友客串。不料曾毅木讷到了极点，始终不主动，让暗地里喜欢他的玲玲失去了信心，才编了一个有男朋友的借口。

曾毅茅塞顿开："我知道了，学以致用，该是我施展绝活，在地铁里准确掷出那枚爱情硬币的时候了！"

表哥笑了起来……

第二天一早，玲玲刚进地铁，一枚硬币不偏不倚滚到了她的脚边。玲玲迟疑片刻捡了起来，一个熟悉的声音也传了过来："谢谢，小姐真漂亮，请留下手机号，给我一个表达谢意的机会！"

玲玲绷着脸，故作矜持，不予理睬。

曾毅态度诚恳继续表白说："今天我才明白，搭讪不只是门技术活，没有主见，缺少主动，任何爱情都会泡汤。"

玲玲会心一笑，任曾毅把小手牵在了手里。

请小偷守门

　　小镇上有对夫妻,妻子叫金花,丈夫叫邓伟。几年前,金花和邓伟都在外地打工,两人省吃俭用,精打细算,就靠这一点一滴的积累,回到家乡开了一家预制厂。两人人缘不错,质量也抓得牢,工厂生意渐渐看好,小小的预制厂慢慢红火起来。

　　可是好景不长,工厂刚刚有了一线希望,就频频被小偷光顾,开始仅仅是小偷小摸,丢失的不过是些钢筋铁丝什么的,渐渐的小偷不满足了,下手越来越重,这不,昨晚上小偷再次光顾,盗走的竟是浇铸预制板的模具。没有模具工厂就开不了工,这小偷也够黑的了。

　　夫妻俩请来派出所的人排查,查来查去就想到一个人,这人绰号阿三,家就在邻村,是个孤儿,平时游手好闲,二十出头了还没个正经事。这阿三曾因偷摸行为被派出所挂过号,要论动机他最有可能。可派出所通过外围调查,却没发现半点端倪。

　　派出所也无辙,只得暂时嘱咐夫妻俩提高警惕,最好雇个门卫什么的。建议倒是好,可是该请谁却费踌躇。邓伟提议自己的父亲,反正老人在家也没事,请自己人最放心。可金花不同意,她认为老人年事已高,应该多注意保养身子骨,当门卫熬更守夜不说,还有一定风险。至于究竟请谁,金花反复斟酌,说出一个

103

人来：阿三。邓伟一听当场暴跳起来："你疯了，阿三还没逃脱被怀疑的干系，你还要引贼上门！"金花却从容地说："我这样做，也是再三权衡，如果阿三是小偷，或许可以感化他，他也是被逼的，就当给他指条路；如果我们的怀疑是无中生有，也算是一种仁智之举，只当是接济了一个孤儿！"邓伟不屑地说："你这么仁慈，只怕狗改不了吃屎的习性，日后你千万不要为此后悔！"金花莞尔一笑，搂着邓伟说："你就听我这一次吧，只要咱们多长个心眼儿，就不会出天大的事！"邓伟摇头叹息。

金花派人很快找到了阿三，把请他的事说了。阿三起初半信半疑，他从小不学好，在邻近几个村名声很臭，谁还肯出钱上门请他？可等他来了厂里见了金花后，他从金花和善的表情里看到了真诚，不由得两眼濡湿，当即拍胸口说："金花姐，我一定好好干，以前发生的事情我不管，但从现在起，我绝不让工厂再丢一颗螺丝钉！"

预制厂请个"惯偷"来守门，很快在工厂炸开了锅。虽然有人说这是积德行善之举，但更多人还是不解，他们说请个小偷来守门，无异于添乱，只怪金花目中无人，就不能在身边找一个信得过的？邓伟虽然也不解，但这时还得维护妻子的威信，他对工人们解释说："是红是白，进了染缸才晓得。阿三以前干过什么姑且不论，咱们还是多看今后吧！"有人鄙夷道："请小偷来负责安全，这世道简直乱套了！"邓伟把话带回去说给金花听，金花仍不以为然，她说："得饶人处且饶人，干吗用老眼光把人看白呢？"话已至此，邓伟和其他人也不好再说什么。

再说工厂这几天为了抓紧复工，正准备去重新订做模具，正在这节骨眼儿上，却又发生了一件让全厂意想不到的事，那失窃的模具在一天清晨竟意外地"飞"回来了。问阿三，他说："半夜时分他听到门口有动静，起床一看，就发现这模具被人送回来了。"说者无心，听的人个个都在心里嘀咕，天上肯定不会掉馅儿饼，难道是贼良心发现？于是有人猜测，一定是阿三有感于金花夫妻的为人，主动把模具送回，但不管如何，这事解了工厂的燃眉之急，工厂很快就复工了，金花和邓伟那一直揪紧的心也稍稍松弛了几分。

过了不久，镇上来了一笔订单，准备集中建一批"中心村"安置房，预制板的需求量急增。夫妻二人指挥工人挑灯夜战，加班加点赶做了一批预制板。可几天后的一个清晨，一个意外的消息凭空炸响，原来当天夜里，那批赶做的预制板不翼而飞。按常理这么大的动静门卫不会不知道，可当金花气咻咻地追问阿三，阿三却仿佛还没从宿醉中醒来，嘴里含混地回答："我昨晚喝高了，一觉睡到天亮，什么声音也没听见！"金花气得当场没了言语，泪花在眼眶里打转，身子一歪，就昏了过去。

工厂爽了约，到手的生意眼看黄了，尽管金花经过努力，镇上也重新放宽了交货时间，可那桩神秘的失窃案，却像块大石头压得金花喘不过气。最关键还是人言可畏，许多人私下议论她是在引狼入室，谁叫她生得一副菩萨心肠，事前不听大家的劝告呢？丈夫这时建议，不如趁机炒了阿三的鱿鱼，就算不是他偷的，但如此失职也应该受到相应的惩罚。

金花正举棋不定，阿三却主动离职而去。工友们众口一词这叫畏罪潜逃，在事实面前金花也无话可说。可没过几天，金花却收到一笔汇款，留言栏里只有简单的几个字：预制板钱！金花还没理出头绪，又有人来告知，称在镇上一个废品收购站看到了阿三。邓伟建议给派出所打电话，但金花想了想，决定亲自带几个人去镇上看看。

在一家废品收购站里，金花一行人果真找到了阿三，不过此刻的阿三浑身伤痕，奄奄一息地躺在一张破床上。随行的几个工友见状，扑上去就要揪阿三，却冷不丁从旁边跳出一个人来，横在众人面前，一问，才知道此人是这里的老板。老板说："你们是狗眼看人低，不识好人心啊……"老板噙着眼泪，慢慢道出原委来。

前一阵，刚进厂的阿三经过私下打听，在这家废品站找到了被贼偷卖的模具，阿三二话不说，就用自己的钱把模具赎了回去。当时老板还骂他傻，但阿三说做人讲良心，就冲金花看得起他，他要报这知遇之恩。

阿三进厂尽职尽责，一些贼出于对他的畏惧，都不敢再去偷了，工厂也出现了暂时的平静。可前不久，阿三过去的一个狐朋狗友提着酒瓶找上门来，阿三不知道酒里下了安眠药，只当是念旧，结果酒精一下肚，一整夜都没醒来，就这样厂里丢了那批赶做的预制板。事后阿三很后悔，觉得对不起金花，无脸再待下去，所以不辞而别。但他不是跑出去躲，而是想方设法找到了那个狐朋狗友，不惜反目成仇，逼着对方支付了那笔预制板钱。阿三把钱如数汇给了金花，自己却被那厮派来的人报复，落下浑身伤痕，倒在血泊中，最后还是拾荒匠发现才把他送回这屋里……

　　在场的人听完，空气死一般寂静。半晌，突听金花吩咐道："快打120！"旁边的邓伟不解："干啥？"金花说："送他去医院！"这时候邓伟也有些幡然醒悟，马上拿起手机联系了医院。不一会儿，救护车一路呼啸着飞驰而来，在护送阿三上救护车之前，金花动情地对阿三说："你放心养病！等身体复原了，我们还请你回去守门！"

　　在场的工友们都情不自禁鼓起掌来，半晌，只听阿三用微弱的气息送出一句话："我阿三命贱，承蒙金花姐看得起，我就一定好好做人！"金花握着阿三那双有些冰凉的手，酸楚的泪滚落而出。

寻找老父亲

　　不惑之年的何强在一家公司当经理。周末一早，何强和妻子付艳正准备到敬老院，却突然接到敬老院打来的电话，他父亲失踪了。

　　何强的父亲叫何凛然，退休前是机关干部，今年已近70岁。何凛然退休那年，老伴因病去世，之后就一个人独自生活。何强多次想让父亲和他们生活在一起，以便有个照应，都被何凛然拒绝。眼看孤独的父亲年岁越来越大，前不久何强便主动帮父亲联系了一家敬老院，那儿老人多，又有专人照顾，做儿子的也才放心。平常父亲住敬老院，周末节假日则接回来和儿孙团聚，在何强看来，也算天伦之乐了。谁知……

　　何强和付艳急匆匆赶到敬老院，了解到父亲失踪前并没有任何征兆，早上还在敬老院的食堂吃了饭，饭后自由活动时，就从大家眼皮子下面消失了。

　　中午，何强正食不甘味想着父亲的事，突然收到一个朋友电话，说他在微信朋友圈看见何强寻找父亲的信息后，恰好在城南的一个小饭馆，看见一个很像他父亲的人，正和一个年龄相仿的阿姨在吃饭。

　　何强一怔，他的住家和敬老院都在城北，父亲何以跑到了城南？不及细想，何强丢下碗筷就朝城南奔去。朋友带着他来到了所说的小饭馆，果真看见了两位老人，一分辨，背对着的还真是自己的父亲，而正对的阿姨也认得，她竟是父亲的初恋情人晓琪。

何强蒙了。母亲去世的第二年，父亲介绍了一位阿姨给何强认识，这个阿姨就是晓琪。事后父亲说，在他结婚之前，他曾和晓琪有一段刻骨铭心的恋情，但晓琪家世不好，为了不影响儿子的仕途，何凛然的父母执意帮儿子掐断了这段恋情。痛苦一埋就是二十多年，如今物是人非，何凛然失去了老伴，而晓琪终身未嫁，花甲之年，两人都想重续这段缘分。

何强那时刚结婚不久，对于父亲的请求，想也不想就拒绝了。他的第一感觉，是怀疑父亲对母亲感情的纯度，不然母亲离世才一年，就急着重续旧好，这要传出去，儿女还怎么做人！再说，既然都过了这么些年，还有必要组合在一块吗，半路组成的家庭，有几对是幸福的？

何强和付艳都反对，这件事便搁了下来，尽管何凛然后来又淡淡提过几次，但都被何强找各种理由反对。日子一天天下来，谁知两个花甲老人，在耄耋之年又重新坐到了一块儿。

何凛然被何强带回了敬老院。离开前何强数落说："十年都过去了，何苦现在还赶趟时髦！老年人再婚我不反对，但我反对把初恋情人娶回家，这让我的母亲九泉之下难眠。如果被人说成为老不尊，只会给子孙留下笑柄。"

何强心想，他的一番"苦口婆心"，父亲多少也得注意点，不想没过几日，敬老院打来的电话，让何强的心再一次揪了起来。原来，何凛然早上突然喊肚子痛，在送到医院后，何凛然却趁陪同人员不注意溜了号，一下消失了。

何强急得心火上攻，口舌生痛。他和付艳带着敬老院的人，满大街寻找无果，最后他突然想到了晓琪阿姨。可是等何强带人好不容易找到晓琪阿姨家时，父亲却并不在这里。一天，两天……找不到父亲的何强没辙了，他去媒体发布了寻人启事，又去派出所报了警。

几天后的一个清晨，邻居突然敲开了何强家的门。邻居说，刚才去附近公园晨练，看见湖里躺着一个老人，很像他父亲。何强一惊，连忙随邻居寻去，果然见水中飘浮着一个老人，已溺水去世多日，由于脸颊浮肿，一时难辨真容。倒是跟来的街坊邻里反复查看后，都一致说是。何强这才悲从心生，和着扑簌簌的泪水，号啕大哭起来。

何凛然的遗体被送到了殡仪馆，何强又在家里设了灵堂，待亲友奠祭两日，便行火化。想起父亲走得如此匆匆忙忙，何强内心很是痛楚与后悔，他对付艳说："是不是我们做错了，才让父亲如此想不开？其实他要和谁再婚也是他的自由，我们何苦横加干涉呢！"

付艳也很内疚，就说："现在再说这些又有什么用呢，人已经回不来了，就是做任何弥补也无济于事啊！"

何强和付艳一边忏悔，一边商量着要风风光光为父亲办场后事，以弥补内心的愧疚。就这当儿，社区工作人员却突然跑来告诉何强，说他父亲找到了，现在正在一家救助站里。

何强愣了足足三秒钟，爬起来就连忙驾车往救助站赶，他已经没时间去判断消息的真假，他只知道，只要有一丝让父亲起死回生的可能，他就要向父亲当面忏悔。儿子何尝不希望父亲幸福，只是要明白这个道理，往往要经历生死。

到了救助站，何强一眼就认出了已经衣衫褴褛蓬头垢面的父亲。何强握住父亲的双手时，工作人员告诉他，老人是从一处景区刚刚送来的，估计他已经在那儿滞留了数日。没吃没喝，席地而卧，所以老人显得很憔悴。但老人意识清醒，一来就说出了自己的名字和家庭住址，所以救助站才及时和社区取得了联系。

真是悲喜两重天，短短数日，让何强仿佛经历了半个世纪。接父亲回到家，看到还来不及撤除的灵堂，何强和父亲再次紧紧相拥。何强问父亲："你从医院偷跑，在景区数日不归，为了什么呢？"

何凛然望着远处说："景区那儿，是你爸爸年轻时，曾经和你母亲约会，也和晓琪阿姨约会过的地方。年岁大的人怀旧，到了那儿，想起往事，我便不想离开了。"

何强点点头，又摇摇头，不解地问："既然你心中有我母亲，为什么又总惦记着晓琪阿姨呢？"

何凛然凝视着儿子，一字一顿地说："因为，晓琪阿姨不仅是你爸爸的初恋情人，她也是你的生身母亲！"

何强一卜被击得呆住。

何凛然说，结婚前，他和晓琪在一起，已经有了腹中的孩子。因为家庭竭力反对，他和晓琪被迫分开另娶。平心而论，后来的妻子善良贤淑，也慢慢融化了何凛然冰冻的心。但遗憾的是，妻子一直没有生育。妻子知道何凛然很痛苦，也知道晓琪独自带着孩子一直未嫁，有一天就背着何凛然去找了晓琪，恳求她把孩子送给他们喂养。就这样，善良的晓琪让孩子跟了妻子，而妻子也视如己出把孩子带大。这个孩子就是何强。

何凛然最后怆然地说："你母亲离世后，我才试着重新去联系晓琪，她终身未嫁，也是个苦命的女人。我只想，在有生之年，尽力给她一些弥补。只可惜，我已经无力补偿对她的任何歉疚！"

此时的何强完全明白了，他拳头攥得紧紧的，仿佛真想给自己一拳，把内心深处见不得光的狭隘和自私击得粉碎。他对父亲说，他马上去接晓琪阿姨，不，晓琪母亲，她和他离世的母亲，都一样值得儿子的敬重和爱戴。

去接晓琪母亲的路上，何强接到派出所打来的电话，告诉他，经查，那位误认的老人，已经被真正的亲属认领。因为缺少亲情，老人才是真正因孤独而自尽的。

何强听罢，泪水不禁漫过了眼眶……

傻小子的爱情征程

郑浩宇最近做了一件傻事，让他一下成为全公司津津乐道的傻小子。起因是他一哥们儿，已经交往有了女朋友，可父母不知情，非要给他介绍一位，哥们儿不忍伤了父母的好意，临时起意让郑浩宇替自己去相亲。这要换作别人，肯定没人干，没想到这傻小子居然答应了。结果可想而知，郑浩宇高高兴兴而去，灰头土脸回来，一问缘由，郑浩宇反倒替哥们儿惋惜，说那姑娘水灵灵的，跟公司公认的白天鹅周梦婕不相上下，可惜他没那福分，没被那水灵灵的姑娘相中。

众人喷饭。其实大家也知道郑浩宇替人相亲，外表不但没修饰，反而刻意打扮得邋邋不振，总之是应付完交差。但既然他"临危受命"，又何必把对方拿来跟公司最惹人眼球的周梦婕扯到一块儿，这不明摆着欠揍吗？

郑浩宇说这话时，刚好被正伏案工作的周梦婕听到了。周梦婕从格子间抬起头来，先是嘻嘻一笑，接着粉脸一竖，抢白道："郑浩宇你就是只癞蛤蟆，今天你听明白，像本姑娘这般天生丽质，再怎么委屈，也下嫁不到你，你还是好好排队，看下辈子有没有戏吧！"

众人捧腹大笑，都等着看接下来的好戏。不料郑浩宇也不恼，嘴里嘟哝着："下辈子就下辈子，我排好队，慢慢等。"

虽说只是玩笑，但公司人都知道，郑浩宇喜欢周梦婕，这番似真似假的表白，传递的就是一个信号，傻小子相中了白天鹅。

那么，郑浩宇在周梦婕心目中又是一个什么角色呢？作为一个在公司工作了近三年的"老人"，周梦婕其实对郑浩宇印象并不坏。郑浩宇工作认真敬业，还有一副热心肠，谁有个头疼脑热，他总是第一个主动问候，哪儿受灾，他横竖会捐一点钱，节假礼拜，很多人四处找乐子，他却跑到敬老院孤儿院当义工。尽管他有这么多爱心，可毕竟只是公司的一个小员工，根本没法和周梦婕现在的男朋友相提并论。

周梦婕的男友是个高富帅，穿的戴的都很显摆。两人在一次朋友组织的Party上认识，高富帅仪表堂堂，对美丽聪慧的周梦婕大献殷勤，并且从那之后，每天带着鲜花接周梦婕下班，还不时送电影票参观券什么的给周梦婕的各位同事，很自然就赢得了大伙儿对二人的笑脸与赞美。

明眼人都知道这是一个强大的对手，郑浩宇却并不死心，每次见到捧着鲜花来接人的高富帅，郑浩宇也不自卑，总是追到门边叮嘱周梦婕早点回家，别让父母久等，俨然是周梦婕的亲哥哥或保护人，惹得高富帅每每不悦，对着郑浩宇的背影不满地数落："他谁啊？不知情的人还以为他是你男朋友。"

周梦婕闻声大笑，撒着娇说："别吃醋了，他不过是一个傻小子，公司上下的开心果，说的做的都别当真。他喜欢我是他的事，关键是我喜欢谁是我的事，你放心啦！"

周梦婕很看好她和高富帅的这段感情，却不知高富帅喜欢玩劈腿，背着她数次和别的女孩子约会被周梦婕看出了端倪。高富帅找了很多借口解释，周梦婕本来已经相信了他的狡辩，可不久发生一件事彻底颠覆了她的好感。起因是最近中国西部的一次地震，公司上下都自发地三百、五百捐款，傻小子郑浩宇更是痛快，把公司刚刚发的上万元绩效奖悉数捐了。周梦婕深受震动，回去建议高富帅也奉献一点爱心，可高富帅却不屑道："谁爱捐谁捐，我宁愿把这些钱集中到一块，今后为我们办一场风风光光的婚礼。"

爱情很奇妙，所有的美好和幻想，因为高富帅的劈腿和狭隘，立刻在周梦婕的心中荡然无存。从这之后，周梦婕开始疏远高富帅，并且断然拒绝了他的解释。但绝交后的周梦婕并不清静，不死心的高富帅依然隔三岔五来纠缠，希望关系能起死回生。周梦婕不胜其烦，被郑浩宇看在眼里，郑浩宇就说："梦婕，我帮你搞定他，你请我吃饭吧。"

郑浩宇说到做到，当天就约了高富帅到餐厅交流。公司上下，包括周梦婕都不相信会有什么好结果，倨傲的高富帅怎么肯屈就于一位小职员。不想那顿饭下来，两人脸上都喝得跟红苹果似的，显得非常开心。更重要的是，高富帅从此就在周梦婕眼皮子下面消失了。

这下轮到周梦婕好奇了，很想知道郑浩宇用了什么伎俩。郑浩宇却卖起了关子，他说："梦婕，如果一个人喜欢一个女孩，最好的办法就是赶走他的对手。高富帅不是你的菜，所以赶走他是我的分内。至于用了什么手段，这是两个男人之间的事情，暂时保密。"

周梦婕小嘴一嘟，回敬道："你不肯说就算了。但我也正告你，别'梦婕''梦婕'地喊得亲热，离开高富帅，不是因为你！纯真的革命友谊不能和风花雪月的爱情混为一谈。"

郑浩宇傻乎乎一笑："明白。但不管怎么说，我排好队，就会有机会。"

从这之后，郑浩宇开始了他的送温暖工程，送早餐、送电影票、送雨伞，甚至主动当起车夫，受益人当然都是周梦婕。一开始，周梦婕总是婉拒，她怕伤了郑浩宇的自尊心。但郑浩宇很有耐心，周梦婕只得试着接受，却又不甘心。她对郑浩宇说："你天天这样对我，好像我真是你什么人，谁还敢追我啊！"

郑浩宇乐呵呵地答："论规矩，先来后到，我排在第一位，当然不能给别人机会。"

周梦婕不禁一乐："你真是个傻小子，这种事，还讲什么排队！"

周梦婕乐过之后，却又有些触动。望着郑浩宇的背影，突然很感慨，在很多人眼里，郑浩宇确实是个傻小子，但他认真、执着，真诚、善良，虽然只是一个小职员，身上却有着很多闪光之处。她由此怀疑，是不是之前待他，太过苛刻了呢。

周梦婕想更全方位了解郑浩宇，决定和他一块去做一次义工。在敬老院，他们为每位老人送去一本书，又把犄角旮旯的垃圾打扫了一遍。过程中，郑浩宇对那些瘫在床上的老人特别细心，尽管护工阿姨已经照顾得很周到，郑浩宇还是一一地再次为老人抹了身子揉了筋骨，整个过程，亲热得就像父子。周梦婕受到感染，那天也干得汗流浃背。离开时，老人们拉着二人的手恋恋不舍，还亲切地赞美二人郎才女貌，羞得周梦婕一脸通红。

周梦婕流了一身汗，回去就感冒发烧，郑浩宇下了班就去照顾她。周梦婕害羞地说："我这人真笨，事情没做多少，反而给你添麻烦。不过我也眼前一亮，大家眼中的傻小子，其实一点也不傻，你心里的亮堂，值得每一个人学。"

郑浩宇不好意思坦白道："其实我也没有那么高尚，至少在照顾你这件事情上，我是存有私心的。我现在还在排队，不知什么时候才能转正呢？"

周梦婕一听乐了，回敬道："那你好好表现呗。病好之后，给你机会。"

几天后，周梦婕病愈，去公司上班，让她瞠目的是，公司发生了一件大事，公司老总因年龄退位，接班的居然是郑浩宇，原来他是老板的儿子，大学毕业一直隐瞒身份在公司锻炼。

全公司的人都羡慕地看着周梦婕，周梦婕反倒犹豫了。她想递交辞呈，却被郑浩宇一把抓住双手。郑浩宇说："辞职可以，但不能辞去女朋友身份，因为我已经向全公司宣布了，你不能让刚刚上台的我下不了台。"

郑浩宇还主动交代，上次他和高富帅的交锋。他悄悄了解到，对方是他们生意上一个合作伙伴，于是他正告高富帅，再纠缠下去，可能生意合作都没得做，对方马上就妥协了。

周梦婕一听，眼里含情脉脉，小嘴却佯怒道："好啊，你这是变相胁迫，你这个傻小子，其实工于心计。"

郑浩宇赶紧表白："这叫傻人有傻福！只要能追到你，我愿意做一辈子的傻小子！"

撞出来的缘分

　　这是个星期天，陈童打来电话，说他快结婚了。这个死陈童，成心是气我。他是我的男闺密，和我从小青梅竹马长大，两边家长也有意撮合，可陈童却说，他一直把我当妹妹，活生生掐死了我的暗恋。从此，我们被迫以"闺密"相称。

　　陈童的电话彻底破坏了我星期天休息的心情，我决定找个地方调整情绪。离家不远有个湖滨公园，湖上新修的廊桥特别适合散心。可是祸不单行，我刚走上廊桥眺望，眺望湖中安详嬉戏的野鸭白鹭，冷不丁不知从什么地方蹿出来个小伙子，径直一下就把我撞进了湖里。

　　湖水并不深，不至于有任何危险，我却特别不爽。三年前读大二时，我也曾被一个晨练的冒失鬼一头撞进了水里，而且那家伙，不但不救我，只是见我没危险，便扭头跑开了。

　　不承想，三年前的一幕，今天又出现了，只不过这次的冒失鬼还算有良心，双手一举，就把湿漉漉的我从湖里捞了上来。抬头一看，眼前这家伙，虽然没有陈童帅，但方脸高鼻，身姿挺拔，还有一点点男人味。但是，这家伙也不地道，不但不及时道歉，反而盯着我，一脸怪笑。

　　我一低头，才发现连衣裙被水浸后，胸部若隐若现。我羞忿地双手掩着胸口，气不打一处来，瞪着他抢白："流氓！"

　　这家伙也不客气，涎着脸皮说："欣赏，是一种本能。你如果介意，我愿意对你的清白负责！"话一说完，他脱下身上的运动外套，径直披在了我的身上，笑了笑，一转身跑了。

　　回到公寓，我拎着那件让我没好气的运动外衣，不甘心地扔进了洗衣桶里。正要晾晒的时候，门铃响了，那个让我生气的始作俑者走了进来，径直往沙发上一躺，对我说："今天女朋友加班，我来混碗饭吃！"

　　我睥睨着陈童，想不明白他为何如此心安理得，而且只有在他女朋友出差或加班时，他才会想起我。我朝茶几上努努嘴，不悦地说："茶几上有泡面，自己动手！"

　　陈童略微诧异，却突然看见了我手中的运动外套，扑哧一下笑了："难怪你今天这么勤快，有男朋友了？也好，我今天就是来看看，只要你神志正常，我也就放心了！"

　　陈童说完，也没吃什么泡面了，招招手告别而去。我松一口气，今天第一次终于有了一丝感动，原来陈童也怕他的电话让我伤感，才找了借口过来看我，缘分至此，我也应该知足了。

　　转眼半个月过去。一天早上，我按部就班去上班，刚到公司门口，后边突然传来一句问候的声音："嗨，那天回家没感冒吧？"

　　我一回头，真是冤家路窄，眼前站着的竟是那个冒失鬼。他好像贵人多忘事，若无其事掏出一张名片递给我："认识一下，我是新来公司的郑一天！"

　　我一看，名片上赫然写着"策划部经理"，我的直接上司，才恍然想起今天新旧经理交接。我突然觉得糗大了，被我骂成流氓的人，现在成了我的上司，以后还怎么相处！

　　这天中午，简短交接仪式后，以前经理把我正式介绍给郑一天："晶晶小姐是策划部的大牌，不但人漂亮，而且工作业绩非常突出。"

　　郑一天含蓄一笑道："知道，晶晶小姐是S大的高才生，还是当年的校花！"

　　我嘿嘿一笑，这家伙能力不错，居然对我知根知底。但尽管这样，我却不愿和他套近乎，工作上的正常接触没法躲，但下班咱绕着走，身心彻底自由。

但时日不长，两天后一个下午，我下班还来不及走，郑一天已把我堵在了公司门口。他不解地问："你成天躲着我干吗？"

我好没气地说："我躲你吗？要躲，也躲那些流氓！"

郑一天不急，反而自嘲一笑："看来你还没消气，那我今天正式向你道歉，不该撞你下水，不该往不该看的地方看！"

我一听更恼，这是道歉吗，分明是狡辩。

郑一天语气突然缓和下来："晶晶，今天找你，其实是想拿回上次那件外套。"

原来如此，我突然也想戏弄戏弄他："外套可以给你，但是在家里。既然你想道歉，你就办个招待吧，前边水产市场刚上市的龙虾还不错！"

我以为自己一番撒手锏会把他镇住，谁知却给了他机会。郑一天说："你算找到行家了，我最会做清蒸龙虾，原汁原味，保证营养。这样吧，我马上去买一只，到公寓做给你吃，算是赔罪！"

我一听，这不是分明自找麻烦吗？刚想反对，郑一天已一溜烟往水产市场跑去了。

我没想到，这次"歪打正着"的龙虾大餐，还真会给自己惹来麻烦。第二天，我和郑一天暗中交往的消息就在公司流传，有好事的同事在水产市场看见了我们，就在公司的灌水论坛上，图文并茂地上传了我和郑一天挑选龙虾的"亲密"镜头。

我用MSN给郑一天发消息："祸是你惹出的，你必须负责澄清。"

郑一天也不回避："没问题，你在论坛发公告吧，地点就选在公司门外广场！"

下班后，极富狗仔精神的众同事全都聚集在了公司门外广场，看热闹的行人也围上来不少。郑一天就在这种众目睽睽的场合，突然魔术一般变出一束玫瑰花，单膝一跪对我说："晶晶，做我的女朋友吧，我说过会对你的清白负责！"

都说策划部的人从来不缺创意，这也太狗血了，郑一天的表白，不仅不是道歉，反而激起了更多人的好奇，有些家伙甚至喊："晶晶，快告诉我们，你的清白是怎么被他毁了的？"

我顿时火冒三丈："郑一天，你太出格了！"说罢赶紧冲出人群逃离。

第二天中午，没一点好心情的我正在寻思吃不吃饭，陈童突然打来电话，说这次女朋友真正出差，专门来公司对面一家餐厅等我吃饭。我一看表，时间不多，刚想拒绝，陈童却说餐已点好，不能浪费。结果中午一顿饭，害我下午上班迟到，被公司查岗查到。通报一出，我更加沮丧，一个人爬到公司顶楼平台，想独自静一静。

不知什么时候，郑一天悄悄出现在身后，只听他缓缓地说："大四那年，大家都在议论大二的一个女生，她很漂亮，是男生们心中的女神。我也很想认识她，但又担心唐突，便千方百计寻找机会，终于在一次晨练时发现了她。但也许是太激动，在跑上去认识她时，却不小心把她撞进了水里。更糟糕的是，女生的裙装在浸湿后很露，所以我一慌张，就吓得返身跑了。"

我一听，内心一阵悸动，原来当年撞我下水的也是郑一天。

郑一天接着说："多年以后，我在晨练的公园再次看见了当年的女神，我内心那个激动难以言表。我想这是老天安排的缘分，我应该紧紧抓住，可就在我冲向她时，由于惯性太大，一不小心又把她撞进了水里。两次失败，把我糗死了，都以为没机会解释了，却不想变成了同事。"

我转过身，虽然也感动，虽然内心也原谅了他两次把我撞进水里，但他毕竟不是陈童，一时半会儿，我没法接受。

我对郑一天说："唉，放心吧，我不会从楼上跳下去的。"话虽然有些冷冰冰的，但我承认，我内心开始对郑一天有了一丝柔软。

不久，陈童的喜帖送到了我的手上。想着青梅竹马的岁月，想着暗恋的过往，伤感的情绪重重地包围了我。我打电话给郑一天，让他来陪我喝酒。郑一天犹疑片刻提醒说："晶晶你要想清楚，我从来不把你当朋友，酒后我会乱性。"

我虚弱地说："来吧，想怎么样都随便你。你不是说过，你要对我的清白负责吗？"

不一会儿，郑一天真拎着一打啤酒到了我的公寓。很自然，我很快就醉了，不省人事。我也顾不了自身清白了，随他吧。可是第二天醒来，我衣衫完好地躺在床上。而客厅的沙发上，躺着安详睡着的郑一天。

我推醒郑一天，提醒该上班了。郑一天爬起来，讪讪地笑了笑，突然说："晶晶，有件事，我要告诉你，公司在一个县级市建了分公司，需要一个经理，我已经打报告了，准备去那儿。"

太意外了，我不解地问："你干得好好的，去一个条件差的地方干啥？"

郑一天叹一口气："其实，我是想躲开你。既然得不到你的心，不如走得远远的，才不至于影响你的生活。"

郑一天丢给我一个背影离去，我怆然摇头。榆木脑袋的郑一天，他就不能多说一句让我内心柔软的话吗！

几天后，郑一天准备走马上任。在火车站，他给我打电话告辞。我问他："离开之前，你就不想对我说点什么吗？"

郑一天沉吟片刻，用一句流行语回答我："现在说什么也没用了，希望你好好生活，且行且珍惜。"

我扑哧一下笑了起来："郑一天，你敢两次把我撞下水，你敢大街上跪着给我献花，为什么不敢对我表白，带我一块儿去上任呢？"

郑一天好像被我镇住了，支支吾吾地问："晶晶，你不会开玩笑吧？"

我一字一顿地说："我没有开玩笑，你转过身来！"

郑一天不敢相信地回过头来，惊奇地看见我站在他的身后，手上和他一样，提着两包行李。

我对郑一天说："我想通了，世上最珍贵的不是'得不到'和'已失去'，而是'已拥有'！我不能眼睁睁地看着爱情离去，所以我也给公司打了报告，我要陪你去上任！"

郑一天一把抓住我的胳膊，激动得思维混乱地表白："我发誓，今生要紧紧抓住你，保证不会第三次把你撞进水里了！"

忧喜彩票

郑凌云在一家小公司上班，是个狂热的彩票迷，每期必买，而且下手也重，每个月的收入都用在买彩票上，总想一锄头挖个金娃娃。因为这个原因，三任女友先后离他而去。而三任女友中，最让他心头放不下的是第一任，她叫任佳，是郑凌云从大学起就开始的初恋。两人曾经发誓，彼此恩爱携手走过这一生，却不料理想很丰满，现实很骨感，一走进社会两人就产生龃龉。任佳毕业后当上了老师，郑凌云高不成低不就进了一家小企业，两人收入都不高，任佳希望脚踏实地挣钱过日子，郑凌云却希望一夜暴富，不然拿什么去买房买车过上好日子。矛盾一经产生就难以收拾，最后不得不以分手作为收场。那之后郑凌云又交往了两任女友，都因为他买彩票变成月光族而分手。

都说功夫不负有心人，这一天，好消息传来，郑凌云一注彩票中了大奖，金额高达一千万。郑凌云喜形于色，顿有一种峰回路转今非昔比的荣耀感。哪儿倒下就从哪儿爬起，郑凌云第一时间拿出手机，从第三任女友到第二任女友，分别拨通了她们的电话。果不其然，两任女友得知郑凌云中了大奖，立马在电话里表示了悔意，希望和郑凌云重修旧好。郑凌云哪里肯干，他打电话给她们，只是想出一出气，谁叫她们没眼光，他是注定不会吃回头草的。

不过且慢，话不能说得太绝，因为想到初恋，他马上开始心痛，他发觉事过两年，他心中依然忘不了的还是任佳。想起从大学开始那一段段刻骨铭心的日子，郑凌云非常感伤，过去他没有能力让对方过好日子，现在机会来了，他不想再放过。想到这儿，郑凌云急不可待又拨通了任佳的电话，尽量忍住兴奋告诉她中了大奖，并希望和她重续前缘重归于好。

但郑凌云失望了。任佳似乎没有想象中的高兴，她在电话中迟疑了好一会儿，才语气低沉地告诉他，缘分过去就过去了，重续前缘已没有可能，说罢就撂了电话。

郑凌云受了冷遇，心中反而高兴，他喜欢任佳不为金钱所动的气节，但又觉得她太纯净，难道有钱是坏事吗。思来想去，郑凌云觉得再努力一次，当面争取任佳回心转意。

第二天，郑凌云早早等在校门口，直到放学任佳出现，他才迎了上去。任佳依然很平静，但脸色有些苍白。郑凌云看了很心疼，说分手才两年，她怎么变憔悴了。说罢也不管任佳愿不愿意，直接招呼一辆的士，径直把任佳塞进车里，开到了一家五星级酒店。

郑凌云点了一桌的生猛海鲜，脸上满是得意。见任佳一脸惶惑，郑凌云终于抑制不住激动地从兜里掏出那张中奖彩票，炫耀地对任佳说："今晚你可以敞开肚子尽情地吃。一千万虽然不多，但至少可以保证我们这辈子有房有车衣食无愁！"说罢变戏法一般拿出一束玫瑰花献给任佳。

郑凌云以为他的感情攻势很到位，没有女孩不被瓦解，却不料任佳依然不为所动。任佳说："对不起，我忘了告诉你，我已经有男朋友了，而且不久就将结婚。"任佳说到这儿，站起来把玫瑰花放到一边，继续说："你中了大奖值得祝贺，但千万别铺张，像今天这样，我更没有资格消受，你独自享用吧，再见！"

任佳说完已冲出酒店，郑凌云想追上去，却发现任佳的步伐很决绝，根本没想给他留挽留的机会。而窗外，不知何时下起了瓢泼大雨，任佳的身影很快就在雨幕中消失了。

郑凌云说不出的落寞重新坐回桌前，面对一大桌佳肴，真是气不打一处来。他大手一挥，高喊一声："拿瓶白酒来，给我满上！"最后直接喝了个酩酊大醉……

　　郑凌云本来决定，从此以后把任佳忘记，她不识抬举，他又何必自作多情。可一周后，他突然接到一个电话，对方是他大学一个女同学，和任佳也是闺密。女同学说，她实在看不下去了，为什么相爱的人却要互相折磨。郑凌云不知所云，连忙追问原因，女同学这才说，其实任佳非常爱他，这两年来，她一直没有再恋爱，其实也是内心始终放不下他。

　　郑凌云坐不住了，既然这样，为什么又要编谎言拒绝他呢。女同学解释说："这要从任佳的经历说起。她当上老师不久，发现班上有个小姑娘想辍学，于是上门家访，这才发现小姑娘的家境很差，父亲得了尿毒症，母亲又有先天残疾，家庭只进不出，非常困难。为了帮助他们，任佳开始拿钱资助，让小姑娘上学，帮她的父亲能正常透析。这些钱，都是任佳节衣缩食，从自己身上抠出来的，久而久之，也悄悄拖垮了她的身体，因为长期营养不良，造成心肌缺血，导致心肌炎，现在已住进了医院。她那天之所以拒绝你，恐怕也是担心拖累你吧。"

　　郑凌云一听，心中顿时亮堂，再听到自己喜欢的人这会儿正在医院，心头顿时焦急起来。向女同学打听清楚任佳所住的医院后，便立马打的赶了过去。任佳刚输完液，正在病床上休息，睁眼一看郑凌云竟站在自己床边，立即脸飞红云，她确实喜欢他，但内心的一些顾虑又让她嘴巴上拒绝。

　　郑凌云一把抓住任佳的手说："你的闺密已经把实情告诉我了。你真傻，有病就该医，有困难我们一起迎接，何必要一个人硬挺呢？从今天开始，由我来照顾你，让我们重新相爱，好吗？"

　　病房里的其他人听了郑凌云的表白，都掩笑着退出门外，单留下二人在房间里浪漫。此时的任佳，脸色红得更似一朵花儿，羞涩地任郑凌云握着小手，嘴上说："我身体有病，我的学生一家也是拖累，你就不怕白白多花了你的奖金？"

　　郑凌云激动地表白："我内心虽然不如你高尚，但公益之心还是有的。钱多有钱多的活法，钱少有钱少的活法，只要活得高兴，活得心胸宽广，就没什么遗憾了。所以，你别怕花了我的奖金，只要我们相爱，比什么都强！"

　　任佳眼眶湿润，她有点找回了昔日那个阳光俊朗的初恋情人的感觉……

　　一周后，任佳病情缓解，郑凌云到医院接她出院。在离开病房前，郑凌云迟疑着，把一张银行卡交到了任佳手上。郑凌云说："这是我的全部财产，共计5万元，我交给你保管处理。"

任佳讶异了，表情有些僵硬，既然这样，又何必告诉她中了大奖呢。正心头乱成一团，只听郑凌云平静地说："有个事情我必须澄清，上次中奖，泡汤了。"

郑凌云说，那天和任佳在五星级酒店约会，因为任佳不领情，让他失落气急之下喝醉了酒，出门后倒在了街边。那场大雨，把他淋了个精湿，彩票也浸水模糊了，送到彩票中心，被告知领奖基本无望。

郑凌云说得很平静，让任佳非常意外，要放在两年前，损失一千万早让他跳楼了。任佳还在整理思绪，郑凌云又说出一番话来：

"从天天想中奖，到真正中大奖，再到中奖泡汤，恍若一个梦，却让我明白一个道理，对身外之财，要抱着无所谓的态度，中奖固然高兴，没中也是为公益事业做贡献。绝不能为中奖而中奖，弄得亲情分离爱情割裂，那就物极必反失去人生的美好了……"

任佳笑了，却又不解："那你卡里的钱……"

郑凌云自嘲地笑着说："那是我这两年省吃俭用的积蓄。我不能再犯傻了，和你分手后，我也在总结，虽然仍经常买彩票，却变得有节制，拿出每月收入的千分之五试手气，绝不会再当月光族，不然今后我拿什么娶媳妇呢！"

任佳看着郑凌云，终于忍不住喜极而泣。任佳坦白说："其实，你有钱，我反而怕，你那种暴发户的忘形，从那天在酒店里的铺张已显露一切，所以我才找借口拒绝你！"

郑凌云感慨地说："这么说，还要感谢那张彩票，帮我找回了自己。不过说句真心话，白白地没了一千万，我心疼呢！"

任佳笑着抢白："财迷！算我这辈子倒霉，跳不出你的如来神掌！"

郑凌云一听，赶忙接过话题："这么说来，你是答应嫁给我了？"

任佳幸福地回了三个字："想得美！"

几天后，郑凌云接到一个电话，彩票中心告诉他，经过技术鉴别，他的彩票有效，希望他按时领奖……

重新活一回

　　龙泉山下有条沱江，出产优质河沙与豆石。20世纪修伟人纪念堂，沱江沙石是指定的建筑辅材，之后名声大作，身价倍增。到了市场经济年代，这里的河沙与豆石坐火车上轮船，漂洋过海，大把大把赚起了老外的钱。

　　这年初夏的一天，沱江边走来一人，也就三十来岁，剪着小平头，双颊刮得溜青。他叫王河，刚坐了八年监牢出来。只见他捧起江水，先用鼻孔嗅了嗅，显得很惬意，然后脱掉外衣，"扑通"一声，一个猛子扎出老远。

　　岸边有一个放羊的老人，一直揪心地看着这一幕，直到半支烟后王河重新浮出水面，他才暗暗舒一口气。见王河游到岸边淘气地玩起了沙子，老人鼓起勇气上前说："小伙子，快穿起衣服走吧，此地不是游泳的地方！"王河一愣，有些奇怪："怪了，这么好的沙底，正是天然的游泳池，我天天做梦都想来游，干吗要走？"老人叹口气说："你是不知道啊，现在的河段，都被强人占去了，就连游泳，没有主人的允许，也不敢啊！"王河无所谓地笑了笑，却听老人又叹一口气："福兮祸所伏，都怪这沱江里边出的沙石，这几年把人折腾苦了！"老人摇着头，往一边赶羊去了，王河却愣怔了片刻……

　　这当儿，一溜小车腾起一路灰尘从远处驶来，随即跳下来几个气势汹汹的愣头青，对着王河就骂骂咧咧。王河明白了，这些人是要他滚开，说这是龙哥的地盘，不是随便给人当游泳池的。

王河爬上岸来，却不离开，躺在沙滩上晒太阳。岸边的几人见罢，掏出家伙就围了上去。这时传来一个声音，音量不大，却透着不可侵犯的威严："得了，让他游，你们都不认识他，算起来，他应该是你们的师叔！"

王河寻声望去，见路边悍马车上坐着一个富态的中年人。见王河打量，他有些夸张地招呼："怎么了，王河老弟，我是你同门师兄李巨龙，不认识了？"

王河定睛一看，依稀想起从前那个瘦猴子，顿时笑了起来："真没想到，才几年时间，你发福了，身边还围着一大帮小喽啰，你现在这么风光，我还真没认出来！"

李巨龙从车里叫出来一个靓妹子，眉飞色舞地说："你没认出我，应该认得吕霞吧，她现在是你嫂子，怎么样，更漂亮了吧！"

王河瞥了一眼，马上感到一双火辣辣的目光迎向自己，不由脸颊一烫。李巨龙见状哈哈一笑："这么些年，我经常在想着你，想着当年咱们兄弟风光的日子。这样吧，改天我做东，为兄弟洗尘，今儿你就尽情地游，把瘾过足！"李巨龙说罢挥挥手。车子开动的瞬间，王河看见吕霞从车窗边投来一缕幽怨的目光……

第二天一早，王河还在睡梦中时，吕霞来了。她穿一件吊带裙，曲线凹凸有致，浑身散发着迷人的魅力。看了看空空的四壁，吕霞轻轻从坤包里拿出一沓钱，放在桌子上。

王河怔了怔，思绪一下回到几年前。那时候，李巨龙、王河，还有吕霞的哥哥吕斌，都因为没考上大学，时常聚在一块儿鬼混。后来，他们学港片里的黑帮，去沿街的商家店铺收保护费，慢慢在圈子里混出了名气。吕霞那阵还在念高中，但已出落得水灵灵。王河时常送些化妆品给吕霞，让不明就里的吕霞满脸喜滋滋的表情。吕霞高中毕业那年，哥哥吕斌带人和另一帮街头混混火拼而被捅死。东窗事发后，王河咬牙承担了主要责任，被从重判刑八年，李巨龙则侥幸蒙混过关，拘留半个月后就放了出来。开公判会那天，虽然人山人海，但低着头的王河仍感到吕霞从人丛中射过来的那缕幽怨的目光，那一刻他知道，他让一个豆蔻少女的梦碎了。

这时，吕霞默默走上前，贴着王河的背嘤嘤嘬泣着说："王河哥，从高中到现在，我做过多次梦，梦见这样抱着你，醒来后才发觉是一场空欢喜。今天能再看见你，我真的很高兴！"

正说着，不料李巨龙领着几个手下走了进来。一个手下瞪着王河说："你吃了豹子胆，连我们龙哥的马子也敢泡！"说罢掀了王河一掌。王河腹部一收，抓住对方的双手往旁边一掼，顿时将对方摔了个狗啃泥。另几个同伙正欲上前帮忙，被李巨龙制止。

"好身手啊，"李巨龙说，"身上的霸气不减当年！"王河冷冷地回敬："什么意思，拿这帮人来考验我？"李巨龙摇着头哈哈一笑："哪里敢，我今天是来请老弟赴宴，顺便让你嫂子送一万元钱过来，你先应应急吧！"李巨龙说到这儿，目光阴冷地看了吕霞一眼。

第二天，王河应邀来到酒店，李巨龙已等在了那里。王河刚一落座，几个心腹就嘴里喊着"二哥"，轮番向他敬酒。李巨龙说："老二，你刚出来，一定需要钱。你不知道，现在咱们做大事了，不再收什么保护费，你游泳的那些地方，就是咱们的金山银山，是咱们的衣食父母！"

李巨龙趁着酒劲儿，说出一番玄机。原来，这几年各地都在大兴土木，河沙与豆石的身价也是水涨船高。但国家监管越来越紧，经批准可供采挖的河段已非常有限，所以常常要靠一些非常手段才能拿到指标。李巨龙说罢重重地叹一口气："我现在，就缺真正有霸气的帮手，老二呀，你回来得正是时候！你先别拒绝，这样吧，我叫嫂子来一起陪你喝酒，等喝完了酒再作决定不迟！"

这天半夜，王河从睡梦中醒来，感到身边多了一个人。爬起来一看，竟是吕霞，他们睡觉的地方，竟是宾馆的房间。吕霞被惊醒，揉着眼说："王河哥，昨晚上你喝多了，龙哥要我留下来照顾你！"王河一听像被蜂子蜇了，惊诧地问："这怎么成，你是我嫂子呀！"吕霞嗔他一眼，红着脸说："什么嫂子，我又没嫁给他！当年我哥哥死了，你又进了里边，我无依无靠，李巨龙便天天来接近我，并趁一次喝酒把我灌醉，强暴了我……"王河听了更加急迫地说："不管怎么说，你做了一件傻事，李巨龙心机很重，肯轻易让别人去染指他的女人？他这样做，只是想掐住我的短处，今后受他摆布！"吕霞凄楚地点点头说："我知道，昨天他叫我送钱，今天又叫我留下来陪你，就是想用钱和女人拴牢你。可是王河哥，我不是李巨龙的工具，我是真心喜欢你，只要你不嫌我脏，我愿意……留下来陪你！"王河哪儿听得下去，抓起旁边的衣物丢给吕霞，叫她赶快穿起走人，一脸冰凉的表情让吕霞顿时心寒。

天刚亮，王河就给李巨龙打去电话，说他思考了一夜，答应帮他做事。李巨龙嬉笑着说："这就对了，你今后就带好一帮弟兄，要不择手段，把属于和不属于我们的地盘，统统占为己有！只要你肯干，我把吕霞还给你，我知道你一直喜欢这个女人！"王河听罢说："谢谢龙哥不把兄弟当外人，但我坐牢多年已没了当初那份热情，请龙哥不要再为难我！另外，我想抽时间到你的对手刘标那里摸摸情况。"李巨龙高兴地点头称是。

过了两天，王河闲逛般来到了刘标的地盘。江面上停着几艘打沙船，但马达静悄悄的，都没有开工。王河正想不明白，突然有人拍他肩膀，抬眼一看，是一个膀阔腰圆的中年汉子。汉子说："我是刘标，你不认识我，我可认识你，当年还给你交过保护费呢！"王河有些羞愧："那时年轻，不懂事，还请多多包涵！对了，你怎么都停工了？"刘标叹口气，脸上显出一种无奈……

原来，为了疏浚河道，地方上每年也会有计划地开采部分沙石，而开采计划都面向社会公开招标。由于中标企业今年有好几家，所以每一家拿到手的资源非常有限，这让一向得陇望蜀的李巨龙非常不满，他威胁利诱，软硬兼施，吓跑了其他对手，唯独刘标这一家不买账，李巨龙便纠集一帮流氓半路拦截沙车，不准他们去拉刘标的沙石。刘标的沙石销不出去，只好停工待产。

王河听得发呆，他原以为，这边的刘标也像那边的李巨龙，无非是另一个"河霸"而已，现在看来，老实人做生意，容易被人欺负，多年的江湖生涯，已经把李巨龙变成一个贪婪无比、不讲信誉与道义的人。望着远处江面，王河心情沉重……

数日后，李巨龙收到刘标的一封信，邀他找一家茶坊坐下来面谈。李巨龙以为刘标下软蛋，高兴地点头应允。可到了那天，刘标却迟迟没到，李巨龙按捺不住，正打算拨个电话，王河却冷不丁说："别拨了，他不会来了！告诉你吧，信是我写的，今天没外人，咱们兄弟，就来个了断吧！"

"了断？"李巨龙颇感意外。

王河虎着脸点点头："当年我们兄弟三人，一个死，一个坐牢，我扛下责任换取了你的自由，你却做了对不起我们兄弟的不伦之事，强暴吕霞，占有了她；现在又作霸一方，强吃恶占，欺行霸市。作为兄弟，我们迟早有一个了断，是上天堂还是下地狱，就看各自的命！"

王河拿出一包毒鼠强说："待会儿放进一个酒杯中，咱俩赌一把，谁运气不好，就认命吧。要是我死了，请你看在兄弟面子上，放过吕霞，放过刘标，做正常人，赚良心钱；若是你死了，让世上少一个人渣，也算积点阴德吧！"

李巨龙瞅着王河，哈哈大笑起来，笑罢猛地一拍桌子："看来你是活腻了！"李巨龙冲外边弹了一个响指，不一会儿手下就推了一个人进来，竟是吕霞。见王河满脸惊诧，李巨龙得意地说："老弟，你不会愚蠢到我没半点防备心吧。说实话，本来你跟着我，我可以忍痛割爱，可惜你不给我面子，还拿毒鼠强来逼我，就别怪我对不住你了！桌上两杯酒，你们各选一杯，是死是活，认命吧！只是可惜，一对有情人从此将阴阳相隔了……"

"哼哼！"突然王河凛然冷笑起来，目光如炬地说："李巨龙，你忘了，多行不义必自毙，当年就该送你进监狱，而这一次不会放过你了！"话音刚落，李巨龙的一个手下惊慌失措地跑了进来："不好了，龙哥，我们被警察包围了！"

原来，李巨龙的团伙无恶不作，已经有涉黑性质，警方早已暗中布控多时，只等机会收网。而王河在看清李巨龙的嘴脸后，先假借刘标之名约谈，实则提前与警方联系，借谈判之机稳住李巨龙，让警方一网打尽。

几天后，王河在家里接到通知，考虑到王河的实际情况，居委会专门在社区里给他谋了一份差事。当王河正思谋着应该第一时间把这个消息告诉吕霞时，他家的门被推开了，只见吕霞站在门边，深情的眸子里充满了期盼……

市长千金

　　范香从乡下到城里打工，被人骗到一家不太守规矩的KTV坐台。这天傍晚，一行人来到KTV消遣，领头的一个突然盯着范香愣神。KTV老板一见，忙上前讨好道："这姑娘是刚刚招来的，还没有上过台，如果黄秘书喜欢，就让她来陪你吧。"黄秘书是市政府秘书，听了KTV老板的话，就悄悄把他拉到一边说："且慢！这女孩我瞧着眼熟，很像前不久我们市长走失的千金，在弄清情况前，切莫轻举妄动！"老板听了一惊，有些慌神地问："不可能吧，市长千金怎么会沦落到KTV呢！"黄秘书小声说："市长千金从小散漫惯了，长大后尽结交些不三不四的人，上一次市长骂了她几句，她就离家出走了，市长急得四处派人去找。不巧的是，这次市长出国去了，临走时专门嘱咐我留心这事，可惜市长千金的照片放在办公室的抽屉里，所以现在我也很难判断！"

　　黄秘书一走，KTV老板就赶忙按照黄秘书的交代，差人悄悄把范香看管起来，每走一步都有人暗中跟着。范香发现后特别苦恼，原来这一趟进城，她并非只是来打工的。范香的老家在一个边远的农村，交通十分不便，好不容易盼来了修路，却发现施工队偷工减料，修成的路形同豆腐渣。村上的人集体反映多次无果，后来才知道施工方是乡领导的亲戚，而告到县里也一直没结果。万般无奈下，村上推举有些文化的范香到市里告状，可是，当怀揣全村百姓请愿书的范香到了城里一打听，她要找的市长已因公出国，兜里缺少盘缠的范香只得先打工自救，待市长回来再说，却不料，因容貌姣好，被人骗进了KTV。而范香发现误入贼窝后，也一直寻思着早日逃出去。

第二天傍晚，一个大款到KTV来消费，一眼就看上了面容姣好的范香。大款叫吴礼，五十多岁了，是当地赫赫有名的人物。通常情况下，KTV老板对那些财大气粗的人总是有求必应的，但这会儿却不敢轻易答应，便把范香的可疑身份直截了当地说给了吴礼。吴礼听了也半信半疑，正在这会儿，黄秘书赶来了。

黄秘书与吴礼也是熟人，当着二人的面，就急匆匆地拿出了市长千金的照片。二人一看，范香与照片上的人隐隐有些相似，但也拿不准，黄秘书就说："这事非同小可，宁愿信其有，不可信其无，不然后悔药都没得吃。"

KTV老板首先急了，他问："那该怎么办？如果真是市长千金，又被市长知道了她在我这儿干过，我还不关门啊？"

黄秘书看着吴礼，突然有了主意。他对二人说："这件事还得吴老板多帮忙，当务之急，最好以你的名义，把她安排到一家宾馆先住下，待查清身份再做处理！"

吴礼是建筑商，在工程上本来正有求于市长，听黄秘书这么一说，当即应承下来。如果真是市长千金，他可就立大功了。

吴礼用自己的豪车把范香送到本市最好的一家宾馆，安排了一个豪华单间让范香住下。范香进门的时候，对身后的吴礼正色道："如果你们有非分之念，我马上就从这窗台上跳下去！"

吴礼慌忙摆摆手，表示没有那个意思。但吴礼还是有些不放心，如果对方不是市长千金，那么每天上千元的消费，岂不是白扔。吴礼是一个有头脑的生意人，做任何事情都不会无的放矢，所以临告辞前，他决定先试探一番。

吴礼说："范小姐，恕我冒昧，我想知道你和市长是什么关系？"

范香正在气头上，听了吴礼的话，心想何不借范市长之名压压他的傲气，于是没好气地说："比亲戚还亲，他是我老子！"

吴礼一听，心头悬着的石头顿时落了地，脸上立马堆出谄媚的笑容来。他躬身退到门外，连声道着晚安，转眼间变得彬彬有礼。回到汽车上，他马上用手机给公司财务部打了个电话，叫他们明天准备两万元现金，一早有急用。

第二天一早，吴礼又马不停蹄地赶到宾馆，把两万元现金拿出来堆在范香面前，讨好地说："这点小意思，请范小姐先用着，到街上买几件漂亮衣裳，钱不够，吱个声，我再给你准备。"

范香看着吴礼的讨好相，尽管心头很反感，但还是没有流露出来。她挥挥手叫吴礼先出去，之后若有所思地把钞票收起来。吴礼在门外虽然受了冷遇，但看对方收了钱，自以为和市长的关系又进了一步。于是马上又开始盘算第二步……

吴礼刚走，黄秘书又悄悄找上门来，黄秘书兴奋地对范香说："范小姐，范市长今天打电话回来过问工作，我顺便告诉他已经找到了你，你父亲很高兴，托我好好照顾你，如果有什么需要尽管吩咐！"

范香愣住了，这一刻她才恍然大悟，为什么黄秘书对他点头哈腰，为什么吴礼会送他来这么好的宾馆，原来是他们误解了，把自己当成了市长走失的千金。范香想当即纠正，可转念一想，依自己这么微弱的力量，别说帮老家的乡亲们做点实事，就是见到市长都难上加难，不如借力使力，将计就计。

想到这儿，范香收起有些卑微的面孔，从兜里掏出那张请愿书，有些颐指气使地说："既然这样，我也就不客气了，这张请愿书，是前两天出门时有人塞给我的，估计是要我转给父亲。现在老百姓告个状真难，不如让黄秘书代为处理吧。"

黄秘书接过来，草草一浏览，肚里已明白个大概，马上应承说："我一会儿就以府办之名，给县上打电话，如果真有问题，一要彻查相关责任人，二要重新修条放心路。有市长撑腰，下面的人不会不懂，请你放心。"

范香点点头，又若有所悟道："另外，你给KTV老板打个电话，经营要规范，不得胡来！"

黄秘书一听，面有难色，小心翼翼地说："如果这样，恐怕对KTV的生意会有影响！"

范香提高声音说："你也是有妻子儿女的人，就忍心那些乌七八糟的事情在你眼皮子下面每天发生？你真让我失望！"

后边这句话把黄秘书脸上的汗都逼出来了，这个时候他也顾不上和KTV老板的交情了，当着范香的面把电话打了过去，当然他得借市长的威名去压人。"从今天开始，你马上停业整顿，谁说的？当然是市长！对违纪违规的行为，要坚决取缔，什么时候合格了再开始营业！"说完"叭"的关了手机，笑着对范香说："范小姐，都按你的吩咐做了，如果没别的事，我就先告辞了！"出了门来，黄秘书才心有余悸地擦了擦额头上的冷汗。

再说吴礼回到家，左思右想，最后目光落在儿子吴谦的身上。吴谦是个相貌英俊的小伙子，大学毕业后，坚决不肯留在公司坐享其成，而是自谋生路，现在一家IT公司做事。吴礼简单地交代了事情的来龙去脉，然后对吴谦说："现在爸爸需要你帮忙，市长的千金上次走失，现在找到了，住在宾馆里，我一个老头子天天去看她不合适，不如你替我去陪她散散心，不要把她关坏了，市长回来不好交差。"其实吴礼有层意思不好讲出来，是希望吴谦能和范香有进一步地发展，能和市长攀上亲，对今后更有帮助，对于品貌俱佳的吴谦来说，应该不在话下。

吴谦极不情愿地应承下来这件事情，主要还是看老父亲多年来辛苦操劳的份儿上。当吴谦找到那家宾馆敲开门时，他一下怔住了，原以为市长千金一定非常倨傲，不料却是一个衣着朴素、面容清纯的女孩子……

正当吴礼带着喜悦的心情看着吴谦和范香越走越近，一刻都舍不得分开的时候，黄秘书气咻咻地找他来了。黄秘书对他说："范市长真正的千金今天找到了，那个范香，经过我们的调查，只是一个从乡下进城务工的打工妹！"

吴礼一听，顿时浑身一凉，好像整个人一下掉进了冰窟窿。他想到了每天上千元的消费，想到了那送出去的两万元钱，还有陷入水深火热的吴谦……他迫不及待地给儿子拨去电话，把吴谦从外边召了回来，一见面劈头就问："这几天你都在干啥？"

吴谦平和地说："除了上班，其他时间都在教范香学电脑，准备学成后在公司给她找份事做……"

"你怎么还有那个闲心？"吴礼气恼地说："从现在起，你马上停止和她往来，你知道她是谁吗？她是一个骗子，骗了你老爹两万元不说，还在骗你的感情，她只是一个乡下妹！"

　　没想到吴谦一点也不惊讶，反而平静地说："这些我都知道，因为范香都告诉我了，是你们当她是市长千金，发生的这些事情也是你们心甘情愿的，所以怪不了谁。至于那两万元钱，范香已经以你的名义捐给了福利院……范香是一个心地纯洁品性善良的姑娘，通过这段时间的接触，我已经喜欢上了她！"吴礼一听，身子一软，颓丧地倒在了地上。

　　再说半年后，市里开展了一次扫黄大行动，由于那家KTV提前已进行了整改，这次不在关门整顿之列。而市福利院也给吴礼和他的公司送来锦旗和感谢信，加之媒体的渲染，吴礼一下成了让老百姓点头称道的热门人物。KTV老板和吴礼都很感慨，一起告诉了黄秘书，黄秘书也是既惊又喜，没想到一场误会，竟引来如此美好的结局，于是把这番奇遇告知了范市长。

　　范市长也很嗟叹，他因为"无意中"帮助范香家乡修了一条放心路，老百姓逢人就夸他是人民的好市长。感慨之余，范市长对范香的人品十分敬佩，于是认她做了"干女儿"。这一下吴礼更乐了，阴差阳错的结果，他真和范市长攀上亲了。

温暖的发小

聚源小区是个安置小区。每天早上，小区的人从睡梦中醒来，做的第一件事情就是推开卷帘门，摆出蔬菜水果售卖，到了午后卷帘门一关，就到附近喝茶聊天去了。这种闲适日子维持了很多年，几乎成了小区人生活的一个模板。

这一天，城管给小区业委会送来了限期整顿通知，要求小区的所有商户不允许在家门口摆摊点沿街为市，要统一搬到新近修建的菜市场去设点。小区的人一听自然不干，他们已经习惯在家门口做生意了，搬去菜市场好孬不说，主要是劳神费力瞎折腾，还要交管理费，心里头一百个不乐意。

城管也很耐心，知道小区的人改变习惯不容易，隔大便来送一次通知，晓之以理，动之以情。可小区的人怎么听怎么都觉得吃亏，没有一户愿意响应。眼看最后期限就要到了，城管的态度也越来越鲜明，如果都不搬迁，沿街为市的摊点也必须全部关闭。

小区的人当然也有办法，那就是抱团取暖，商定有什么突发的事，大家就一同发力。而这些人中，有个叫范四娃的愣头青火气最大。范四娃曾经因为惹事打架进过局子，现在守着家门口过日子也算安静，但如果有人要动他饭碗，他就会拼命。

相比范四娃的火暴脾气，小区更多的人还是想找一个万全之策，即既不搬迁，又能得到相关部门的理解。想来想去，大家就想到了王建军，40多岁的王建军当过兵，见过世面，又是小区公推的业委会主任，最关键的，他和现任的城管局局长李国斌是穿衩衩裤一起长大的发小，关系非同一般，让王建军去和李国斌沟通，天大的事也准成。

王建军推辞不过，也想帮整个小区的父老乡亲争取利益，便慨然答应了。他给李国斌打了电话，想约他喝茶叙旧，电话里的李国斌没有一点架子，满口答应。

去见面的路上，王建军不由想起了两个发小的从前日子。那时候，王建军和李国斌还在同一个村上学，从小学开始，两人就是形影不离的朋友，好吃的好玩的都是共同分享。上初中的那个暑假，两人下河游泳，李国斌水性好，一个人游到了河中央，不知怎么突然脚抽筋，眼看就要被冲往下游。正在浅水处的王建军急了，也不顾自己差不多就是个旱鸭子的本事，扑通一声就扑了过去。最后的结果是，李国斌好好的上了岸，王建军却体力不支沉下水去，若不是路过的大人跳下水把他捞起来，这兄弟俩可能那时候就"各奔东西"了。

王建军被人从水中捞起，命是保住了，但可能在水下窒息时间过久，清醒后便没有了过去灵性，处理日常事情也变得有些迟钝。从前他的成绩很好，这次"救人事件"后下滑了许多，父母看在眼里非常着急。李国斌的父母也很愧疚，想着这些改变都是因为救人而起，有心想给一些经济补偿，但都被王建军憨厚的父母婉拒了。李国斌父母很感动，那时候就叮嘱儿子，今后王建军有任何困难都要帮助到底。

高中毕业后，李国斌考上大学，毕业后进了政府部门，最后通过努力当上了城管局局长。王建军高中毕业去参了军，退伍后回到了农村，前些年县城改造，王建军所在的村子被拆迁，政府专门在现在的位置建了用于安置的聚源小区，而习惯于日出而作日落而息的村民们，便从此开始了上午卖菜下午喝茶的另一种生活。

尽管这么多年的斗转星移，两人的生活轨迹完全不同，但两人的友情一直没断，李国斌也信守承诺，经常给王建军打电话，询问他生活上有什么困难，每次王建军都笑呵呵回答，日子很好，真有困难了一定去找他。原本只是客套，谁料今天还真遇上了困难，王建军心想，这忙你李国斌帮也得帮，不帮也得帮。

王建军想着想着就到了城管局门口，不料李国斌已等候在那儿了。见了面王建军顾不得寒暄，径直对李国斌说："你手下的人天天过来送通知，弄得小区的生活不安宁，今天你得给我一颗定心丸，让我回去给他们交差。"

李国斌似乎充耳不闻，反而很急切地说："你小区的事先放放，我也正有事想请你帮忙，就算你今天不来，我也会去找你的。"

李国斌说，最近城管的事千头万绪，现有的人手都忙不过来，想从聚源小区临时抽调几个人帮忙，最好身强体壮像范四娃那样的年轻人。

王建军一脸发蒙，他来找城管协调，城管反倒求小区帮忙，这算什么啊。

王建军说："帮你不是不可以，但你这做法，符合程序吗？"

李国斌说："程序确实不规范，所以没有工资，只有工作餐。"

王建军说："那限期到了让我们小区关门的事，你打算咋办？"

李国斌说："等你帮了我，一切好说。"

王建军在城管局喝了茶，又让李国斌掏腰包请他吃了饭，回到小区就把范四娃和另两个年轻人找到，把让他们去城管局帮忙的事说了。范四娃一听没报酬就噘嘴，王建军就瞪着说目光短浅，你要挤奶就得躬下身，你要让城管不关小区的门就得先帮城管做事。

不管怎么说，范四娃和另两个年轻人肩负使命，到了城管局报到，受到的接待规格也很高，局里专门给他们安排了一辆车，跟随城管队员去巡查。城管局也没给他们安排任何具体的事，只要他们偶尔打打下手就行。

范四娃和另两个年轻人跟随城管队跑了一天下来，就不想再去了，回到小区都要求换人，另换几个年轻人去。王建军不解，问是不是很累，范四娃摇摇头，又点点头，说心累。

范四娃说，他们随城管巡查了一天，每到一个地方就难受。在一条小街上，沿街为市的菜摊塞满了街道，城管队员一来菜贩们就跑，城管队员离开就又死灰复燃，简直就是游击战，每天收市后，小街上菜屑零乱蚊蝇飞舞一片狼藉，看上去确实不雅。上午去规范市场时，还遇到一个菜贩不听招呼，躺在地上打滚撒泼，范四娃一下从他身上看到了自己，恨不得找条地缝儿钻进去。巡查了一天下来，范四娃和另两个年轻人倒没累着什么，城管队员却个个嗓子嘶哑、步履沉重，天天这样打交道，能不心累吗？

王建军一听，这脾气火爆的范四娃话里话外似乎对城管充满了理解，难不成都成了城管的"帮腔"。王建军不信，第二天又重新派了几个年轻人，回来后感受也完全一致，城管工作琐碎繁杂，处处都在得罪人，却也有着一般人不易理解的艰辛，个中的滋味，如果不是亲身体验，是谁也不能体会到的。

王建军这时恍然明白，他的发小让他从小区抽人帮忙，并不是城管真正缺人，而是让去的人都能体验城管工作的辛苦，远比一大堆说词更有说服力。王建军抬头望了望远处修建的一处新的菜市场，又低头看了看聚源小区沿街为市的脏乱差，突然升起了久违的愧疚。

过了两天是周末，王建军和李国斌相约在一起喝茶。王建军说："还是有墨水的你能干，不知不觉就瓦解了人心。"

李国斌拱拱手："几十年的友谊，你是最懂我的。当年设安置小区，村民沿街为市可以理解，但城市发展到了今天，市容越来越整洁规范，政府专门修了遮风挡雨的菜市场，为每家每户设置了专门的摊位，再沿街为市就说不过去了。今后菜市集中了，更方便市民选购，生意会越来越好，也可以还小区环境一个宁静，生活在优美的环境里，每个人是不是更有自豪感？"

王建军点点头："过去我们的理解有狭隘，总以为你们做事就是为政绩，现在才知道，这些政绩难得，因为实实在在受益的都是每个老百姓。"

李国斌很感动，沉吟一会儿抓住王建军的手说："有件事我埋藏了30多年，今天必须讲出来求你原谅。当年我溺水其实是假装的，我知道你不会水，为了检验我们的友谊，故意装成脚抽筋，害你差点死了，学习成绩也下滑。如果没有那件事，你应该也大学毕业，有一个更好的生活……"

王建军摇摇头，握住李国斌的手真诚地说："过去的已经翻篇，我从没后悔过。重要的是今天，你堂堂正正做官，没有半点'脚抽筋'，这才是我们两发小共同的福气！"

此时，阳光从窗外渗进来，放眼一望，景色尽收，时光正好。

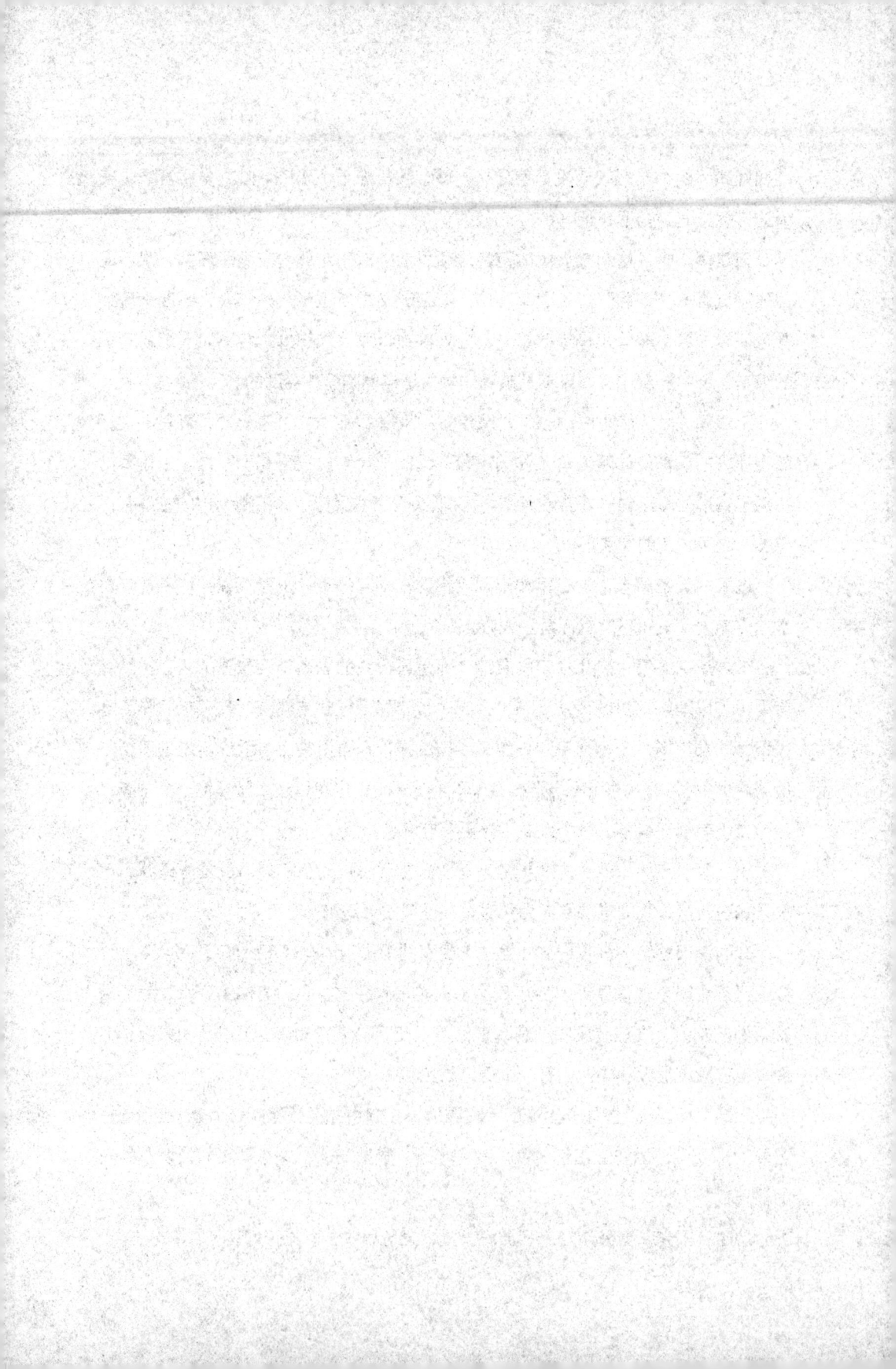

离婚别选星期一

戴面具的洗车妹

郑凌云开一辆价值百万的"卡宴"，副驾上经常坐着不同面孔的漂亮女孩。他父亲开了一家大型商贸公司,年轻帅气又有钱的郑凌云算是名副其实的富二代。

这一天，郑凌云开着他的豪车去一家新开张的洗车场洗车，看见里面一个洗车妹很特别，她身材是特别的好，不管从哪个角度欣赏，都十分高挑诱人。可是，这个身材漂亮的女子却戴着一副面具，这让郑凌云很奇怪。他问老板原因，年轻的老板就说，这叫特色服务，现在竞争这么激烈，作为一个新店，总得有别于其他店的地方。

郑凌云回去睡了一夜，好奇心又占了上风，幻想这么曼妙的身材，五官一定非常精致。像许多有钱的公子哥儿一样，见惯了各种衣香鬓影的女人，反而对一些朴实的东西充满新鲜感。

第二天上午，郑凌云抓了一把稀泥糊在车门上，又把车开进了洗车场。场子里停着好几辆豪车，几个有钱的车主正对着那个戴着面具的洗车妹品头论足，纷纷要求洗车场的老板让他们看一看洗车妹的真容。老板乐得这么多人捧场，但说出来的话却充满铜臭味："洗车归洗车，单洗豪车50元一次，办卡1000元，可优惠5次洗车。"

车主们都笑起来，起哄老板会做生意，可是看不了洗车妹真容，他们就不办卡。老板却不急，依然说他的生意经："我知道你们在想什么，不过那得有门坎。一次性办卡3000元，可以和洗车妹合个影；如果想看洗车妹真容，至少办张6000元的洗车卡！"

车主们都睚眦地看着老板，看来他还真把洗车妹当成赚钱的生意经了。不过也有人不信邪，偏偏要交钱看稀奇，自然也包括郑凌云。老板当然不能食言，在一间小屋子里，把戴着面具的洗车妹带了进来。

众人都屏住呼吸，等待这揭开庐山真面目的神圣一刻。可是这当儿，郑凌云却发现洗车妹很犹豫，那双藏在面具后依然明亮的眸子充满一种说不出的幽怨。也就在这一刹那，洗车妹取下了面具，一头漂亮的青丝如瀑布一般披垂在前额，待洗车妹用双手慢慢分开，在场的每个人都倒吸一口冷气，只见眼前这个身姿高挑曼妙的女子，却长着一张狰狞的面孔，她的半边脸布满疤痕，让人望而生畏，几个男人当场就吓得尖叫着逃离。

郑凌云也想跑，可是被老板拉住了。老板的眼神很辛酸，他说："很多来这儿洗车的人，都被那具美丽的身材吸引，我设置6000元的坎，就是不想让人看到真实的她，因为每一次摘下面具，对她都是一种伤害！"

郑凌云低着头，他虽然不敢正视，却依然能感到面前的洗车妹在暗自流泪，想想自己花钱看稀奇，却对一个女子内心造成伤害，郑凌云隐隐有些后悔。正想着如何脱身，老板却对他说："不瞒你说，她是我妹妹。现在你好奇心满足了，如果后悔，我可以退还你办卡的钱，我并不想拿妹妹做生意。"

郑凌云停住了，老板的实诚让他反而有些不知所措。只听老板又自言自语说："其实我妹妹，从小就美丽善良，能歌善舞。她10岁那年一次意外烫伤，让脸上从此留下了疤痕。从小学到中学，妹妹成绩一直很好，但因为脸上的伤疤，一直很自卑，大学读完也没去找工作。我在外打工这些年挣了一些钱，本来想帮妹妹整容，懂事的她却非让我先创业，才开了这家洗车场。可是这样，我不知何年何月才能帮她整容了！"

郑凌云财大气粗惯了，最听不惯有人在他面前叫苦，不禁随口问道："如果让你妹妹恢复容颜，需要多少钱？"

老板说："去整容医院问了，50万够了。"

郑凌云心头想了想，50万还不足他一年的零花，再说，做商贸的父亲一直倡导做公益，每年都要向社会捐一笔不菲的善款，如果此时帮一下这对兄妹，也算行善积德吧。

郑凌云离开洗车场前，要了老板的银行卡号，第二天就把钱打了过去，从此他也淡忘了此事。

转眼大半年过去，因为一场突如其来的经济危机，郑凌云的家族生意受到影响，公司运作一蹶不振，几近关门的境地。郑凌云把豪车当了，过去天天围着他转的那些花蝴蝶也纷纷离他而去。为了让公司起死回生，郑凌云四处奔波，但因为缺少流动资金，公司运转十分困难。

这一天，郑凌云从一家银行出来，因为没谈妥贷款，郑凌云情绪低落。这当儿，突然有一个好听的声音在背后叫他，转过身来，却是一个并不认识的面相清纯的女子。看着郑凌云发呆的样子，那女子吃吃地笑，曼妙的身材加一张好看的脸，足以让郑凌云慌神。

女子说："认识一下吧，我叫石兰，你不认识我，我可认识你。"

郑凌云仔细回忆自己交往过的女性，确认没有一个叫石兰的，便摇了摇头。女子却不罢休，又浅笑着说："我是那个洗车妹啊！当初，全靠你的好心资助，才让我恢复了容颜，也重树了生活的信心！"

郑凌云恍然大悟，眼里顿时流露出欣赏和欣喜的神色，不由问道："石兰小姐，你现在还在洗车场帮忙吗？"

石兰摇摇头，莞尔道："我现在没有当洗车妹了。恢复容颜后，有很多模特公司找到我，我现在已经有了正式的工作。"

郑凌云点点头，联想到彼此的处境，那份落差又让他充满压抑。石兰见状，关切道："郑先生，你的遭遇我听说了，我想，困难是暂时的，你和你的家人一定会渡过难关。"

郑凌云只当这是石兰的客气话，可没过两天，真有一家银行打来电话，愿意为他家的商贸公司提供一笔急需的贷款。郑凌云以为听错了，因为商贸公司实在拿不出任何可供抵押的东西了。不料银行却说，没关系，已经有人用洗车场做了担保，他可以放心贷款了。

郑凌云完全明白了，是那对兄妹关键时刻帮了他一把。而有了这笔贷款，加之以前积累的诚信和人脉，商贸公司的生意竟慢慢好转，逐步恢复了元气。当郑凌云重新从当铺赎回自己的"卡宴"，他第一个念头就是去找石兰，那个容颜美丽的女子，更有一颗美丽善良的心，让郑凌云的情感天平，在岁月的历练中找到了真正的依靠。

郑凌云来到洗车场，才发现洗车场已易主，原来的兄妹已不知去向。他又去寻了几家模特公司，被告知石兰已辞职，谁也不知道她和她哥哥去了何方。

没有找到石兰兄妹，郑凌云开始潜下心来帮助父亲打理公司，并逐步接手学习经营。许多曾经离他而去的女孩子开始后悔，变着法子重新接近他，但郑凌云不为所动，经历了这些变故，他终于知道哪些叫逢场作戏，哪些才是自己真正的需要。

几个月后的一天，郑凌云应朋友之约，自驾外出散心，下榻在一个偏远古镇的客栈。客栈收拾得很干净，房间被布置得简朴大方，郑凌云有一种很特别的好感，这种不饰雕琢的质朴让他想到了那个清纯美丽的女子。他独自信步踱到花园，一个女子正在盘弄园子里的花草，她披着花裙，戴着头巾，虽然背对着她，但那曼妙高挑的身姿却合着一股熟悉的气息扑面而来，就在那一刻，宛如心有灵犀，那女子也停下手中的活儿转过身来，是的，她是石兰，和郑凌云一样，二人的眼里都霎时噙满喜悦的泪水。

原来，郑凌云当初无意的帮忙，感动了兄妹二人，得知他家族生意有难，不惜以洗车场作抵押，见他的公司生意有了好转，心气骄傲的石兰不想再被别人感恩，便说服哥哥转让了洗车场，自己也辞了模特，来到这个边远的古镇包下了这家客栈，过着半隐居的悠闲生活。

郑凌云听完原因，冲动地抓住石兰的手，动情地说："这两年，我一直在找你，你以为你跑了，就可以一了百了？是的，我俩虽然没有任何盟约，但内心早已交融，彼此都在惦记对方，你也让我明白，什么叫真正的爱，如何才能做一个真正的人！”

石兰噘着嘴，眼睛却泛红：“我不想让你感恩，也不想高攀你，你身边，应该不缺女……”

郑凌云不待她说完，拉过石兰的手说：“除了缺你，我谁也不要。走，现在我就要当着你哥哥和朋友的面，正式请求你做我的女朋友！”

离婚别选星期一

江涛是一家医院的外科医生。星期一一大早，江涛和当老师的妻子李紫就怒气冲冲地跑到了当地民政局，一心尽快离婚。可是来到婚姻登记的大厅一看，两人都傻眼了，虽然并不是什么特殊的节日，可每个窗口前排队的人都黑压压的，结婚的离婚的，喜笑颜开的，怒目相向的，把婚姻登记处变成了菜市场。几个工作人员正在忙于疏导，让所有人排好队，有预约号的优先办理。

人群炸开了锅，特别是那些想马上离婚的人，一个劲地直嚷嚷，质问工作人员什么意思，离婚还要预约？工作人员也不恼，只是有些疲倦地指着人群说："你们都看到了，现在办证的人特别多，特别是星期一，离婚的比结婚的还多，工作人员都忙不过来，没办法，只得开通网上预约登记，而且已经实施几个月了。只有事先预约的人，才能在有效工作日办理手续，否则就只有看运气了，运气不好天天排队也办不了证。"

江涛在旁边听了暗暗叫苦，他只知道当医生的忙，天天围着手术台连轴转，不承想离个婚还要预约，比去医院挂专家门诊还难。李紫在一边肯定也听见了，虎着脸闷闷不乐。恰好江涛的手机响了，医院催他马上赶回去手术。李紫见状也冷冷地说："也好，我的教研课题也没完，这离婚的事，等预约了再说吧，我现

145

在赶回学校！"

两口子没离成婚，带着复杂的心情，背朝两个方向往各自单位奔去。一路上江涛气不打一处来，星期一的早晨，按理心情应该美好，却因为闹离婚全都破坏了。其实两口子较劲已非一时，一个医生，一个教师，都是单位学科带头人，但回到家就拧到一块。江涛加班是常事，李紫也经常把课题带回家钻研，照顾孩子、照顾家庭、买菜做饭、扫地抹灰这些琐事慢慢积聚，渐渐演化成相互指责、彼此吵架的诱因。

这次吵架就是从星期六开始的，江涛加班做了一台手术回来，家里却冷锅冷灶冷冷清清，李紫一直趴在桌子上钻研她的课题，读小学的女儿饿得只有找零食吃。这哪像个家，江涛的脾气"嗖"地就起来了，摔东西不说，还指桑骂槐说有没有这个家一个样。案头上的李紫也是一肚子怨气，她的课题下周就要接受专家组考评，她恨不得把时间掰两瓣花，可丈夫并不理解。李紫当即把手中的笔往地上一摔，恼怒地反击江涛，你心里只有医院医院，是不是被哪个小护士狐狸精迷了魂，不然心头怎么会没有老婆孩子。

矛盾骤然升级，江涛指责李紫不温柔不负责，妻子不像妻子，母亲不像母亲。李紫回敬江涛偏执狭隘，内心的小九九，都放在狐狸精那儿去了。两口子吵得不可收拾，最后干脆一句话，这日子不过了，星期一一早就去离婚。但谁曾想到，在离婚自由的今天，还真有一时半会离不了婚的窘境。

江涛刚赶回医院，就收到李紫电话，口气不容商量："我刚才通过手机，已经在网上预约了离婚时间，就星期三。这两天我要出差开会，会一完就回来离婚。这期间希望你不要把情绪带回家里，照顾好孩子。"

江涛"哼"了一声："这你不用担心，再怎么说，我还是孩子父亲，我会处理好工作与照顾好孩子关系的。"

江涛做完手术，再出来时已过了午饭时间，好在他习惯了，大不了去街边吃碗面，对付一下肠胃，回来继续上班。可这时，护士艳艳端着饭盒走了进来，径直递到了江涛手里。打开一看，有热腾腾的米饭、肉丝，还有他最喜欢吃的猪蹄汤。艳艳是医院外科的一朵花，追的人很多，她都不屑一顾，唯独对江涛很热情。

刚分来科室当护士时，见到了成熟帅气的江涛，见识了江涛技高一筹的医术，见证了江涛对病人的耐心热忱，艳艳心都醉了，她理想中的男人就是这个样子。

艳艳喜欢江涛，是科室公开的秘密，科室有时聚会，经常拿二人开玩笑。但玩笑归玩笑，二人也始终保持着距离，拿艳艳的话说，我喜欢不假，但我把江涛当哥，绝不会有任何非分之想。众人开始不信，可很快艳艳找了男友，不但介绍和江涛认识，还要男友向江涛学习，爱岗敬业，努力成为业务尖子。而生活中，艳艳也经常照顾江涛，比如帮他泡茶打盒饭，科室人员都习惯了，称他们有兄妹缘。

江涛正喝着猪蹄汤，心头忽然咯噔一下，原来今天，正好是艳艳生日。往年这个时候，江涛都会邀约单位同事，共同去餐厅为艳艳开生日Party。但今天不一样，李紫出差，他还要赶回去照顾女儿。江涛想了想，找了个借口溜出医院，到对面商场，买了一件施华洛世奇的水晶项链，斟酌片刻，又郑重写上自己和李紫的名字，才把礼物送给了艳艳。

转眼到了星期三，也是预约离婚的时间，可李紫电话打来，称会议延期，离婚时间只能往后推。江涛马上去网上查询，发现重新预约，已排到下周末，要想提前至星期一、二，根本不可能。

婚离不成，工作依然要做，每天早晚接送女儿的重任还不敢耽误。好在他现在中午经常能吃到热腾腾的饭菜，每当这个时候，他心里就感到特别温暖，心想一生有一个知冷知热的妹妹也知足了。前不久艳艳告诉他，她快和男友结婚了，这几天他都在思考，送一件什么礼物给"妹妹"，可是他快离婚了，连个商量的人都没有，心中不免小懊恼。

到了周末，平时读书的女儿腻在了家里，江涛骤然感到了压力。这个周六周日虽然他好不容易没加班，却似乎比平时加班还累。家里的卫生清洁、洗衣做饭，琐事一大堆，这还没完，女儿的作业还要督促检查，而这一切，他平时很少参与。很显然，这些容易被疏忽的家庭琐事平时都是妻子完成的，他完全漠视了。

江涛隐隐觉得自己做了一件很愚蠢的事情，却又不愿主动承认，离婚这件事，就像启动了程序，让他难以收手。他唯一可做的，就是把精力放在工作上，挺过星期一、二这两天，离了就省心了。

又一个星期一早晨，江涛赶到医院主刀一台高难度的复杂手术。往无影灯下一站，转眼就过去八个小时。走出手术室，江涛累得都快虚脱了，往椅子上一靠，就打起了盹。

过了一阵，一股暖暖的糖开水浸进了江涛的嘴唇，他睁开眼一看，艳艳心疼的脸映了进来。但江涛感到，除了艳艳，还有一个人，一直扶着他，鼻孔里涌动的，也是这个人熟悉的气息。江涛挣起身子往后一瞧，一眼就看见了两眼濡湿的李紫。

李紫很动情，红着双眼说："今天我才知道，医生这职业不轻松，有时甚至是玩命！"

江涛还有些懵懂，艳艳抢过话题说："这些天中午可口的饭菜，都是嫂子托我转送的，她还不让我告诉你！"

江涛惶惑了，两个人都走到这一步了，她为啥还这样，难道是"最后的午餐"？

李紫慢慢解释说："其实我这几天并没有出差，而是找这个借口去宾馆住了下来，我想暗中观察，过去那个口口声声爱我一辈子的男人，是如何忙工作、忙家务的，是不是一个喜欢玩暧昧的人！但第一天去医院跟踪你，就让艳艳认出了我，不过从她那儿，让我更知道了立体的你，你对工作的认真，对同事的热爱，对病人的关怀，都让我愧疚。那些小道消息，曾让我对你有误解，后来都不攻自破！"

江涛低下头，嚅了嚅嘴唇承认："你'出差'这几天，我才真正体会到了家庭这副担子的不易。一个家要良性运转，必须双方付出努力，而你为这个家做了那么多无形的牺牲，都被我忽略了。这些天我也在反思，工作再忙也不应该成为忽视你的理由，我们曾经非常相爱，但为什么山盟海誓抵不过平凡琐事的侵蚀，不值得啊，而该死的自尊心又让我放不下面子向你承认错误！"

艳艳在旁边扑哧一笑，调侃道："嫂子不让告诉她为你准备的热饭热菜，八成也是自尊心作怪，面子下不来吧！不过，你送给我的那条施华洛世奇的项链，写上了嫂子的名字，也让嫂子感动，而她故意拖过星期三回来，也是给双方重新认识的机会啊！"

一屋子的医生护士都鼓起掌来……

后来有一天，和好如初的江涛和李紫从婚姻登记处经过，看着长长等候的队伍，很有感触。江涛说："后来我上网查了，预约离婚在全国很多城市正开始实施。很多夫妻，在周六周日因为这样那样的家庭琐事，矛盾集中暴发，一时冲动都去离婚，无形中形成独有的'周一周二离婚高峰'现象！预约离婚，一方面能缓解这方面的工作压力，另一方面也让很多夫妻有了缓冲矛盾、重新思考的空间和时间！"

李紫这时已拿出手机，把江涛拉到一块说："来张自拍，以此纪念和感谢那个星期一，才让我们今天有机会留下这张甜蜜如初的合影！"

职场不靠"秀"

青春靓丽的易丹读完本科读硕士，硕士毕业她拒绝了很多公司的邀约，而是看中了一家实力雄厚的美资企业。但要跨进这家企业也难，很多海归博士都还排队候着，她一个国产硕士更是小儿科了。可易丹不服气，她喜欢这家企业不仅仅是有实力，更在于他们对员工的尊重，单是每一年让最优秀员工赴美学习世界先进营销理念，就让易丹醉心不已充满向往。还好，第一轮报名初选，易丹顺利过关。

接下来的面试易丹反复思索，她不怕出难题，就怕对方刁难，埋没了她的才华。对着镜子思来想去，她决定从爹妈给的好身材入手，如何做到万花丛中一点绿，在众多求职者中脱颖而出，让考官第一眼留下印象，也许秀一秀傲骄的身材很重要。

易丹找到一家影楼，拍了几组精美的写真照，包括数张比基尼装，数张印第安草裙装，还有一组全裸写真照，拍摄技巧也很讲究，光线、装饰物恰到好处，其中一张坐在金属质地流线型造型的椅子后，椅背作了恰好的遮挡，修长的双腿、圆润的胳膊和一张青春美丽的脸庞衬托出一个端庄大气、性感妩媚的女子。

带着满满的自信，易丹把自己的写真照，连同发表在国家级期刊上的论文，打包组成一个精美的文件夹，神采奕奕地坐在了考官面前。主考官是位儒雅冷峻、不苟言笑的中年人，自始至终对每一个求职者没露出半点笑容，但是当他打开易丹文件夹的封皮，突然映入眼帘的写真照一下让他愣住了……

易丹很顺利通过了面试。在公司举办的新职员培训会上，易丹才知道那个中年主考官叫李响，是公司的副总。之后易丹就对李总有种说不出来的心态，作为决策层和主考官，李总是公司为数不多看过她写真甚至全裸写真照的人，每次眼神相遇，易丹都心虚理亏一般扭开视线。有一天走廊上相遇，易丹躲不过了，只好硬着头皮招呼，没想到李响对她印象很深，张口就说："易丹，我记得你，自荐材料很精美，写真照也很漂亮。更主要的，你专业知识强，笔试时提出的营销方案很有见地。另外，我还有点私心，你发表论文的学报是我母校的杂志，我也在上面发表过论文。你好好干，前景无限。"

这一次交流后，易丹的心情出奇的好，更主要她发现，那个在员工面前不苟言笑的李总，见了她反而非常和蔼，常常露出关切的微笑。易丹知道，她已经让这个中年男人对自己充满了好感。

半个月的培训结束，易丹被分到公司策划部，而且专做重大项目策划，看得出公司对她很器重。易丹当然知道这离不开李总的举荐，心里更加感激。培训班一结束，她第一时间就给男朋友陈一轩打去电话报喜。

易丹这段感情从大二就开始，同在一个班的陈一轩也很喜欢易丹，不单喜欢她的美，也欣赏女朋友永不停歇的追求。陈一轩毕业后和几个同学当创客自办公司，但却不反对易丹继续升研，更不强求易丹毕业后回来帮自己。所以当易丹打电话告诉他受到公司重用时，他马上就表示祝贺并打到公司恭迎女友。

高兴中的易丹见到殷勤的男友免不了撒娇，两人在电梯间就忍不住热烈拥吻。这当儿电梯门一开，迎头走进来的却是李总。乍一撞见，易丹很尴尬，李总却笑着解围："没事，你们继续，我坐下一趟！"

易丹摆摆手，谦让着把李总让进电梯，趁势把男朋友作了介绍。出电梯分手后，陈一轩忍不住问："你不是说李总挺酷挺严肃的吗，刚才很亲切呀！"

易丹骄傲地甩甩头说："那是本小姐用能力征服了他。初见他确实像一座冰山，现在被完全融化了！"两人爆发出一阵笑声，笑声中易丹感到陈一轩把他拥得紧紧的，而她脑海中却闪过李总慈祥温和、略带怜爱的目光……

半年后,公司举行酒会,欢迎新任总裁东尼。东尼是一个华裔美国人,中文流利,外形帅酷,性格上有着美国人与生俱来的热情和自由奔放。酒会上,东尼举着酒杯,当着众人的面径直走向易丹,毫不避讳地赞美:"Miss易,李响专门向我推荐了你,我也调看了你的资料,特别是你求职书里那张写真照让我印象深刻,拍得很好,你真美丽,真性感!"

所有参加酒会的人都愣住了,异样的目光像探照灯一样射向易丹,窃窃私语也刺耳地传来:"原来她是靠这个进公司的!"易丹尴尬懊恼不已,恨不得找条地缝儿钻进去。

之后一阵子,易丹在公司里明显感到了大家对她的鄙夷,有个平时走得近的姐妹甚至问她:"易丹,你是一个能力超凡的人,不明白为什么还要靠写真照走捷径,都怀疑你不会和某某还有一腿吧?"

易丹感到奇耻大辱,想和讽刺她的人对骂一场,可不理解的人多,她无心去骂也骂不过来。最恼火的是,这番委屈还不能在陈一轩面前说,因为写真求职这事陈一轩并不知道。

事情却远没完。一个月,易丹又参加了一场商业谈判,由于她代表公司做的营销方案十分出色,外方谈判团非常满意,合同签得很顺利。在随后的庆功酒会上,一向热情奔放的东尼又口无遮拦,指着易丹向外方谈判团炫耀:"Miss易,是我来中国认识的最优秀的女性,不但业务能力强,还非常勇敢,敢于展示东方性感美,她的求职里就有一张全裸写真照……"

易丹终于忍不住了,站起来不顾礼貌拂袖而去。从酒店出来,站在夜幕下,孤独加上憋屈,合着天上纷纷扬扬的细雨把易丹团团围住,那一刻,她想死的心都有了。这时,一把雨伞撑在了她的头顶,李总温和地站在身后,为她举着伞说:"雨渐渐大了,伞给你吧,小心着凉。刚才我已经和东尼交谈过了,中国和美国国情不同,他也表示理解,今后,他会换种方式尊重你!"

李响踩着雪花离去,望着那温暖的背影,易丹感觉内心一下舒展多了。正准备打起精神回家,却看见街对面站着一个人,是陈一轩,头发都被淋湿了,可见已经站了很久。此刻的易丹就像见了亲人,委屈的小脸差点泪崩,正想扑上去寻求安慰，却见陈一轩冰冷着表情走了过来，望着黑夜说："我听到一些小道消息，说你靠裸体写真求职，而且，颇受李副总的青睐！"

易丹怔住了，一双美眸多了几分心痛和诧异："一轩，我的写真照不是你想象的那样，我只是作了艺术包装。至于李总，我像敬重父亲一样尊重他，你不要听小人嚼舌根！"

陈一轩依然难以平静："这些事情，如果你事前告诉我，我不会有任何猜忌。现在是别人传给我，所谓没有空穴来风，我能保持平静吗？"

易丹急于争辩什么，眼里的泪水珠子却委屈得打转，喉头哽咽得说不出话。陈一轩得不到解释，内心更是无名火起，转身夺路而去。

过了几天，易丹还没有从和男友的冷战中走出来，公司又交办下新的任务，要完成一个更大更急的策划，并限期拟订营销计划书。方案很棘手，易丹不得不放下思想上的包袱，全身心投入工作，白天做不完，晚上就加班，公司做不完，回家继续干。这一来，陈一轩更受冷落，和易丹间拌嘴龃龉不断。有一天，两人又吵起来，陈一轩狠狠抓住易丹的肩，死死盯着她锁骨下一颗红痣说："你写真照上这颗红痣一定很显眼吧，看过的男人一定过目不忘！"

易丹"叭"的给对方一耳光，率先哭出来的却是她自己……

第二天，易丹一早出现在了李响的办公室，她递上的是自己的辞职书。是的，昨天一夜她认真分析了发生的过往，忽然发现矛盾的伏笔是她一早埋下的。她好强甚至自负，锁定目标就想拿下，却疏忽了打拼的并不仅仅是她一人，她的幸福早已和一个叫陈一轩的人捆绑在一块。如果要以牺牲爱情换取职业的荣光，纵使前景远大，内心却也不舍。一夜反省和思考，她决定辞职，用行动来证明她的清白，也证明她对爱情的态度。

李响很冷静看完易丹的辞职书，耐心听完易丹的解释，摇摇头却不同意。他和颜悦色说："让你男友来，有些话，当着你们面，比当着你一个人说强！"

陈一轩接了易丹电话虎着脸走来，李响从抽屉里拿出一个档案袋递给他，郑重地说："这里面是易丹的写真照，也许是我的错，早就该将照片还给你们。我在国外待过，也有个易丹差不多大的女儿，特别理解易丹的做法。但求职写真确实是一件不太妥的做法，虽然不违法，却容易改变求职者的心态，让功利心目的性变得更重。好在这一切现在都过去了，你们都生活在幸福的时代，好好珍惜当下吧！"

易丹没想到李总让男友过来是开导他们，正想再度表白辞职的决心，李总却再次摆手打断了她。

"易丹你要相信，当初录取你与你的写真无关，而与你的才华和潜质有关，事实证明我当初的眼光没错。顺便告诉一句，经过东尼总裁提议和公司研究，本年度公司赴美深研的名额，就交由那个叫易丹的才女去最合适。就不知道，她愿不愿意？"

易丹一听，先是惶惑，继而看着男友，表情难以置信。陈一轩率先明白过来，虎着的脸早已开朗，抢先表态说："完全支持！我也明白了，人心只要阳光，就不会受到污染。相反我太狭隘了，业绩优异的公司，一定有其开明的管理者，我办企业也要向全球大公司学习，也要做好易丹情感上的后盾！"

一席话，说得易丹转忧为喜，拥着男友就想离去。身后的李总一下乐了，扬了扬手中的辞职书问："你俩别只顾着乐，这个咋办？"

易丹转身一把抢过，同时拿过陈一轩手中的档案袋说："辞职书没经男方批准，不算！至于我的写真照，我明白了职场上不能乱秀，但生活中我可以珍藏！"

小明的足球梦

14岁的李小明是一个乡镇中学的初二学生。星期五是学校周末放学的日子，李小明开心地回到家里，习惯性地从抽屉里拿出20元钱，准备出门为父亲买下酒菜。小明的父亲在镇上拉三轮车，母亲在市场边摆了个缝补摊，日子说不上富裕，但一家三口其乐融融。小明懂事早，学习很用功，父母打工也很努力，舍不得乱花一分钱，只有到了周末，父母才"大方"地让小明拿20元钱去买卤菜，父亲喝点酒，小明和母亲也趁机打打牙祭。

太阳落山，小明的父亲母亲相继收工回来，父亲端上酒杯坐在了桌子前。以往这个时候，小明会乖巧地端上下酒菜，父亲则会满足地拈起一片肉塞进小明的嘴里，先犒劳一下小明的勤劳。可今天出了意外，小明端上桌的，是他自己炒的两盘素菜。

父亲撂下筷子直直盯着小明，母亲也略感诧异地欲言又止，他们都等着小明解释。小明手心里直冒汗，一张小脸讨好地迎向父亲，嗫嚅说："爸，今天没给你买菜，你就将就桌上的小菜喝点酒吧。"

父亲气呼呼地说："为什么？抽屉里那20块钱呢，难道你掉了？"

小明低下头说："钱倒没掉，不过，我想让你给我50块钱，除去今天这20元，你再给我30元就成！"

父亲盯着小明，半晌笑了起来："理由呢？是不是在学校损坏了公物，拿钱去赔？"

小明抬头迎向父亲："不是的，我想拿钱去买一个足球！"

空气一下凝滞了，父亲好像没有明白过来："你说什么，买足球，买那玩意儿干啥，你知道50元钱容易吗，我要蹬多少趟三轮车？你妈要接多少缝补活儿？"

小明不敢再说话了，其实他早就猜到了父亲会反对，只是没想到，当父亲真正反对时，他拿不出任何充足的理由去说服父亲。他只是小镇上一个普通的农村孩子，踢球的技术也很差，上初中之前他只知道认真学习，直到有一天，他被同学们拉去踢了场球，血管中突然迸发出一股热力，才知道学习之外还有很多让人热血沸腾、渴望并且喜欢的东西，足球就是其中之一。初中的两年，他有空就去和同学们踢球，在一帮同学中，他的球技也称不上出众，但他就是喜欢。

这个周末，一家人吃了一顿沉闷的晚饭，没喝成酒的父亲吃完饭就出门找朋友打牌去了，母亲忙着收拾家务。父母都没有注意到，小明的眼睛一直望着橱柜，那里面放着一只手镯，是祖上传下来的，平时母亲都舍不得戴。

一帮同学在门外喊小明，他们约好了去练球，小明忍了忍，走到橱柜边拿出那只玉镯看了看，终于鼓起勇气放进了自己兜儿里。

小明走出屋子，一帮同学围了上来，问小明："咦，你买的足球呢？"

小明压低噪音说："还没有呢！"

有同学责怪："没足球怎么去练啊？"

小明拍了拍裤兜："没问题，我来想办法！"

原来，小镇上只有中学一个简陋的足球场，由于踢球的学生越来越多，每天放了学，大家都争先恐后去抢球场，造成的矛盾也不少。最近两个月，隔壁高中的学生也来这儿踢球，小明一帮同学已经和高中那帮同学为争球场闹了多次矛盾，有两次还差点打起来，谁也不服谁。前天，两拨同学又为球场起争执，最后高中同学下了战书，下周搞一场比赛，谁输了，就永远离开球场。小明和同学们当时答应下来，可过后一想，别说球技逊别人一筹，就是一个像样的足球大家也没有，上体育课自然有球练，可放学后就没辙了。情急之下，小明站了出来，他原以为可以从父亲的酒杯中省出些钱来买球，碰壁之下，他只能揣着母亲舍不得戴的镯子剑走偏锋了。

同学们拥戴着小明走进了镇上唯一一家文体用品店，小明早就看好了，一只足球不足百元，也许讲讲价，50元可以搞定。

胖胖的老板笑眯眯迎上来，面对讨价还价，老板说："50元的足球也有，但质量不敢保证。"

小明摩挲着一只标价上百的足球，犹豫着从兜里掏出了那只玉镯，说："你优惠点，我们选一个质量好的。但我现在没钱，就用这只镯子做抵押吧，以后我凑够了钱，再赎回来！"

胖老板接过玉镯，对着光线看了半天，又把小明上上下下端详了好一会儿，才勉强点头，把足球拿给了小明……

转眼到了小明队与高中生队比赛的时间。不知谁走漏了风声，那天球场边一下来了不少观众，除了助威的同学、老师，还有学校的校长，甚至还有几个警察在维持秩序。

比赛一开始，小明他们就让那帮轻敌的高中生们吃了苦头，虽然短短几天谈不上技术有多大提高，但由于每个同学心中都有目标，都不想永远离开球场，所以比赛很卖力，跑动、争抢非常积极。上半场结束，高中生队只赢了一球。

到了下半场，高中生队为了彻底打败小明队，发起了一波又一波更有力的进攻。小明正指挥大家积极防守，突然，一个高中生队的前锋跌倒了，他脸色苍白，虚汗直冒。小明看见这一幕，从开始的惊奇，到后来猛醒，赶忙和其他同学一道，抬起对方往医务室送。

跌倒的队员问题并不大，只是暂时的低血糖，在医务室简单喝了一支葡萄糖水又回到了球场。比赛并无悬念，小明队反复努力，一球之败仍保持到终场。

比赛结束，那帮高中生并没有起哄，大家纷纷走向小明和他的同学们，为首的高中同学握着小明的手说："兄弟们，今天的输家不是你们，而是我们。我们太狭隘了，把足球场变成了强占，把有益身心的体育运动变得自私自利，你们今天的表现，更值得我们学习！"

这时，一直站在球场边的警察走了过来，其中一位对小明说："小明同学，我们今天可不只是来看比赛的，我们是来了解那只玉镯的！"

在小明低头惶惑间，警察谈起了经过：原来，那天小明和同学们拿着足球离开文体用品店后，胖老板越想越不对劲，他怕收了贼货，于是向派出所报了案。不巧第二天，在家里发现镯子不见了的小明父母，以为家里失窃了，也急匆匆来到派出所。派出所干警前后一分析，大体知道了端倪，于是来学校找小明了解核实，凑巧正赶上这场比赛。

一直站在旁边的学校校长听完整个过程，非常感动，他对同学们说："足球运动的普及，离不开每个同学的热爱和努力。但是很惭愧，学校条件差，满足不了大家对足球训练的基本要求。我们也正在想办法，现在已经得到上级支持，将用专款扩建标准足球场，同时组建我们学校的第一只业余足球队，将定期请县上的足球老师来辅导大家。到时候，你们就会在自己的球场上用漂亮的足球，为全校师生表演正规比赛了。说不定，多年后，中国的足球先生就会从你们中间产生！"

随警察来到学校的小明父母站在台下，心里百感交集。小明爸爸佯怒道："这小子，敢拿祖传宝物换足球，吃了豹子胆，看我回去怎么收拾他！"

小明妈妈嗔怪道："还不是怪你，成天只知道喝酒，好久未真心关心过孩子，现在看到孩子有梦想，你也惭愧了吧！"

一席话说得小明爸爸害羞而又暗暗得意地低下头去。

而此刻，小明和同学们正激动地鼓着掌。放眼望去，小明看见了他的爸爸妈妈，挤坐在一辆三轮车上，正幸福甜蜜地望着他。

沉睡的乌灵参

华亦伟是日本东京某著名医学院的留学生，目前就读的二年级研究生也让他对未来雄心勃勃。2015年春节刚过，一个不好的消息从国内传来，华亦伟的父亲因为期货投资失败，失意酗酒出了车祸，目前躺在床上已半身不遂。而他的母亲因伤心过度，精神开始恍惚，要靠两边老人照顾。意外的打击让即将研究生毕业的华亦伟顿时一片颓丧茫然。

这一天，一位40多岁西装革履的男子找到华亦伟，自称完田雄二，是做国际贸易的，他偶然听说华亦伟来自中国，有要事相求才找上门来。完田用娴熟的中文说，他父亲70多岁，因多年劳碌患上了严重的精神分裂症，白天睡不着，晚上就失眠，翻来覆去已经多年，治疗手段都用上了，就是效果不理想。前不久他在一本中国古籍药书里看到一味叫乌灵参的神药，因为只产于中国的四川、云南两省，具有极好的治疗作用，所以专门有求而来。

华亦伟怔住了，不错，他大学就是学药理的，毕业于天府之国的中医学院，学过的中药材有数百味，单单对乌灵参闻所未闻。华亦伟还在犹豫，旁边的完田已看出端倪，显得十分有把握地说："我了解过了，你现在正是实习期，有时间去帮我这个忙。当然我也不会亏待你，一旦你帮我找到神药，不但重酬谢你，而且我还要向家父举荐，让你一毕业就留在他的企业上班。"

华亦伟听罢满面红光，先前因父母不幸带来的阴霾一扫而光，还有大半年他就要毕业，如何就业、在哪就业一直是他的心结，原来想靠父母的荫庇来完成人生大业，现在因家庭变故只有靠自己了。

春天四月，东京的大街小巷樱花盛开，出游观赏的人流中，华亦伟是唯一的落寞者。几分钟前，他刚刚和远在国内的乔依漫通了电话，告诉她自己飞到成都双流国际机场的时间。出乎意料，乔依漫并没有他想象的高兴，她甚至都没有关心为何在分开两年后又突然莅临的原因，也没有过多的寒暄，就淡淡地挂了电话，让华亦伟兴奋的小心脏如飘落的花瓣凋零。

坐在回国的国际航班上，华亦伟思谋着他这一路的计划，对他现在来说，乌灵参就像一个乌托邦，能否实现尚未可知。他原本指望乔依漫能帮上忙，谁知满心欢喜却扑了一鼻子灰。也难怪，他和乔依漫是大学五年的恋人，走进校园第一天就一见钟情，原本海誓山盟一辈子不分离的二人却遭到华亦伟父母的反对，出身小地方的乔依漫不是他们眼里理想的儿媳，所以大学一毕业他们就把华亦伟送去日本实现远大抱负，而把无尽伤感留给了四处找工作的乔依漫。

华亦伟在思绪翻复中走出机场，迎接他的除了成都平原熟悉的氤氲气息，还有那张在他梦里多次萦绕的美丽面庞，秀发披肩身姿婀娜的乔依漫非常抢眼地站在迎客的人流中，噘着嘴唇不依不饶地看着翩翩走来的华亦伟。

喜出望外的华亦伟很快在馋涎诱人的四川火锅中找到感觉，他一边大快朵颐，一边和乔依漫谈着他此行的目的。一直心有怨气的乔依漫这时已放下心结，再怎么恨，这也是相恋多年的人，而且当他真真实实坐在面前时，两年的不快转瞬就让小鹿乱撞的心叛变了，而且在刚刚得知他家里的变故后，爱与同情让她柔情顿生，一顿火锅的犒赏转眼变现。

火锅结束，华亦伟的心中也有了招数，这招数当然是乔依漫刚刚想出来的，他们当年的导师，也是有名的药理学家，如果让导师帮忙支招，何愁找不着乌灵参。被启发了思路的华亦伟兴奋得像个孩子，沾沾自喜的他差点忘了乔依漫是已经分手的恋人，在宾馆门前，华亦伟眼里闪烁的火苗透露出他的渴望，他想亲吻乔依漫，却被乔依漫理智地推开了。

第二天一早,经过一夜休整的华亦伟神清气爽,前来接他的乔依漫则一脸灿烂,成都四月的天气不错,天高云淡,不冷不热,二人相视一笑,一道前往久违的母校。

中医学院坐落在著名道教圣地青羊宫的旁边,当年二人曾经常进去祭拜,一方面领受仙人的灵气,一方面展望美好的未来。里面植被丰茂,也是辨识各种花木药材的好去处,华亦伟当年就在这儿许下了许多无法兑现的诺言。

一路伤感甩在了身后,两人找到当年的教学楼,才得知他们的导师因为股骨头坏死住进了医院。二人又一路寻去,终于在附属医院的骨科找到了刚刚置换了髋关节的导师。

导师年过花甲,对这对郎才女貌的学生印象深刻,得知华亦伟专为一种叫乌灵参的中药材而来,他沉吟片刻说:"不瞒你们,乌灵参什么样,我也只闻其名不见其形。但从掌握的资料看,乌灵参确实是一味稀缺的药材,古书《灌县志》上记载有它的许多功能,具有极强的补肾健脑、养心安神的作用,是一种兼具人参、虫草功能的名贵中药,如果加以研究,可以广泛用于临床治疗多种病症。"

华亦伟怔住了,导师都没见过的东西,他又从何寻找呢。这时导师想了想又说:"不过我想起一件事,十多年前我在《灌县志》上看到乌灵参时,曾去灌县寻找过,在后山上认识了一位当地的郎中,他当年50多岁,挖到过乌灵参。只是当年去的不是时候,是秋季去的,而乌灵参最容易在四、五月春夏交替时寻找。后来因为种种原因,寻找乌灵参这事被撂下了,但我一直心有不甘,如果不是这次手术,我定会带你们一道去圆梦。"

从病房出来,华亦伟仍有些失落,但乔依漫却充满期冀,她分析道:"导师所说的灌县,就是今天的都江堰。导师嘴里的后山,应该就是都江堰旁边的青城山后山,虽然今天是旅游之地,但我在景区有个朋友,让她带我们进后山,找到当年那位郎中,应该不难。"

昔日女友如此尽心,让华亦伟如释重负。二人立马奔赴车站,坐上了去都江堰的轻轨,西出成都至都江堰不过50公里,坐轻轨30分钟即到。

都江堰坐落在成都平原西部的岷江上,2200多年前李冰在这儿治水,使成都平原从此成为水旱从人、沃野千里的天府之国。岷江边上的青城山自古道教闻名，而近年开发的青城后山同样景色旖旎，深受游人喜欢。

通过朋友的引导，华亦伟和乔依漫避开游人区，去了后山更隐蔽一些的地方，这儿林木葱茏，春阳映照下的各种花花草草开得正繁。站在高处，风光大好，坡下几间农家的瓦屋掩映在云雾缥缈中，宛若幻境。

这儿隶属于青城山镇，村民们对华亦伟口中的郎中人人皆知，在山腰的草舍里，华亦伟千辛万苦找到的郎中已是一位70多岁仙风道骨的老人。老人对那位当年的导师依稀记得，得知他们专为乌灵参而来，老人爽朗笑道："来得正好，待今晚雨后，我叫孙儿陪你们一同上山。"

第二天一早，华亦伟钻出草舍深吸一口气，老人料事如神，昨晚一场小雨淅淅沥沥下了一夜，空气宛如被过滤一般湿润清新。跟着钻出草舍的乔依漫望着远山，娟秀的脸庞若有所思。

老人的孙子一大早从镇上赶上山来，他在政府做事，对乌灵参一点儿不感兴趣。他告诉二人，小时候爷爷带他们挖过乌灵参，长得黑不溜秋的。那时候大人把乌灵参当补药，小孩却把它当玩物，玩来玩去，也不知道乌灵参究竟是如何长成的。现在临出门了，爷爷才告诉他，乌灵参和一种叫鸡枞菌的野生菌有关，只要找到鸡枞菌，就能找到乌灵参了。

华亦伟一听就有些迫不及待，三人拿着挖参的镐锹就往山上寻去。一路上这个叫郑刚的后生显得十分自信，他告诉华亦伟，他虽然没挖到过乌灵参，但生长在大山的他深知野生鸡枞菌本身就是一种罕见的美味，市面价值不菲，而且野生的鸡枞菌常常生活在白蚂蚁的巢穴中，只要找到白蚁，就能找到鸡枞菌。

雨后的青城后山一片清冽，在生长有针阔叶林的空地上，阳光透过斑驳的树梢，照射在地里不时隆起的小丘上，不用说，那就是白蚁的巢穴，雨水浸润后的松软地面，白嫩嫩的鸡枞菌挺着脊梁轻快地生长，不待费力，就能把它们连根拔起。

不知捣毁了多少个白蚁巢，稀少的鸡枞菌也采到不少，累得华亦伟一身臭汗，但乔依漫提着的竹篮依然空空如也，他们竟连乌灵参的影子也没见到一个。先前还一脸自信的郑刚显然沉不住气了，握着镐子喃喃自语："怎么会，爷爷说过找到鸡枞菌就找得到乌灵参，怎么只找到了白蚂蚁？"

一行三人快快不乐回到草舍，爷爷去镇上赶场还没回来。华亦伟想打退堂鼓，一路奔波寻找，他也实在有些累了。就在这时，华亦伟接到一个电话，是完田雄二打来的，原来他跟随旅行团也来到了都江堰，现在正在离堆公园旁边的南桥等他。

傍晚，华亦伟带着乔依漫在离堆公园的南桥边见到了完田雄二。南桥距今已有100多年，是都江堰景区的一个非常有名的景点，宏伟壮丽的廊式古桥下是汹涌湍急的岷江水，两侧则是人们休闲纳凉的好去处。完田举起酒杯，把翻腾的啤酒泡沫一饮而尽。

华亦伟不太高兴，他有些无奈地说："完田先生，我还是想尽快回去完成自己的学业，很遗憾，我没有找到你需要的神药！"

完田雄二似乎早有准备，他扬了扬手中的杯子说："神药如果好找，可能我早就想到办法了。根据我的判断，你目前寻找的方向是正确的，这儿的地貌、气候，完全具备古籍上记载的乌灵参生长的环境。"

乔依漫在旁边说："完田先生，可我们已经尽力了。如果你需要野生的鸡枞菌，我们倒是可以想想办法，唯有你要的乌灵参，我们爱莫能助！"

完田看着华亦伟，笑得有些古怪，他说："我相信华先生不会赞同这位美丽小姐的话，因为这事关华先生今后的人生。据我所知，华先生家里前不久发生了一点变故，你除了需要钱，还需要一份好的工作，而这些都建立在我们这次良好合作的基础上！"

华亦伟还在细细掂量对方话里的分量，郑刚的电话却突然打了过来。郑刚说，今天白跑一趟，实在是有些对不起，不过他刚才问了爷爷，才知道今天犯了一个错误。详细情况，等他们明早回到草舍再说。

离开南桥时，完田拍着华亦伟的肩膀哈哈一笑："华先生，我还要在都江堰待几天，也相信你为了前程，一定会想办法找到乌灵参。至于这位美丽小姐说的鸡枞菌我一样也要，越多越好！"

第二天一早，当华亦伟和乔依漫赶到草舍时，郑刚的爷爷已打好绑腿，他要亲自带他们上山找寻乌灵参。华亦伟想推辞，爷爷就说："都怪我这孙儿，从小不跟我学，只知道乌灵参与鸡枞菌和白蚁有关，却不知真正的乌灵参要在废弃的白蚁巢下才能寻到。"

在去山上的路上，鹤发童颜的爷爷健步如飞，心不急气不喘地讲起了乌灵参的来历：

原来，这一带的山民把乌灵参叫鸡枞蛋，它确实与白蚁和鸡枞菌有关，白蚁在筑巢时，会在巢穴中种植一种真菌，白蚁把培植的真菌作为备用物资存放，而真菌则慢慢长出白色的菌丝，拱破土层，钻出地面长成菌团，就成了今人餐桌上一道美味鸡枞菌。

乌灵参虽然与鸡枞菌有关，却是鸡枞菌生长中的一种变异。这又要从白蚁说起，白蚁在生长繁殖中如果遇到威胁就会迁移，遗弃原来的巢穴，从而停止向巢穴中生长的鸡枞菌提供营养。失去养分的鸡枞菌慢慢萎缩，营养开始向根部汇集，天长日久，便长成鸡卵大的茎状物，民间俗称鸡枞蛋，像人参、虫草那样，具有极强的补益功能。由于鸡枞蛋远比野生鸡枞菌更难寻找，常常深埋在地下半米至两米处，外观乌黑锃亮，自古以来被贵称为乌灵参，被喻为国宝级药材。当然，这里面的许多知识，也是当年导师前来讲给老人听的，可惜导师停留于理论，而山民们又不能在实践中推广。

这天，当华亦伟和乔依漫终于在爷爷的指导下挖到乌灵参时，内心却没有想象中的激动。回到草舍，满天繁星映照着远处都江堰城市的灯光，他们知道，在那儿，那个叫完田雄二的人正焦灼地等着他们。

乔依漫望着夜色深处说："亦伟，你认为完田的话可信吗，费这么大的力，许诺你那么多的好处，仅仅是为治他父亲的神经分裂症？而且他话里有话，充满威胁，你不觉得这背后可能隐藏有不可告人的玄机吗？"

华亦伟点点头说："其实回国之前我就已经了解过了，完田雄二的家族企业是专门研究和生产药品的，我当时就怀疑过他的动机。但我突遇这些不幸，有些失去原则，这种国宝级的药品，如果被他们拿出去鉴定、分析，生产出成分相同的药物，那么乌灵参就变成了废物，恐怕我也无颜做中华民族的子孙了。"

夜，越来越深，但两颗心，却在这一夜越贴越紧。

第二天，华亦伟给完田打去电话，告知寻找神药失败了。完田雄二还想抛以利诱，但华亦伟已果断地挂了电话。他已经和乔依漫商量好，研究生一毕业他就回国，沉睡的乌灵参有待苏醒，这儿除了有他报效的祖国，还有他失而复得的爱情。

良心羊肉汤

赵月影是都市报的记者，多年来写了不少反映百姓心声的文章，所以会经常收到这样那样的求助信。这一天，又一封来信寄到了赵月影手上，这是一封投诉信，投诉本市一家叫"羊羊得意"的羊肉汤馆欺骗消费者，80元一斤熟羊肉却卖到120元，让消费者有种受骗上当的感觉。

赵月影本来不想理会，像这种寄望媒体曝光来达到宣泄个人情绪的所谓求助信实在太多了，背后的动机也五花八门。但近来像三亚的天价虾、哈尔滨的天价鱼之类的事件给社会造成了太大的震动，作为有担当的媒体人，赵月影确实不敢掉以轻心。她决定亲自走一趟。

第二天一早，赵月影按照投诉信上给出的地址，找到了那家叫"羊羊得意"的羊肉汤馆。汤馆装修并不华丽，但俭朴实用，一看就是适合大众消费的场所。得知来意，汤馆服务员马上打电话告诉了老板。不一会儿，年轻的老板就赶了过来，双方一照面，赵月影先是一愣，接着就乐了起来。原来老板叫石方乐，和赵月影曾经是高中三年的同学。

石方乐也很快认出了赵月影，寒暄之后打趣说，你肯定不是来叙旧的，如果你愿意，这份同学之谊几年前就该续缘了。

赵月影一听微微脸红。高中三年，两人紧邻而座，赵月影成绩很好，石方乐却非常一般，不专心不说，还把精力花在写情书上，明目张胆追求赵月影。但那会儿赵月影心中只有学习，一天不完成高考就一天轻松不下来。而石方乐专找她捣蛋，不是买零食就是塞电影票，弄得两人都快成了全班同学的笑柄。赵月影连急带气，就把情书交给了老师。老师自然是批评带警告，不料石方乐依然不收敛，直到惊动了赵月影的父母，他们吵到学校，以影响女儿高考为由要求学校作出处理，学校迫于压力，加之石方乐成绩太不给力，最后只好婉劝石方乐转学，实则是要他主动退学。

　　那之后，赵月影如愿读完大学走进职场，其间谈过男友，可惜都未能修成正果。但阅历的增加至少让她明白了一点，当初她和她的父母太片面了，一个敢于表白的人，并不代表他有多坏，可惜她一较真不要紧，一个青年的前程被埋没了。这么多年过去了，赵月影一直心怀歉疚，她甚至想有朝一日能当面说声对不起。可她没想到，今天见面了，却是以一种这么尴尬的方式。

　　仿佛看出了她的为难，石方乐倒是很坦然："你现在是报社的大记者，今天肯定是无事不登三宝殿。我能猜到你今天来的原因，肯定是几天前和我们起争执的消费者把我们告了。其实也没什么，身正不怕影子斜，有什么你今天就问个透彻嘛。"

　　赵月影启齿一笑，气氛一下轻松下来。石方乐趁机邀请赵月影进店参观，同时以最快的速度概括了他的履历。他说，那事之后他没能找到再接收他的学校，只得退学走进了社会。因为父母离婚很早，他必须尽快学会自立。他也没什么依靠，便去外地跟一个羊肉汤馆的师傅学起了烹饪。他学得专心，人也勤快，师傅对他也没有保留。后来师傅随子女移居国外，便把羊肉汤馆转给了他。几年来，他一直想把师傅留下的财富做大做强，并开创出了不同味型的羊肉汤锅，深得食客欢迎，为此已在多地开起了连锁店，包括半年前在故乡刚开业的这家"羊羊得意"羊肉汤馆。

　　赵月影看着墙上的营业执照和卫生许可证，还有石方乐一身大厨的打扮和一些名人明星的合影，非常感慨："按今天的话说，你就是一个创客，而且是一个没读过大学却很成功的创客！"

石方乐连连摇头："什么创客啊，充其量是一个心无顾忌的打工仔，被逼上梁山而已。"

赵月影笑着问："什么意思？"

石方乐呵呵一笑："我是高中被逼呀，读书不行，追女同学不行，做生意还算勉强，也算天道酬勤！"

赵月影盯着对方，故意调侃道："你不会告诉我，一个成功的创客还对往事念念不忘，至今还没女朋友吧？"

石方乐显得很无辜："交往过，但总不合适。高中那会儿走火入魔了，这么多年喜欢去比较，比来比去，就比成剩斗士了！"

石方乐说罢，做了一个请的姿势，让赵月影随他去了会客室，在茶桌前泡起了工夫茶。拭杯、润壶、冲泡、点茶，每道工序都规范纯熟，让一旁的赵月影不禁有种刮目相看的感觉。

喝下两杯暖胃茶，石方乐才慢慢还原了那天发生争执的过程。石方乐说："那天店里来了一桌客人，点名要上最好的羊肉。其实我们当地的黑山羊已经非常不错，细嫩无膻的肉质不输了任何 款优质羊肉。但这帮人不听，非要说我们的羊肉中掺杂有鸭肉、鹅肉的替代品。没办法，我只得另想招数，恰好前一阵一个青海商人为了打进本地市场，带过来一批青海高原羊肉，但由于运输、人力、损耗等因素造成成本偏高，本地黑山羊80元一斤有利润，青海高原羊肉就必须120元一斤，这个价格我们也告诉了他们。可这些人喝完酒就不认了，说我们掺假，又是乱收费，双方当然就起了争执。

赵月影听完没有立即表态。中午，石方乐就在店里尽地主之谊，赵月影也趁机品尝了两种不同的羊肉。细品之下，孰好孰差，一时还难分伯仲。如果一定要加以区分，唯有青海羊肉的包装，才证明了这款高原羊肉的存在。

下午回到单位，赵月影认真写了一篇调查文章。为了稳妥起见，她又把文章发给熟悉情况的农发、工商等职能部门，都对文章的调查结论给予了肯定。

第二天，签审过的稿子在报纸登出，却又一次引起了轩然大波。原来，消费者见文章完全站在对方一边，认为是记者调查失职，甚至故意包庇，一个举报电话就打到了"上面"。"上面"当然不敢懈怠，责成从这件事入手，进一步规范市场行为，组建多部门参加的调查组，重新调查事件的来龙去脉。

当调查正在进行时，赵月影却突然收到了石方乐的电话。非常意外的是，这一次石方乐很痛快，他直接承认上次撒了谎，根本就没有什么青海高原羊肉，至于包装，都是他授意印刷的，就是为了哄抬价格，欺骗消费者。

赵月影听完一惊，差点没把喝进嘴里的茶水吐出来。她难受啊，她几乎就相信了他。这几天她脑子里想的全是高中那会儿，她突然发现内心里早就不讨厌那个过于早熟的同桌了，几年的修行，过去那个做事莽撞的少年已变得从容淡定、脱胎换骨，已具备让自诩为找对象挑剔的她重新审视一番了。

赵月影愤愤不平，对着电话质问："为什么要欺骗消费者？为什么要欺骗我呢？你已经成功到开连锁店了，难道为了蝇头小利可以不顾社会公德和良心吗？最可恨的是，你公然拿掺假的东西专门欺骗家乡人，我真为当初和你同桌而羞耻！"

说到这儿赵月影也不想听什么解释了，断然挂掉了电话。

但赵月影没有想到，仅仅过了一周，调查结果就出来了，石方乐和他的羊肉汤馆不存在消费欺诈，他经营的羊肉品种确实有青海高原羊肉，而且根据运输、人力、损耗等成本运算，结合政府指导价和市场调节价，120元一斤的熟羊肉完全在情理之中。发生争执的消费者在得到这一结果后，也第一时间为醉酒后的无理取闹向石方乐本人表达了歉意。

赵月影这一下不理解了，明明没有掺假，他为何又主动打电话承认错误呢？一个身正不怕影斜的人，却偏偏做着貌似做贼心虚的事，她太需要一个合理的解释了。

在羊肉汤馆会客室那个茶桌前，两人重新坐了下来。这次，她无心再看他表演茶道，而是满心等着答案。

石方乐长长出口气，终于如释重负一般地说："读中学时，我喜欢你，可是你和你的家人认为我不务正业。现在，我用心经营，尽力做一个诚实守信的商人，还是被投诉被调查。我有些心寒了，不是每一个商家都愿意黑着良心卖天价虾天价鱼，社会上更多的商人是遵纪守法、诚信经营的，遗憾的是很多人不相信了，一旦出现举报投诉，社会舆论往往一边倒，所以这一次我也很担心，担心调查组鸡蛋里挑骨头找我的漏洞，我真的不敢去想结果。与其等着挨罚，不如主动认栽，所以我才打电话给你，主动找了个屎盆子往自己脑壳上扣。"

赵月影顿时心痛又心酸："你傻呀，幸好调查结果还了你清白，不然你损失的不仅是金钱，还有多年打拼积攒下的口碑和荣誉啊！"

石方乐摇摇头，深情地看着赵月影，一字一顿地说："金钱、口碑、荣誉固然重要，但还有一样事关幸福的东西也不能缺失，那就是爱情。其实这次回家乡开店经营，一个重要原因就是证明给你看！这么多年，在外闯荡我终于明白，高中时代我太操之过急了，一个人立世，还是要趁年轻多学知识。所以我努力以你为追赶目标，一边创业一边报读电大，尽力让自己做一个新时代的创业者。而且我调查过了，你至今没有男朋友……"

赵月影双眼濡湿，内心泛起一阵阵涟漪，眼前这个自强不息的创客，满足了她对男朋友的所有要求。那天晚上回到家，赵月影坐在梳妆台前，看着镜子中面色绯红的自己，怦然心动地给石方乐发去一条短信：

"我答应你，不仅仅是这辈子要喝你亲手做的羊肉汤，而且我还要以一个记者的公允和良知，监督你一辈子！"

胖妈的烦心事

　　玉龙社区有个50多岁的胖妈，刚从国企退休下来不久，闲来无事喜欢走家串户，东家长西家短见得多了，小矛盾小纠纷也听得耳朵起茧，天生一副热心肠的胖妈又不愿意见事不管，总是苦口婆心施以调解，别说，效果也不比社区专职的书记、主任出面差，胖妈也渐渐有了影响力，社区里有了什么烦心事也总喜欢找胖妈求个公证。

　　胖妈有个漂亮女儿，大学毕业工作了几年，最近交了个男朋友，是个律师。女儿汇报后，胖妈也没反对，只是提醒说，这律师肚子里装的东西多，婚后没大的矛盾倒也罢了，一旦闹上法庭离婚肯定争不赢，吃亏的还是你。女儿一听就不乐意了，敢情是平常搞习惯了，什么事都想得这么复杂。胖妈就说，罢，我就是随便说说，谁家当妈的不喜欢自己女儿幸福呢，抽时间你把男朋友带回来瞧瞧，合意了你们就交往。

　　胖妈习惯了帮别人着想，帮别人调解烦心事，却没想到有一天烦心事也会冲她来。玉龙社区旁边有个公园，胖妈每天都要进去活动活动筋骨，日子一久，就发现公园里有很多没人管没人养的流浪狗，而且大多瘦骨嶙峋，看人的眼神也是可怜巴巴。这自然又唤起了胖妈的怜爱之心，每天搜罗一些饭菜带进去喂食，慢慢成了胖妈的习惯。后来胖妈又自掏腰包，在一个角落搭了个窝棚，算是给几条流浪狗找了个安身之处。

胖妈没想到这种善举也会惹出麻烦。公园有很多游人，一般与流浪狗也相安无事，这天却有几个小孩用竹棍去戏弄流浪狗，没想到遭到流浪狗报复性反击，其中一个小女孩被咬伤小腿，去医院打了狂犬针，由于伤口太深，不得不住院治疗，一来二去花了不少钱。

小女孩的父母越想越想不通，就要为女儿讨个说法，他们来到公园，找到了那个窝棚，又打听到胖妈每天还好吃好喝专门来款待这些流浪狗，盛怒之下就在社区找到胖妈，要胖妈支付所有的医疗费。

容不得胖妈解释，小区的其他居民就不服了，纷纷指责小女孩的父母没道理，胖妈又不是那些流浪狗的主人，去喂养它们纯粹是热心加爱心，如果不是小孩子调皮捣蛋，如何又会遭狗咬，作为孩子成长的监护人，他们才责无旁贷。

小女孩的父母被无端一阵抢白，气咻咻地对胖妈说，如果你不想承担医药费，那我们就法庭上见吧。胖妈觉得这完全是无理取闹，她又没做亏心事，犯得着和法庭扯上边吗。

谁知没过两天，一纸律师函就递到了玉龙社区，胖妈被通知她已违法，要求依法给予赔偿，如果不愿意，两周后将正式诉诸法律。

胖妈也没觉得有多大个事，她不是狗主人，还怕推敲竹杠。但出于小心，胖妈把律师函拿回了家，让女儿帮忙参谋。岂料女儿拿过一看，马上就笑了，她指着律师函上的签名说，这个叫谢正的律师，就是正在交往的男朋友。

当天晚饭时间，接到电话的谢正就提着礼物屁颠儿屁颠儿来到了未来丈母娘的家，面对女朋友的埋怨，他解释说："作为律师，别人找上门来，就得受理，只是没想到要起诉的是伯母。"

女儿不依不饶："这官司别打了，你让他们撤诉吧，别让我妈下不了台！"

谢正赔着小心解释："现在让他们撤诉可能性不大，除非伯母能适当给予赔偿。这件事只是一个民事诉讼，本身事情不大，对方的诉求也仅仅是经济赔偿，只要不是漫天无理要价，法律都会支持的。"

女儿瞪一眼男友，不满道："今天叫你来，是让你帮咱妈的，你倒好，话里话外全是赔偿，面子都让你挣了，咱妈的面子又往哪儿搁呢！"

谢正还想解释，胖妈不干了，挥挥手下了逐客令："别嗑叨了，你还是回去准备你的法律文书吧，两周后咱们法庭上见！我就不相信，我一片好心，怎么就犯法了？要说献爱心给点营养费，我愿意，如果强迫让我认错，我不干！"

胖妈憋了一肚子火，好几天都不舒服。这一天正在气头上，社区一个老姐妹哭丧着脸找上门来，一问，是他宝贝儿子的婚姻出了问题。

原来，老姐妹的儿子一心想赚大钱，就学着别人样，想买一套房子专门用于出租，用租金去还按揭房款，这样不仅能挣钱，以后这套房子还是自己的。可是个人五年内买第二套房，会收取不低的税费和其他费用，不划算，得想办法规避。二人商量来商量去，决定假离婚，先把第一套房子归一方所有，另一方再买房，就不会缴纳高额的税费和其他费用了。

很快，两人办理了离婚手续，又办理了相应的产权变更登记，老婆成了第一套房屋的所有人。一切都在计划中进行，可是，一件令男方没想到的事情正在发生。

离婚后，老婆迅速地和另外男人走近，儿子赶紧找前妻谈话，而这时的前妻态度冷淡，说两人已经离婚了，没什么好谈的。没过多久，前妻就和别人登记结婚。儿子后悔莫及，又找不到要回原来那套房子的办法，特要老妈来找胖妈帮忙。

胖妈自己的烦心事还没完，听了老姐妹的哭求，不太懂法的她只得又给女儿打电话求助。女儿听罢说："这种事我也说不清楚，直觉觉得大妈的儿子吃亏了，但又不知道法律上如何支持，这样吧，我去找个法律专家咨询。"

很快，女儿所说的法律专家就来到了社区，胖妈一见，又是谢正，顿时不悦。上次那件事后，胖妈一心想着和毛脚女婿打官司，心中很是不悦，自然也就不太赞成女儿继续交往。女儿表面答应，谁知暗地里不断，这不，谢正再次登场，而且这次的解释更离谱，他对那位大妈说：

"你儿子首先就做得不对，为了规避税费和其他费用，竟然拿婚姻当儿戏，以假离婚来达到这一目的，这本身就为不幸埋下了伏笔。房子归女方是夫妻二人离婚前签订的，已经受法律保护，从这个意义上讲，这是你儿子咎由自取。但是从另一个角度讲，这种婚姻也不值得你儿子去留恋，早日离婚或许还是一件值得庆幸的事。这件事情，就当买个教训吧！"

胖妈一听，虽然说得在理，但并没有帮老姐妹讨来任何实惠啊，不甘心的胖妈又下逐客令："得，你的道理我们总算明白了，那就是千方百计替对方着想，你就是我们请来帮倒忙的大神。唉，大神我们请不起了，我们还是另请高明吧，我就不相信，这个城里就找不到一个理解我们帮助我们的律师！"

谢正脸上青一阵，白一阵，只得讪讪而去。骂走了谢正，胖妈就拉上老姐妹，去了另一家律师事务所……

两周后，胖妈专等开庭通知，却始终没有等到。忐忑不安的胖妈又给女儿打电话，旁敲侧击问怎么回事。女儿就笑着说，那件事已经过去了，小女孩已经出院，法庭那边也撤诉了。

胖妈还想刨根问底，女儿就撒娇说："还不是因为你是他未来丈母娘嘛，他不想伤你面子，就自掏腰包补偿了小女孩的家人。"

胖妈试探说："这么说，我又可以去公园里喂养那些流浪狗了？"

女儿说："你去吧，快去看看那些流浪狗，它们很快会有新家了。"

胖妈丢下电话跑进公园，发现里面停着一辆小皮卡，皮卡里放着几个笼子，那些流浪狗正被一只只装进笼子里。胖妈赶紧跑过去问怎么回事，却见车厢旁边几个人在忙，其中一个正是谢正。见过胖妈，谢正热情上前说："这些人都是动物保护协会的，把这些流浪狗先拉去清洁，注射狂犬疫苗，然后交给爱狗人士认养，没人认养的就由协会收养，总之它们不会再流浪了，伯母今后也不用再辛苦喂养它们了！"

胖妈满含欣喜看着谢正："你究竟是律师，还是动物保护协会的？"

谢正说："我是律师啊，但此刻只是一个保护动物的城市志愿者。伯母，实在对不起，我曾经对你的态度太生硬了，其实很多道理是要耐心细致、循序渐进的！"

谢正说罢，挥手和胖妈告别。而此时，胖妈已经难以平静，她望着谢正的背影，心中默念："孩子，是大妈不对！大妈想说，一个人有爱心不错，但也要讲法理啊！"

上一次，胖妈不服气，拉着老姐妹去了另一家律师事务所，经过一个资深律师的反复解释，才知道这里面的法律关系，她确实是好心做了错事。按照《民法》，饲养动物造成他人损害的，饲养人或管理者应当承担侵权责任。胖妈虽然不是狗的主人，但长期喂食形成了一个流浪狗获取食物的固定地点，而流浪动物的不可控制性及自然天性，在没有得到有效控制的前提下，必定会给社区的公共环境带来危险。胖妈的爱心行为不是一种规范的救助行为，又未采取任何措施控制相关危险的发生，极易造成对公众利益一种不合理干涉及影响，这种危险影响与小女孩受伤存在因果联系，因而胖妈需要承担赔偿责任。

胖妈心知违了法，上法庭打官司必输，可谢正帮她及时赔偿挽回了面子，还为这些流浪狗找到了去处，这让胖妈心中的烦心事一瞬间全部化解。她掏出手机打给女儿："那个谢正，你准备多久带他回家？"

女儿正等着胖妈的电话，立刻喜上眉梢说："前两次都被你扫地出门，今天有了你的恩准，我就让他今晚斗胆第三次上门吧！"

"保保"情缘

叶兰是一个二十七八岁的少妇，有着川西女子惯有的善良与美丽。这年的正月十六，叶兰在几个好姐妹的簇拥下，抱着四岁大的儿子，去公园"拉保保"。

"拉保保"是川西地区的一种民俗，自清朝乾隆年间相传至今，已有好几百年。相传小孩在童年时期要闯过几道"关口"，所以年轻父母都要在这一天，领着自己的孩子，去公园拉一位游人为孩子"保关煞"。如果被拉的游人接受了，便在古柏树脚下，焚烧香蜡纸，叫孩子向被拉游人行跪拜礼，并叫一声"保保"，从此双方大人便以"干亲家"相称，就地举杯饮酒祝愿。现在"拉保保"已衍生成为人们沟通思想、联络感情、关心下一代成长的特殊节日。

叶兰的丈夫三年前不幸因车祸身亡，这让叶兰过早地尝尽了人间的辛酸，为了儿子，她甚至婉拒了好几次"说媒"，把自己的幸福置之度外。这次几个好姐妹簇拥她去"拉保保"，既是为了帮她打发孤独，也想为她儿子寻找一份亲情。

公园里人山人海，四处都是"拉保保"的欢喜场面。几个好姐妹和叶兰在人丛中挤得汗流浃背，却总是找不到能让她们眼前一亮的人选。忽然，一个姐妹眼尖，只见前边一棵古老苍翠的大柏树下，站着一个身材挺拔的男子，他看上去大概三十出头，戴宽边玳瑁眼镜，一身整洁的西装外面，罩了一件乳白色的中长风衣，整个人看上去既成熟又潇洒。姐妹们齐声喊道："就是他！"说罢已不由分说，把还没反应过来的叶兰拥了过去，旁边一个姐妹更是不待停顿，抱起叶兰手中的孩子，一把交到了男子怀里。那男子一怔，但旋即就明白过来，双手已不由自主拥紧了孩子。众姐妹一阵欢呼，这个潇洒大度的"保保"，让她们分外满意。

一行人来到饭店，分宾主坐下，小孩的两侧，分坐着叶兰和新认的"保保"。几个姐妹一个劲挤眉弄眼，因为眼前的三人俨若三口之家，把几个姐妹都乐坏了。认亲三杯酒，男子被呛得连连咳嗽满脸通红。叶兰在旁边劝道："算了，不能喝别硬撑！"可男子摆摆手说："没关系，我高兴，我知道这是拜干爹的规矩，不喝酒是说不过去的。"

三杯酒下肚，话匣子这才打开，一番交谈得知，男子叫邹哲，刚随一个旅游团从台湾过来，听说川西地区正月十六有"拉保保"的习俗，专程赶来看热闹。

邹哲亮明身份，众姐妹齐声喝彩，没想到竟认了个台湾"保保"。而叶兰却有些暗自吃惊，原来，叶兰就在县台办工作，早在春节前，她就听说有一个台湾商务考察团，要来内地考察投资环境，不知这个邹哲，是不是其中的一员。

叶兰不敢怠慢，急忙向上边作了汇报，县上很重视，要求县台办做好接待工作。邹哲见相关领导已经知情，也就不再隐瞒，把这次回来考察投资环境的事情和盘交底。台办领导得知叶兰的儿子认了邹哲当"保保"，便顺水推舟要叶兰当好向导，全程陪同台湾客人考察，私底下却叮嘱她无论如何也要留住客人。

这一天，叶兰带客人来到县城的上游，那儿地势独特，一大片平坦开阔的土地旁边，一条大河潺潺流过。叶兰告诉邹哲，这条河是古老县城的母亲河，整座县城的人畜饮水都靠它供给，正在打造的"花园水城"的远景规划也是依托于此，特别是近年的旅游开发，使这座城市远近闻名，正受到越来越多游人的关注。

邹哲情绪似乎也受到了感染，他对叶兰说："看得出来，叶小姐对家乡一片挚爱，不过从商业角度看，这儿不管是水运还是陆路，交通都十分便捷，投资环境也非常优越，倒是一个投资建厂的好地方。"

这一天，和邹哲一同来的台湾客人都很兴奋，他们称考察了许多地方，都不如这儿让他们满意，下一步只待县上出台好相关政策，投资合约即可签订。消息传到县上，大家都很高兴，急切盼望签约那一天早些到来。

　　过了几天，邹哲带上礼物，专程去拜访叶兰，他觉得此次的考察如此顺利，很大程度上也得益于叶兰的帮忙，何况他还有一个"保保"的身份，认认"家"也在情理之中。

　　叶兰做了几样家常菜款待邹哲。席间，叶兰年幼的儿子十分高兴，他主动抱了几大摞相册出来，一一展示给邹哲看。叶兰见状，有些尴尬地说："自从他父亲很早离开后，他就天天去相册中寻找父亲。他今天这么高兴，一定是把你当作'爸爸'了！"

　　邹哲看看孩子，再看看眼前这个美丽而孤单的女人，突然也有些伤感。他说："我能理解孩子的心情，其实我也一样，几年前妻子病逝，留下了一个念小学的孩子跟我，孩子呼唤妈妈的声音经常揪着我的心！"

　　邹哲正说着，忽然目光落在了一张照片上，上面有一个英武的男人和一个温婉的女子，两人中间还站着一个小孩，整张照片都很温馨，但从颜色看，却有些陈旧了。邹哲若有所思，刚想问点什么，叶兰却先一步问起他的投资。邹哲的心思收回来，随口回道："大致意向已定，打算投资建一个大型玻璃厂。"

　　邹哲本以为叶兰听后会很高兴，但叶兰却没表态。临告辞时，叶兰说，希望能在邹哲离开这里前，带他去看看今日的农村。邹哲答应了。

　　第二天，邹哲和其他客人坐上专车，由叶兰做向导，一齐向郊区驶去。通过近段时间的接触，大家对叶兰都深怀好感，所以当叶兰叮嘱司机把车开到一农家小院时，大家还以为是叶兰想找个休闲的地方。

　　叶兰叫来小院的主人，对他耳语了一番，主人显得十分兴奋，连连招呼着把邹哲和客人们带到了院子外。来到一片农田前，却看不到任何葱绿。大伙儿正有些纳闷，就见农家主人走到一垄地前，轻轻撩开覆盖的稻草，须臾，几朵白嫩嫩的蘑菇就冒了出来。邹哲和客人们都很惊奇，这时叶兰才上前介绍说："现在我们看到的，是冬季保温作业下种出的蘑菇，眼前一大片稻草下都是种的这种宝贝。大家有所不知，这儿是整个西南地区最大的食用菌基地，所产的各种菌类每年出口日本及欧美。但随着近年竞争的加剧，食用菌的初加工已越来越不适应国际市场的需求，广大菌农急盼有技术和实力的现代企业作龙头，把食用菌和农产品的深加工做起来，重新去赢得市场份额和食用菌基地的尊称！"

邹哲一直看着叶兰，她如数家珍的样子让他有些奇怪，难道她带客人们来参观，就是为了炫耀一番。这时农家主人已热情相邀："你们都是从台湾来的尊贵客人，今天就屈尊吃顿农家饭，尝尝食用菌的鲜美！"主人说罢，已吆喝着叫家人张罗开来。邹哲有些疑惑地对叶兰说："这些乡下人很纯朴，他们似乎很欢迎我们到来！"叶兰抿着嘴轻声说："你有所不知，刚才我悄悄告诉他们，你们是准备来投资建食用菌加工企业的台湾商人，他们一准把你们看作福星了，所以才当贵客欢迎！"周邹听罢，傻了一般愣在原地。

这天傍晚，邹哲回到下榻的宾馆，虽然奔忙了一天却无法平静下来。他望了一眼大街上的霓虹灯，顺手拨通了叶兰的手机，邹哲说："今天去农家参观，你一定还有没说完的话，咱们是不是找个地方继续？"叶兰也不意外，马上就答应了。

两人在一家咖啡厅见了面。邹哲打量着眼前这个漂亮，但举止有些古怪的女人，试着说："再过两天，我们这次商务考察就要结束了，我还想听听你的意见。"叶兰说："意见谈不上，再说，你们已经有意向了，还听得进意见吗？"邹哲摇摇头说："听上去，叶小姐好像不太支持我们建玻璃厂。今天，你带我们去农家参观，就是想让我们改变投资意向？如果真是这样，你可是全县唯一一个持反对意见的人！"

"不！"叶兰说，"反对的还有老百姓。你知道在县城上游建一个大型玻璃厂会有什么结果吗？严重的铅尘排放会造成空气和水质的严重污染，如果一个企业的赢利和一个地方财政的暂时增收，是以整座县城和母亲河的牺牲为代价，这样的招商是不是得不偿失。而一个富有眼光的企业家，为什么对当地良好的农副产品资源视而不见，不在可持续发展上面做文章，偏偏热衷于急功近利的事情，这样的投资，算是报效祖国，造福一方群众的利益吗？"

邹哲听罢，脸上露出了钦佩的神情，他点点头说："叶小姐言之有理。其实，每一个炎黄儿女，都想为祖国母亲尽一份绵薄之力。我们回来投资，虽然也看重利益，但也绝不唯利是图。办什么厂，其实我们也一直在深思，今天被叶小姐一点拨，心头倒也明了不少，我们会认真思考的。"

这天晚上，邹哲把叶兰一直送到楼下，临分手时，才吞吞吐吐地问："叶小姐，还有一件事，我一直想问，就是那张已经发黄的照片，里边的人都是你的亲人吗？"叶兰笑了笑说："不，照片中的妇人是我婆婆，中间的男孩子是我父亲，旁边那男人，我也不认识。但我知道一点，这与我们当地的'拉保保'有关。那还是20世纪40年代的事，照片中的中年男子，是当时的国民党军官，他是我父亲的'保保'。本来，我婆婆早年守寡，那军官很爱慕她，但祖国临近解放，军官在最后时刻去了台湾，从此音信全无。这张照片，是当年留下的唯一纪念。"叶兰说到这，叹口气望了一眼邹哲，然后礼貌地告辞而去。叶兰没注意到，她的身后，邹哲的双眼已蓄满了泪水……

两天后，邹哲一行准备启程。临行前，他把一封信托人交给了叶兰，叶兰看着看着，泪水就蒙住了视线。邹哲的信揭开了一个谜，原来海峡那边，也有这么一张一模一样的照片，而当年喜欢叶兰婆婆的，就是邹哲的爷爷。当时时局吃紧，邹哲的爷爷来不及过多解释，忍痛去了台湾，但他的心中，一直没忘记海峡那边，那里有他喜欢的女人，还有认他作"保保"的干儿子，这些都成了一个老人大半个世纪的牵挂。邹哲的爷爷临终前，嘱托孙子一定回大陆看看，要为家乡的发展尽一份绵薄之力。邹哲这次专门邀请亲友团来考察，正是带有这样神圣的使命。

邹哲还告诉叶兰，经过反复论证思考，他们决定采纳叶兰的建议，回家乡建一座食用菌及农产品深加工企业，他们也要为花园水城的明天负责。

叶兰的目光落在了信纸最后一段话上面，邹哲浑厚的声音宛若耳边："叶兰，请允许我这样叫你，我希望爷爷半个世纪前那段未了的情缘，能够在今天你我身上得到弥补和延续，在我重回家乡建厂那天，希望能为你戴上订婚戒指！"

河长

　　五凤溪镇新来的镇长叫唐挺,刚过而立之年就成了绕镇而过的五凤溪的河长。五凤溪没有大江大河宽大,但它滋润着一方水土,被喻为五凤溪人民的母亲河。

　　不过唐挺刚一上任就遇到一件棘手的事情,在带队摸排巡查沿河两岸的污染情况时,一家名为"志远养殖合作社"的养殖企业摆在了唐挺一行的面前。这家专业合作社的老板叫龙志远,前些年在外打工,后来自筹资金回乡创业,在五凤溪边上建起了以养鸭为主的专业合作社,每天数千只鸭子在五凤溪上自由放养,生出的蛋天然无污染,非常受市场欢迎。可是,合作社刚走上正轨,就遇到国家抓水环境治理,龙志远那些放养的鸭子全部把鸭粪直排进五凤溪,首当其冲就被列入"散乱污"的治理对象,而更要命的是,这龙志远正是唐挺的小舅子。

　　现在,身为河长的唐挺第一个要开刀的对象就是小舅子的合作社,镇上办公室的人员刚把限期关停的通知书放在合作社的办公桌上,先前还对姐夫笑脸相迎的龙志远马上就换了一副怒气冲冲的表情。

　　唐挺好话说尽,换来小舅子一句话:绝不关停。

　　周末,唐挺回到30公里外城里的家,妻子早做好了一桌菜等他。唐挺坐下一看,桌上的菜都和蛋有关,有文蛤蒸鸭蛋、韭菜炒鸭蛋、五仁鸭蛋夹馍、鸭蛋紫菜汤等等，一桌丰富的鸭蛋席，看得唐挺心花怒放，刚拿起筷子准备下手，妻子却在旁边啪的一下挡开了他的筷子。

妻子嗔道："看清楚了，你吃的什么？"

唐挺说："知道啊，我小舅子养的鸭子生的生态鸭蛋。"

妻子生气道："算你还不糊涂，知道吃的是小舅子送的蛋。可是，你为啥要让他关门呢？"

唐挺不再装含糊了："因为那些鸭子污染了五凤溪的水。"

妻子不悦道："污染的原因多了，也不只他一家，为什么单单拿他开第一刀？"

唐挺表情严肃下来："因为他是我的小舅子，虽然明眼人嘴上不说，但背地里有很多双眼睛看着我，如果第一刀没开好头，我又如何能动得了第二刀第三刀？"

妻子眼睛红了："你说的这些，我都懂，可毕竟，他是我亲弟弟啊。算了，还是先吃饭吧，菜都凉了。"

唐挺却没了胃口："我知道做这桌菜也不容易，一定是小舅子来求你帮忙，你才做出了一桌别有深意的鸭蛋席。小舅子的忙，应该帮，但不是这种帮法，从某种意义上讲，你拿弟弟送的鸭蛋来犒劳我，就是一种变相的贿赂，你想让我吃人嘴软，对吗？"

唐挺一脸认真，说完却忍不住笑了，但妻子却把碗一推生气道："你不吃拉倒，我辛辛苦苦做的菜倒成了腐败对象，得，我拿去喂狗。"

唐挺和妻子话不投机，过了一个憋闷的周末，周一一早又带队去两岸巡查。他也不坐车，不想走马观花地看，而是步行一家家查，一家家做思想工作。查到下游有一家改石厂，大量冲洗石头的废液直排进溪水里，看得一行人都心痛。面对关停通知，改石厂老板倒很配合，说随时关停都行，不过他在下游，得看上游的做法再说。唐挺一听就如鲠在喉，改石厂老板话里有话，说的正是他小舅子。

走了一天，巡查的企业一家又一家，直到傍晚一行人才回到镇上。政府门口站着一个老人，看来等了老半天，见到唐挺就意味深长地笑了。唐挺一看心头却犯嘀咕，来人是他老丈人，老丈人曾经当过村上的老书记，家里家外向来都是一言九鼎，方圆附近很有威望，现在主动找上门来，说明小舅子在姐姐那儿没结果，又让老父亲当说客来了。

唐挺把老丈人让进自己办公室，泡上茶，想主动解释一点什么，老丈人却盯着他糊满泥巴的鞋子问："今天走了不少路吧。"

唐挺不知用意，回道："也没多少，手机上显示的步数超过两万步，权当锻炼了。"

老丈人说："我也天天走路锻炼，两万步差不多10公里。"

唐挺想了想，迟早也要说到正题上，不如竹筒倒豆子："爸，您今天来，是不是因为志远的事？"

老丈人微微点点头："是啊，志远来找过我了。"

唐挺说："爸爸，我想再跟您解释一下。"

老丈人摆摆手，思维仿佛一下回到了很久以前："我从小就是喝着五凤溪的水长大的。小时候我们可以打着光屁股在溪水里游泳、钓鱼、摸虾蟹，一晃几十年过去了，五凤溪还叫五凤溪，可里面的水早已变味了，水质浑浊变黑，鱼虾早已绝迹，有时候站在岸边，都不敢相信这就是养育了无数辈人的五凤溪。"

唐挺看着老丈人，发现他眼里有闪烁的泪花，赶忙递上一张纸。

老丈人继续说："两年前，志远回来办企业，我就警告过他，别把养殖场设在溪边上，那是作孽啊，为了一己之利，祸害的是后代人。可他不听，非要蛮干不可。这不，才两年时间就出事了，他这下害怕了，跑来找我向你求情……"

唐挺心里打了个大问号："那爸爸您的意见是？"

老丈人说："我的意见，按规矩办，别让他的养殖场再祸害一方了。志远那小子，总觉得他回乡办企业对当地有功，可是他忘了，他所谓的有功，是以祸害后人为代价，是罪人，所以今天他来找我，被我狠狠骂了一顿。"

唐挺一听激动地站起来："爸爸，有你支持我就踏实了。这样吧，天都黑了，我请你喝点小酒吧。"

老丈人也站了起来，径直往门口走去："算了吧，你这个河长累了一天，早点歇息吧，酒先存好，今后再喝。"

这一夜，唐挺睡了个好觉。

几天后，县食用菌协会一批专家，专为考察五凤溪两岸的土壤环境来到了镇上。原来县上也在为解决那些养殖大户的后顾之忧在想办法，经过专家考证，这儿的土壤环境特别适合种植食用菌，改变种养模式不但可以防止环境污染，企业的发展后劲也会更好。这个好消息让唐挺特别振奋，推进环境治理迫在眉睫，但如果能同时保护像小舅子这样一批有创业激情的农村青年，也许综合治理的真实目的才算达到。唐挺立即高兴地把这个好消息打电话告诉了妻子。

过了一周，当唐挺再次带队来到小舅子的养殖场时，惊奇地看见"志远养殖合作社"的牌子已经被摘下来，过去养鸭子的圈舍也正在进行改造。之前见了面总是怒气冲冲的小舅子堆满笑意迎上来，一口一个姐夫喊得亲热。

唐挺问："想通了？"

小舅子笑得鸡啄米似的点头："还能不通吗，不但有食用菌专家来帮忙，而且姐夫你还出血帮我，我是感动啊。"

唐挺一听茫然："出血帮你？"

小舅子哈哈一笑："姐夫你就别瞒我了。我姐往我卡上打了5万元钱，说是姐夫你吩咐支持我种食用菌的。姐夫你放心，小舅子我一定拿出搞养殖合作社的劲头，把食用菌做大做强，同样做成一方品牌。"

唐挺明白了，敢情这姐姐是打着他的招牌支持了弟弟，可这么大的动作，他至今还蒙在鼓里啊。

转眼又到周末，唐挺急煎煎地赶回家里，正要发问，妻子端出一盆热水，不由分说把他双脚按在了水里。妻子红着眼说："你这个河长也不容易，经常一走就是两万步，瞧，脚后跟都磨破了，等泡了脚，我给你上上药吧。"

唐挺不知妻子何以变得如此温柔，索性仰在沙发上闭目享受妻子的服侍。半晌一个热乎乎的东西塞进他怀里，睁眼一看，竟又是一个刚煮熟的鸭蛋。

唐挺终于还是忍不住问："你想用一个鸭蛋来解释那5万元的行踪吗？"

妻子摇摇头动情地说："不，这是弟弟的养殖场送来的最后一个鸭蛋，也是我和弟弟对你这个称职河长的褒奖。"

全城追爱

不对称的亲情

夏一鸣是市电视台一档娱乐节目的主持人，以其随和亲切的风格，深受观众爱戴，粉丝众多。

这一天，夏一鸣受邀为一家大型商场主持开业庆典，仪式正要开始，突然收到妻子陈雪菲打来的电话，说他母亲不见了。夏一鸣正忙着背台词，并没有十分在意，胡乱叮嘱了妻子两句便走上了舞台。转眼差不多两个时辰过去，刚刚从仪式结束中抽身出来的夏一鸣突然想起了妻子那个电话，连忙打开手机，乖乖，竟有十多个未接电话，全是陈雪菲打来的，可见把妻子不知急成啥样子了。

见夏一鸣终于打来电话，陈雪菲又急又怨，说母亲还是没找到，她现在六神无主，等着他回去拿主意。夏一鸣听罢再也不敢耽搁，执意婉拒了商场的饭局，急匆匆往回赶。

回到家里，陈雪菲抹着泪痕对他说，早上回来母亲就不在，开始以为她出门遛弯儿去了，不想大半个上午过去，依然没有母亲的影子，反复拨打电话也没有人接，这才慢慢紧张起来。

夏一鸣心里很不是滋味。自从几年前父亲离世后，母亲一直独居，夏一鸣平时工作忙，很难回家看一次母亲，实在担心了，就叮嘱妻子代劳一趟，平时和母亲的联系，就靠一部手机。前段时间妻子回来说，他母亲容易忘事，怕有些老年痴呆。夏一鸣也曾打电话问母亲，要不要搬过来一块儿住，好歹有个照应，可母亲说，她一个人自由惯了，不想成为儿女们的拖累。夏一鸣心想那就遵从母亲的意思吧，她实在扛不住了，自然会依靠儿女的。

夏一鸣非常懊恼，妻子做了简单的午饭，他也没心思吃。就在这时，一个多年的企业家朋友打来电话，告诉他这个星期天有个年终答谢晚宴，邀请了不少社会名流，希望他这个金牌主持人去亲掌话筒，为晚会增色。

夏一鸣这会儿哪有心思，找理由拒绝又怕拂了企业家面子，只得实话实说。企业家也很理解，叮嘱他先找到老人要紧。撂下电话，夏一鸣赶紧又试着拨打母亲的电话，奇怪，电话始终是通的，但就是没有人接。这一来，夏一鸣越发胡思乱想，他和陈雪菲一道去附近又寻了几圈，始终不见人影。就在着急时，刚才的企业家朋友又打来电话，说刚刚路过一地铁口子，见那儿围着一圈儿人，近前一看是一个走迷路的大妈，要他赶紧过去辨认。

夏一鸣和陈雪菲高一脚低一脚地赶过去，发现大妈并不认识。之前已经有好心人打了电话，一辆"110"刚好也赶拢，把老人扶上了车。夏一鸣和妻子站在大街上，一时更加迷茫。

寒风裹挟着雪花一阵阵刮过，快过年了，路上行人匆匆，没有人会多看别人一眼，节日喜庆的氛围中似乎透着一股说不清楚的冰凉。在这种鬼天气里，两人真不知道母亲是一种什么境遇，心情分外内疚。

夏一鸣扶着陈雪菲在大街上正无所适从，突然接到老邻居打来的电话。老邻居知道他们找了一上午母亲，恰好刚才在广播里听到一则消息，一个独自出门的大妈出了车祸，现在正在医院抢救，电台希望大妈的亲人听到消息后尽快赶去处理。

夏一鸣一听，一颗心悬到了嗓子眼儿，立即打车往市医院奔去。到了医院，得知老人正在手术室抢救，两人站在门口焦急万分。就在这时，又有几对年轻夫妻陆陆续续赶到，一些人在哭，一些人在抱怨指责。一个少妇哭得泣不成声，旁边的丈夫则不断检讨："都怪我，因为工作太忙，才没照顾好母亲。"少妇听了更加愤怒："就你在忙？大家都在工作，谁不忙啊！今天若是母亲出了事，我跟你离婚！"

夏一鸣和陈雪菲一听面面相觑，原来这儿的每对夫妻都是匆匆忙忙赶过来认妈的，而少妇刚刚吐出的每一个字似乎都戳到了大家的痛处，现场十分压抑。不知不觉两个多小时过去，手术车终于推了出来，现场的人一拥而上，少顷，一对夫妻大哭起来，夏一鸣和其他人一样心酸又万幸，车上躺着的不是自己的母亲。

走出医院，夏一鸣越发不安了，天色渐晚，风雪愈大，年迈的母亲这会儿是去了哪儿呢。试着再次拨打母亲电话，依然是无人接听。夏一鸣焦头烂额，突然，他灵光一闪，一下想到了派出所。对啊，为什么不去找警察呢，没准，警察有办法呢。

夏一鸣带着妻子匆匆赶到派出所，值班民警很认真，但详细询问了经过后，民警却告诉他，因为老人走失还不到24小时，还不能立案。满怀期冀的夏一鸣顿时傻眼了。

这时，民警似乎认出了夏一鸣，原本公事公办的神情多了两分崇拜。在安慰了一番后，这位民警帮他出了个主意："放心，现在还没有人报案，说明你母亲应该没什么意外。其实这件事你根本不用找警察帮忙，你自己就在主持节目，在电视台发个寻人启事不就行了？"

夏一鸣哭笑不得，这种事，怎么可以"假公济私"呢?

民警似乎也察觉到自己的建议欠妥，马上改变了思路。他说："其实有一个办法也许更简单，却更容易奏效。就像你，本身就是这个城市的一张名片，铁杆粉丝很多，把你母亲的照片放在朋友圈，既不违规，传递又快，相信很快就会找到你的母亲。"

如醍醐灌顶，夏一鸣忽然大悟，是啊，作为一档收视率极高的金牌栏目主持人，在他的微信朋友圈里，有无数铁杆粉丝，随便发一张寻找母亲的求助帖，应该事半功倍。

夏一鸣急忙打开手机，翻出手机相册，在收藏夹里寻找母亲的照片，只要把母亲照片发进朋友圈，定会有粉丝认出，找到母亲的概率就会更大。可是，夏一鸣翻找了半天，却始终没找到一张母亲的照片。他急忙叮嘱妻子也在手机里找，同样没有找到。

夏一鸣没辙了，他怔怔地盯着手机，幻想着此刻变出一张照片，让他充满希望放进朋友圈，让无数的粉丝或好心人一眼认出，帮他找到走失的妈妈。而现在，手机在手上，手机里却没有母亲的影子，他和母亲的纽带并没有因为贮藏了一个电话号码而更紧，反而正一点点撕裂。

夏一鸣正有些绝望，忽然一个电话打了进来，低头一看，正是母亲的手机号码。夏一鸣的心怦怦直跳，连忙接起来一听，却是一个陌生男子。

男子急切地问："你是电视台夏老师吗？"

夏一鸣对着电话不断点头："我是夏一鸣，请问你怎么有我母亲的手机……"

男子喜出望外："我和几个朋友刚才经过广场时，在一个角落边，看见一个走失的大妈，打开她的手机，我们看到有你的照片。因为是你的粉丝，微信里能看到你的电话，就试着拨通你，没想到你还真在找妈妈！"

夏一鸣和妻子别过民警，连忙赶去广场，果然一眼认出是母亲，独自瑟缩在寒风中。见到夏一鸣，老人一把抓住他有些后悔地说："儿啊，妈妈忘了你电话，早上出门，又找不着回家的路了……"

夏一鸣惊喜地拥住母亲，本能地接过母亲的手机，发现它不知怎么已被设置了静音，难怪电话没有人接。但母亲手机的相册里，却装着许多清晰的照片，随便翻出一张，都能让无数粉丝一眼认出他这个名人。

夏一鸣愧疚地把老人交到已是热泪盈眶的妻子怀里，转身握住那几个热心肠的粉丝。粉丝们激动地想和夏一鸣合影，夏一鸣婉拒了，他说："我不配受到你们崇拜。我手机里收藏有我的妻儿，甚至我的朋友粉丝无数的照片，却没有一张是母亲的，今天我差点就找不到妈妈了。而母亲的手机里，却满是我的影子，才让你们帮我顺利找到妈妈！心与心相比，儿子对母亲的关心和母亲对儿子的牵挂不对称啊。我想说，名人也好普通人也罢，工作再忙事业再成功，也不能以牺牲亲情作为代价！"

过了两天，得知夏一鸣找到母亲的那位企业家朋友打来电话，再次恳请帮忙。夏一鸣一口回绝，他告诉企业家，他刚和妻子把母亲接回家，他们要利用周末休息时间多陪陪母亲，努力弥补那份用这样借口那样理由来疏忽的亲情。

绝不妥协

付艳是一个漂亮的公司白领。最近，她结识了一个叫郜明的小伙子，郜明是一名IT工程师，长得高大帅气，让付艳很喜欢。同时，付艳也看得出郜明喜欢她，但郜明身边一个女闺密让付艳隐隐不爽。女闺密叫刘雨，也是一个靓妞。帅哥旁边不缺美女，本来不是什么稀奇事，但郜明和刘雨走得很近，包括有时和付艳约会也带上她，实在让付艳不爽。这不，前一天约会时，郜明就叫上了刘雨，性子爽快的刘雨甚至当面和付艳"叫板"。刘雨说："付艳姐，你除了对郜明哥要好，还必须对我好，比如偶尔送件礼物贿赂我，不然的话，谨防哪天我把郜明哥抢了！"

玩笑归玩笑，付艳却觉得有道理。把男朋友身边的闺密视为自己的闺密，才能真正解除后顾之忧。回家后，付艳左思右想，打开了淘宝网，细心为刘雨挑选了一件漂亮的T恤。

这件T恤衫，超过规定时间两天后才寄到付艳手上。付艳本来不爽，打开T恤衫看到布料薄而易皱，领口开线，更是心情郁闷，付款时便顺手给了一个中评。

本来这是一件很平常的事情，不料不到一刻钟，淘宝网上这户卖家就打来电话，一改发货时的拖沓与怠慢，紧张兮兮可怜巴巴地说他是小本经营，全家就靠这个小店养活，如果付艳留的评价这么差，一个中评就会砸了一家人的饭碗。一句话，希望付艳及时改评，给个优什么的。

付艳不是一个得理不让的人，大家生活都不容易，互相体谅一下也就算了。付艳当下满口答应，叫卖家别担心，手上事做完就去改评。

谁想这天事情繁杂，公司交办的事情一件又一件，等回家想起时已是晚上。付艳心想坏了，别人不知有多着急，连忙打开淘宝，正要登录，手机短信响起提示声。付艳打开一看，里面写道：

"您好！我们是中差评专业删除团队，俗称'删差师'。受卖家之托，请你今晚12点以前自行修改对卖家的中评，以减少对卖家声誉的最大影响。如果你拒绝删改，我们拿人钱财替人消灾，将对你进行一系列骚扰，包括夜间电话骚扰，把你个人信息发往各大色情、租房、买卖网站，节假礼拜向你和你的家人邮寄忌讳物品，最后不排除'上门服务'的可能。"

付艳细细读完，心下一惊，连忙打通卖家的电话。孰料白天还诚惶诚恐的卖家，这时却像吃了火药一样，大声谩骂付艳不守约，还趾高气扬地说："不错，我是找了删差师，很专业的。如果你不删改，就走着瞧吧！"

付艳惴惴不安，情急之下赶忙给邰明打了电话，把事情的起因讲了。邰明很快赶了过来，对有些焦急的付艳说："看来你和卖家之间有些误会，你的本意也是相互体谅，只是白天忙，没有及时删改。现在，那些不耻之徒找上门来，多一事不如少一事，你把评价改成优，一了百了，省得惹麻烦。"

付艳点点头，又摇摇头，有些不平地说："如果他们不威胁我，我还真想大事化小，可现在他们把话说绝了，好像不按他们的意思办，我就无处安身似的。邰明你说，如果我不删改，他们真有那个能力吗？"

邰明点了点头："付艳，这件事，由不得你使性子。我相信，你会处理好的。"

邰明又安慰了付艳几句，看着天色已晚，随即告辞。付艳回到电脑前，看着淘宝，若有所思。很快，到了午夜12点，付艳正想修改评价，一个鬼魅般的手机短信声准时响起："时间已到，你还没有遵约删改评价，你是真不愿意吗？"

付艳一看，倔脾气来了，手上也停止了修改的动作，顺手回了一句："如果我真不愿删改呢？"

对方恶狠狠留下五个字："那你等着瞧！"

几分钟后，骚扰电话如期而来。这些电话，号码并不同，不知疲倦地交替拨打着付艳的手机。每次接听，对方马上挂了，要么传来无聊的呼吸声，抑或音乐声、怪叫声，扰得付艳不胜其烦，不得不关掉手机。

付艳以为，她不理会，这些人自讨没趣，就会不了了之，谁知第二天打开手机，无数条信息扑面而来，差点没让她的手机功能瘫痪。这些短信里，有看二手房的，有心理咨询的，有购物换物的，有约会相亲的，甚至有污秽下流的。整整一天，付艳的脑袋昏昏沉沉，那些骚扰电话和不良信息几乎轰垮了她。

这时郜明打来电话，说付艳的私人信息，已经被肆意散布到了网上，上网一搜，足足有两百页，照这样下去，类似的骚扰会越来越多。郜明最后说："昨晚叫你删，你不听，现在这些人动真格的了。这样长久下去，身体和精神都会拖垮，还可能殃及朋友和家人。当务之急，照他们说的办吧，马上删改！"

付艳没有答应，这些人太嚣张，已经让她无从选择。她现在唯一能做的，是回到家里，关了手机，忘掉烦恼，好好睡上一觉。

可是第二天一早，付艳刚打开门准备出门，就见门前摆着一个纸盒。打开一看，里面是两套寿衣，还有两个涂脂抹粉面色惨白的小纸人，小纸人的胸口还扎着一根银针，看上去非常恐怖而怪异。偏偏这时郜明又打来电话，郜明说："昨晚你关了手机躲了过去，可那些人把矛头又对准了我，电话和短信骚扰了我一晚上，我今天还要去签合同，脑袋昏昏沉沉怎么得了，你为什么不听我的建议及时删改呢？"

刚接完电话，父亲的电话又打了过来，原来他们也受到了同等的"待遇"。付艳很愧疚，但还是把原委讲了，身为知识分子的父亲听罢沉吟了片刻说："原来是这样！爸爸支持你不妥协，但有两点要注意，一是要学会保护自己，二要学会利用法律当武器。那些躲在暗处的人总是不敢拿出来晒的！"

付艳听从了父亲的话，忍痛更换了手机号，又到派出所进行了咨询。但派出所也为难，因为这种骚扰并没带来身体上的实质性伤害，警方无力多管。付艳也无策，只好给刘雨打个电话，希望暂居她家，讨个清静。刘雨爽快答应了。

付艳的努力却并没换来效果，不到一天，鬼魅般的铃声再次找到了她，短信上出现了很嚣张的一行字：“不要以为这样就能躲过我们！离评价生效还有两天，你最好现在就去删改，不然的话，你会做一辈子噩梦！”

付艳没有被吓倒，而是陷入了沉思，什么人这么神通广大，了解她和她身边朋友亲人的信息，而且还知道她刚换了手机号。思来想去，这个神通广大的人肯定是她的身边人。

付艳进行了逐一排除，最后不得不把怀疑集中在刘雨身上。别看她大大咧咧，但内心深处，她是喜欢郜明的，只有借机给付艳泼上污点，才能离间她和郜明的关系。想到这儿，付艳浑身不寒而栗。她把刘雨的家当躲难的地方，殊不知可能掉进了狼窝。

付艳打电话约郜明吃饭，这个时候她太需要有人安慰了。郜明赶到了相约的饭店，但精神很委顿，看上去就像三天没睡觉。郜明说：“这一阵，工作量大，天天熬夜，对你关怀不够，你多担待哈。”

付艳点点头，把心中对刘雨的怀疑讲了出来。郜明迟疑片刻说：“女人的眼界老跳不出情感的窠臼，刘雨固然喜欢我，但也是有口无心，还没到非我不嫁的地步。你把删差师的头衔跟她联系一块儿，太牵强，也太武断了！”

付艳噘着嘴，极不情愿地点了点头。付艳说：“我也不想这样，可我确实没辙了。那些可恶的骚扰，快把我逼疯了！”

郜明眼里流露出心疼，他轻轻地说：“其实换位一想，那些藏在暗处的删差师也很难受。很多像你这样的人，最后都是受不了骚扰，不得不妥协让步。只有你倔，坚决不予理会，自然会比她们多受委屈。其实，你受不了，我也受不了，我还怕这件事影响我们感情呢！在这个世界上，有些事情就是不讲理的，删差师的背后，有一只只看不见的推手，是一个庞大的利益集团，我们是芸芸小众，犯不着跟他们硬拼。现在离评价生效还有一天，你及时删改吧，让这事大事化小，悄悄过去！”

付艳虽然不理解郜明为什么不讲原则，每次都劝她让步，但她相信郜明是为她好，是不想让她纠缠在这些无谓的事情上。但付艳有自己的原则，她就是不愿意妥协，要妥协一开始就低头，何必等到现在？现在，她已无退路，那些无休无止的骚扰反而激发了她斗下去的信念。郜明不是说有很多和她相同遭遇的人吗，为什么不去寻找大家的力量呢！

付艳回到家，把遭遇写在了微博上，又联系了媒体进行关注。数万条关注和转发，引来了无数人的鼓励和支持。淘宝官方微博也表示将调查此事。付艳趁势在淘宝论坛上开帖，召集和自己一样被删差师威胁过的人。很快一呼百应，平时很多敢怒不敢言的人都站了出来，从前一个人的遭遇变成了群体的投诉，单独的案件变成了系列案件，加上媒体频频介入，终于引来了警方和淘宝的高度重视。

很快，警方抓住了嫌疑人，在付艳暂居的刘雨家门口，蹲守的警察抓住了在门口放置丧葬物品恐吓付艳的人。通过审讯，警方顺藤摸瓜，很快把全部参与骚扰、恐吓的成员一网打尽。

付艳被通知到警方接受笔录。在那儿，她见到了潜伏在网站背后，以删差师的名义布控在这个城市的最上线，不是别人，而是那个风华正茂的IT工程师，那个让付艳倾心爱慕的帅小伙，此刻被戴着手铐垂头丧气的郜明。

两人见面，郜明头垂得更低。是的，他看见了付艳满脸的惊奇和不解，看见了付艳眼里一瞬间蓄满的泪水。郜明低沉地说："你别问了，这一切，都是因为两个字：利益！"

郜明说，他就是那个看不见的利益集团在这个城市的一员。平时他们通过私下交易，从一些掌控公众信息的部门套取相关人的个人信息，一旦需要，就组织炮轰和骚扰，迫使对方就范。

付艳含泪问道："我们是恋人你也这样，那你爱过我吗？"

郜明点点头，又有些愤怒地抬起目光，看着付艳说："我爱你，这不假。一开始我劝你，想大事化小，但你不听。我的工作也不允许轻易让步，不管你是陌生人还是亲人，因为这是一根链条，由不得哪一个人的旨意。我没想到你这么倔，宁愿天天被骚扰也绝不妥协，最终还牵出了我们。我很遗憾伤害到你，我也想说推手很多，看不见的黑手无处不在，他们根须茂盛，靠个人的努力远远不够！"

付艳走出警局，此时她早已擦干了眼泪，因为她相信，见不得光的东西，永远不可能凌驾在社会公德和法律之上，她绝不妥协的信念也永远不会改变，因为，她背后站着一个法制越来越健全的国家巨人。

绝不放手

这一天，瑞丰公司董事长林春兰刚从公司出来，门卫递给她一封信，因为经常收到业务方面的信函，林春兰也没太在意，往身边一放，就匆匆开车往家赶。她和丈夫罗有贵都很忙，加班也是常事，这两天丈夫又去外地开产品订货会，照顾9岁儿子的担子自然就落在她身上。林春兰回到家，先帮儿子检查了作业，待保姆做好午餐，把儿子送到餐桌上，才腾出时间去书房看信件。这也是她的习惯，不处理完身边的每一件事情，吃饭都不舒服。

信封外表很平常，但落款地址很含糊，这让林春兰微微有些诡异。她轻轻撕开信封，视线刚一探进去，脑袋就"嗡"地响了一声，整个人天旋地转像飘了起来，一瞬间失去了方向感。你道那是何物？原来是几张照片，一个赤裸的男子正和一个面孔被遮盖的女子在亲热，而这个男子正是林春兰熟悉得不能再熟悉的丈夫罗有贵。

过了好一会儿，林春兰才恍然从噩梦中醒来，但双手仍在止不住颤抖，泪水早已把照片洇湿了一团。这时保姆敲门叫她吃饭，林春兰勉强应了一声，但整个人却呆立不动，她好像一下蒙了，一场突如其来的打击让她心中最脆弱的部分土崩瓦解。

当年，林春兰以漂亮和能干闻名村子内外，她对养殖业很有研究，她自创的土饲料使她成了远近闻名的养殖能手。和罗有贵自由恋爱结婚后，两人志同道合，为了提高鸡鸭的产蛋率和生猪的出栏率，两人天天在饲料上面琢磨和实践，不懂就去向农科所的专家请教，就这样几经摸索，终于研制出了第一代瑞丰饲料。产品上市后很受欢迎，从中受到启发的两人干脆放弃在养殖业上面的小打小闹，而着力于饲料领域的全面开发，终于让瑞丰饲料声名鹊起，赢得了市场。后来他们又在县城建起了新厂，事业越做越大，谁知这节骨眼儿上，却出现了这等"意外"。

林春兰想到这儿，更是悲从心生，她不相信，平时老好人一般的丈夫竟也难以免俗，干出那种偷香窃玉的事情，可手中实实在在的照片又让她不能不相信。林春兰那个气呀，只能打碎牙齿往肚里咽，难怪有人说，夫妻只能同苦，不能同福，饱暖思淫欲嘛，此话一点不假。想到丈夫这次是独自出门开订货会，林春兰更是忐忑不安。怀着一种莫名的冲动加愤怒，林春兰几乎不假思索地拨通了丈夫的手机，准备先骂他个狗血喷头。电话通了，却很嘈杂，林春兰的愤怒因为几次"欲言又止"而被打断，过了一会儿，手机终于清晰起来，丈夫可能为了打这个电话找了个清静的地方，他好像没多少时间唠叨，开门见山就说："是春兰吗？哎呀，场面太热闹了，声音都说哑了。是这样的，我们的产品销路前景很好，来看货的商家很多，但现在有一个不好的小道消息，说我们的产品都是一些不正规的厂家用他们不合格的产品来贴牌供销的，所以引来市场人心惶惶和很多疑问，我一边解释一边在暗地里查找原因，只是暂时还没有眉目。不过你放心，只是一些小喽啰在捣乱，成不了气候！好了，我不多讲了，你在家里管好生产，带好孩子，等着我凯旋！"罗有贵连珠炮一般把话一说完就断了线，让林春兰几乎没有诘问的机会，而儿子再次喊她吃饭的声音也恰到好处地传了过来："妈妈，菜都凉了！"

接下来的两天里，林春兰过得非常麻木，时间走得很慢，她只希望那个产品订货会早一些结束，趁现在心情稍稍有些缓和和丈夫谈谈，事业固然重要，但是当婚姻出现危机时，她得有一个解决危机的思想准备，她首先是一个女人，企求事业辉煌，但也要维护家庭的完整，如果二人不能志同道合，再辉煌的事业也是一种失败。

就在林春兰愁肠百结脑子一团乱麻的时候，一个意外的电话主动打给了她。打电话的显然是个年轻女子，她犹豫了好一会儿，才吞吞吐吐地说："我不知道该怎样跟你提这件事，反正，你大概也收到那封信了，照片上的那个女子……就是我！"林春兰一听，火气呼呼地蹿上脑门儿，声音几乎是从打噤的牙齿间吼出来的："真不要脸，你想干什么？"对方似乎并不恼，反而说："其实我没别的意思，我只想告诉你一个事实，你丈夫喜欢的是我，而不是一个黄脸婆，如果你聪明的话，就请主动放手！"这真是岂有此理，居然有胆量如此挑衅，林春兰当场给气得咬牙切齿，一种骨子里的执拗又让她不服输地冷笑起来："让我放手也行，但你敢当面和我见一次吗？至少我想明白，我输的对手是谁？"这话一出，林春兰马上感到对方的气焰被压了下去，好半天才有些底气不足地说："反正，我劝你再想一想，强扭的瓜不甜，既然已经不爱了，该放手还是放手吧！"说完，匆匆挂了电话。

　　林春兰用冷水洗了一把脸，她这时候最需要的是冷静，为什么她在生意场上叱咤风云，在感情上却如此容易动怒呢？这显然是她不该有的个性。她强力压制住内心的波动，尽量保持平静地拨通了丈夫的手机，不错，此刻，她最想清楚丈夫的态度。电话里丈夫的声音与平常没什么两样，听不出有什么"暴雨欲来风满楼"的端倪，倒是当她例行公事般过问起订货会情况时，丈夫侃侃说了起来："订货形势目前还不明朗，主要是有人在四处散播我们公司的小道消息，在一些客户中散发诋毁我们的传单，目前我已经通过当地工商部门在进行调查。不过从掌握的情况看，这些小道消息和散发的传单都来自我们的老对手'瑞祥'公司！"林春兰有些吃惊，她知道瑞祥公司是饲料行业的老对手，这次订货会前，瑞祥公司为了示好，曾专门请丈夫罗有贵去赴宴，当时罗有贵还有顾虑，害怕吃的是鸿门宴，但林春兰安慰说，公司之间有竞争才有动力，对方主动示好，是良性竞争共赢市场的体现，这顿饭应该去吃！如果那些小道消息和传单真是出自对方，那么吃饭只是一个麻痹对方的手段，最终目的是想置咱们于死地，其居心就太险恶了。想到这儿，林春兰的脑子就灵光一闪，不知怎么就联想到那几张照片，当丈夫在"前方"被那些小人的伎俩弄得焦头烂额时，自己的"后院"也是波涛汹涌险象环生，差点儿不可收拾。这么连贯起来一想,一向精明的林春兰恍然意识到什么,心情反倒兀地阴云散尽,她柔声地对丈夫说:"你在那边要挺住,我相信任何阻力也难不倒你!家这边有我撑着,你放心,我等你早日凯旋!"

林春兰难得地睡了一个好觉,数日的疲惫一扫而光,第二天她心情不错,以至于当再次接到"对手"的电话时竟没有一点愠怒。那女子显然不想再拖延时间,开门见山就问:"你想好了吗?"林春兰故作不解地反问:"想好什么呀?"对方说:"你离婚的决定啊!你丈夫不爱你了,你难道一点儿也不着急,快放手吧!"林春兰笑了起来,这是一种很自信的笑,笑声过后她才一本正经地说:"在我和丈夫的关系这件事情上,我觉得你操心太多也操之过急,恕我直言,我觉得你关心的并不是我们的婚姻,而是我一个电话打过去,让我丈夫六神无主无心打理订货会的事情。再说,即便我们婚姻有问题,丈夫还爱不爱我,也不应该是你来决定,而应该是我丈夫亲口告诉我对吗,也许你不明白,我相信丈夫相信婚姻,就像相信我本人一样,绝不会单凭那几张照片就轻易否定!我这么说你应该明白我的意思了吧,而且我还要忠告你一句,依我的判断,你应该是一个涉世不深的女孩子,千万别去做违法的事情,你寄给我的那些照片,我已经替你烧了,我不想它们成为你以后犯罪的证据,你好自为之吧!"林春兰一口气说完,隐约听到话筒里有抽泣声,而自己却有一种意想不到的轻松。

几天后,林春兰去机场接凯旋的丈夫。之前丈夫已经打电话告诉她喜讯,这次订货会取得了空前的成功,由于工商部门的介入,所有的谣言和诋毁都不攻自破,瑞祥公司在这次订货会上的不光彩举动是搬起石头砸了自己的脚,就连那些原本有意购买瑞祥公司饲料的商家,也全都转向瑞丰公司。林春兰的喜悦也自不待言,她告诉丈夫,她亲自下厨准备了一桌烛光晚餐,准备好好犒劳他一番。另有一句话她没说,她也打了一场漂亮的"后院"保卫战。

在机场等候时,林春兰接到一个电话,一个女子在电话里泣不成声地告诉她,在这次订货会前的邀请宴上,有人在罗有贵的酒杯中做了手脚,并趁他昏睡的时候安排她拍了那些照片,其目的是想让瑞丰公司在这次订货会上"不战自乱"。这个女子称她也是被蒙蔽受人指使,现在她已经悔悟,毅然辞了职。而出于对林春兰夫妇的敬重，离开前她专门打这个电话以示澄清。

　　林春兰的脸上再次露出了自信的微笑。抬头看天，一架"银燕"钻破云层，开始徐徐降落。

大山的儿子

何大山是云顶乡中心小学的教师。这一天,他一早坐车进城,赶着去办件事情。半路上,他接到读师范的儿子打来的电话,一来问他快满五十了,酒席该如何操办,二来问起他调动的事。何大山是三十年的老"民办"了,儿子背着他通过努力,准备把他调到局里上班,虽然是闲着打杂,也总比守着光溜溜的大山强。

何大山坐在车厢里,两眼茫然地望着窗外,表面很平静,心头却也窝着火。退回三十年前,高中毕业不久的何大山面临两种选择,一是当兵锻炼,为这辈子找个铁饭碗,二是依照父亲的"旨意",留在村上当民办教师,为今生找个前途未卜的泥饭碗。那时的云顶乡是全县最偏远的山旯旮,心高志远的何大山一门心思就是想早日飞出去,可他当村书记的父亲坚决不同意。父亲说:"这鬼地方穷得连鸟都不来,从来就没留住过一个老师的心,你要是也不管不顾出山去了,我哭着求谁去?"老父亲神情黯然,白眼仁红得像炭火,看得何大山心里直发慌。父亲没别的能耐,只想给山旯旮留一点盼想,他要求不了别人,只好委屈自己的儿子。

儿子还在电话里"喂喂喂"。儿子说:"我已经找了关系,你教的学生有的做了教育局长,有的做了政府秘书,让他们帮忙办调动只是小事一桩。你扎根山区几十年，没有功劳也有苦劳，可身份问题一直没解决也太不够意思。你这次进城，当面再对你的学生说说，办调动的事情就快了。"

儿子说得没错，他何大山此番进城，就是去找学生的。这些他教过的学生现在实权在握，他不信他们不帮他。

车子在半道上突然停了下来。前边正在修路，被堵在路两头的乘客都纷纷下车出来呼吸新鲜空气。这当儿，何大山眼前突然一亮，只见路对面走来一队头戴安全帽的人，正对着施工的路面指指点点。其中走在前面的一个中年女人秀美而端庄，就在错身的一刹那，她的目光一下粘在了何大山的脸上。

"你是……大山老师？"女人的目光惊讶而又惊喜。

何大山一瞬间有些难为情，他点点头："是啊，梅兰老师，你还这么……年轻？"

何大山边说边把目光移向别处，一个满脸沧桑的农村老汉，一个衣着光鲜的城市女人，站在一块儿，天壤之别啊。一瞬间，一股复杂的情愫让他的眼里涌满了泪水，他的思绪一下飞回到20世纪80年代。那一年，云顶乡小学终于迎来了又一位民办教师，她就是梅兰。那时的梅兰只有初中文凭，学历不高，也找不到理想工作，只好托关系辗转来到云顶乡小学。外表秀美的梅兰给死气沉沉的云顶乡小学带来了一股活力，特别是在何大山的心湖犹如投下了一颗石子，他暗暗喜欢上了梅兰。

在他们相处的日子里，白天，梅兰给学生们上课，晚上，何大山就尽其所能给梅兰补课，两颗默契的心也越贴越紧。在老师们和周围乡亲的眼中，他们是令人羡慕而般配的一对儿，何大山的父母已经暗自在操办儿子的聘礼，如果没有意外，何大山将幸福地拥有这个美丽的媳妇。

那一年，县上下来了民转公的指标，云顶乡小学分到一个名额，符合条件的何大山和梅兰都参加了县上的考试。但那场决定命运的考试何大山却没考好，倒是勤奋自学的梅兰考得出奇的顺利，梅兰终于拿到了唯一一个转正指标。之后，梅兰就好运不断，先是因为能歌善舞调到了县上，后来找了个做生意的老公，随夫去了外地发展。而何大山由此失去了他唾手可得的爱情，他最后娶了一个当地姑娘，沉下心来做起了孩子们的"山大王"。

何大山努力收回思绪，看着眼前依然漂亮年轻的梅兰，恍惚有一种错觉。如果她一直留在那山旮旯儿，今天的他们会是什么样呢？而梅兰也主动谈起了她这些年的境遇，随夫去做起了生意，经过多年的市场打拼，生意日渐红火。这次她主动回来，就是想义务为县上修一条路，修一条通往云顶乡山巅巅的水泥路。梅兰说罢停顿片刻，望着何大山那张刀凿斧削的脸说："看到你的第一眼我想到了什么，20世纪80年代我们都喜欢的一幅油画，罗中立的《父亲》！是啊，美丽而闭塞的云顶乡，那儿是我的根啊！"

临分手前，梅兰的眼里突然充满了柔情，她握了握何大山满是老茧的手说："如果我没记错，再过几天，应该是你五十大寿吧，就不想请我这个老朋友参加你的寿宴吗？"何大山木然地点了点头。

何大山进了城，先去了政府找当秘书的学生。得知何大山的身份，办公室的人热情地说："你的学生陪外商考察去了，据说还要去你们云顶乡，准备在那儿投资建一个中药材深加工基地。"

何大山怅然若失又隐隐有种说不出的兴奋，他天天守着大山，知道山里盛产沙参、杜仲等珍贵中药材。可这些宝贝埋在大山深处，不开发出来就没多大价值，何大山多年来就盼着有人能来慧眼识宝，这才是山旮旯儿真正的希望啊。

去教育局的路上，何大山碰上了几个境遇相同的"老民办"。他们都是来要求解决待遇的，要么调动岗位，要么转为公办。见何大山也来凑热闹，都很惊讶。有人说："教育局长都是你的学生，据说当年不让他辍学，还是你三番五次上门做工作，还贴上自己微薄的工资代缴学杂费，才让他有了今天，你早该受到'照顾'了，于公于私都在情理中啊。"

几个"老民办"唏嘘着，往前找局长评理去了。何大山落在后面，看见他昔日的学生，此刻正疲惫而耐心地向每一位老师做着解释工作，突然涌起一阵心酸，其实都不容易啊，当年刚刚走上局长岗位的学生，曾经找到何大山，准备为他考虑一个转正的指标。但何大山拒绝了，他说自己年纪慢慢大了，把指标留给年轻人吧。其实他心里何尝不想，只是担心这样会让学生担上以权谋私的骂名，影响了他的前程。

何大山没想到，因为他的一再谦让，会让他失去最后的机会，不过，所有的委屈也是他自找的，他无怨无悔地爱着那座大山，所有的希望都献给了那所他付出了毕生心血的山村小学，到今天他再来寻求"照顾"，这不是把自己否定了吗。何大山越想越觉得，他此番进城完全是多虑，天塌下来，还有国家撑着呢，他怕什么？

何大山悄悄往门外退，他听见局长一边把老师往门外送，一边让他们放心："你们都是老教师了，受的苦吃的罪每个人心里都明白。你们放心，我们一定妥善处理好各位老师所关心的问题，在完善社保以及国家政策允许的范围内，尽最大努力解决好老师们的各种待遇！"

在回家的路上，何大山发了个短信给儿子，说今天的事情已解决了，国家考虑得很圆满，他已到了知天命的年龄，还担心什么呢。

何大山生日这天，没有惊动太多的人，除了儿子，就是几个亲戚。可临近中午，门外却一下涌来很多人，梅兰走在前面，她的身后，还跟着局长、秘书等好几位他当年的学生。见何大山一脸惊奇，梅兰笑嘻嘻地说："都是我邀约的，其实他们，也早盼着有给你敬酒的这一天！"

酒席开始前，梅兰端起酒杯眼含热泪说："其实我今天还有一个秘密要告诉大家，当年的那场民转公考试，大山老师为了成全我，故意把答案做错，这是当年阅卷的老师后来告诉我的。可以说，没有大山老师的恩德，就没有梅兰的今天。我从来不喝酒，但今天，请允许我以一个妹妹的身份，敬大山大哥一杯酒，干！"

这时当秘书的学生端着酒杯站起来说："有一个好消息要告诉大家，云顶乡的绿色经济，包括药材的深加工和果蔬的种植都引起了外商的极大关注。待梅兰老师义务修建的公路一开通，绿色经济的深加工和种植基地就将全面动工。过去偏远的云顶乡，即将成为一只展翅高飞的金凤凰！"

全场欢呼一片，当局长的学生端着酒杯走到了何大山的面前，高声地对大家说："几十年来，何老师把一批又一批的学生送出了大山，而他却一直默默无闻地守护在这里。他的为人就像他的名字一样，沉默而宽厚，他是真正大山的儿子。让我们为这样的老师而自豪，共同敬老师一杯！"

何大山两眼濡湿，他站起来，端着酒杯，环视一圈儿说："谢谢大家，你们让我愧疚啊，差一点我就失去了一个拥有金山银山的机会。我想，现在城里的人都喜欢往外跑，那我们何不利用建中药材深加工基地和绿色果蔬种植基地这么好的机会，把整座山建成一个绿色天然氧吧，和外商好好合作一把，通过建庭院式农家乐为他们提供配套服务。到那时，云顶乡何愁富不起来，我们还担心丢了饭碗饿肚子吗？"

众人都开怀畅饮。这当儿，何大山的儿子端着酒杯站在了父亲面前，那一刻何大山想，好样的儿子，爸爸的接力棒今后就交给你了！

最信任的对手

　　孙良是一家大公司的软件工程师，因为一次车祸，他在医院昏迷了两天。清醒后，一件意外发生，一家曾挖墙脚，并许诺给孙良上百万年薪的公司突然推出了一款最新软件，一举占领了市场，许多老客户一窝蜂都跑到对方去了，公司蒙受了重大损失。由于对方推出的软件就是孙良公司设计的蓝本的翻版，因而公司怀疑内部出了问题，有人私下里出卖了公司利益。这件事自然让孙良受到怀疑。

　　孙良并不气馁，他马上开始投入新一代软件的开发，而且他有信心能战胜对手，还自己一个清白。但车祸后孙良的头痛愈来愈烈，已经严重影响了他的工作，节骨眼儿上，石兰建议他去医院作个全面检查。孙良不露声色地皱了皱眉头，上一次孙良拒绝对手的诱惑就让石兰十分不爽，上百万的年薪的确太诱惑人了。他和石兰本是半路夫妻，石兰两个正在读书的孩子以及未来成家立业都需要资金支持，这些都可能诱使石兰做出有悖良心的事情。除此之外，孙良实在想不通，还有谁比石兰更容易接近他，并且巧妙地窃取了他开发的软件机密。

　　经过一番思考，孙良决心先去拜访一位老同学。孙良的这位同学叫吴礼，从小一块儿长大，关系亲如兄弟，大学时一个学理一个学医，毕业又凑巧回到同一城市工作，孙良在软件设计上颇有建树，而吴礼在遗传医学的研究上也首屈一指，并且吴礼和孙良的妻子石兰就在同一家医院工作。

吴礼在自己的办公室和孙良见面，二人寒暄后，孙良详细地谈起了事件的全过程和自己心头的一番疑虑。吴礼听罢说："也许有些话讲出来不恭，但我还是要说，如果不是你主动泄密，那问题一定出在你的身边，往往最亲密的人，也是最危险的对手！"

孙良惊讶地问："难道，你也怀疑是石兰？"吴礼说："按理怀疑谁应该是公安机关的事，但我的怀疑也不是没谱，作为一个有两个孩子的母亲，你未必指望她有多么高远的理想，也许对手瓦解不了你，瓦解一个女人还更容易！"孙良点了点头说："这话有理，最近我总是头痛，我也怀疑是她做了手脚，不过她这样做有什么意义呢，即使暗中帮助对手也不至于要置自己老公于死地啊！"吴礼嘿嘿一笑，话里有话地说："别忘了，你们是半路夫妻！"

过了两天，是孙良应约去医院检查的时间，一早出门的时候，孙良显得有些忐忑。孙良的不安让石兰看出来了，石兰就说："你放心，这次我们请医院最好的大夫为你做检查，有什么问题很快一清二楚。"孙良本能地反问："最好的大夫？谁呀？"石兰说："就是你那位同学，吴礼！"孙良听了一怔，因为吴礼并没有告诉他会主动为他做检查，就又问："不过是一个普通检查，犯得着请一个遗传学专家来吗？"石兰笑了笑说："可能你们是老同学吧，吴大夫才决定亲自上阵！"孙良"唔"了一声，正想问什么，谁知石兰又补充说："你还不知道吧，上次你车祸昏迷，也是吴大夫为你做的检查，为了你早日苏醒，他把实验室最新的设备都搬来了，要是换成别人，哪能享受这般待遇啊？！"

在医院里，孙良和吴礼再次相见，两人互相看着对方，眼神很复杂。孙良问："为什么不告诉我，上次我出车祸，是你亲自为我做的检查？"吴礼谦逊地说："我只是尽到了一个医生的职责，没什么好炫耀的！"孙良说："我们是老同学，从小一起长大的兄弟，你要向我保证，这次绝对不能出什么意外！"吴礼说："放心吧，检查很快的，不会有什么危险。"孙良犹豫着点了点头，任凭吴礼在他脑部安装上各种检查仪器，在躺下去的一瞬间，他看到吴礼的脸上闪过一丝不易察觉的诡异的微笑……

几天后，孙良被请到医院办公室。当他走进门的时候，一眼看见除石兰和吴礼外，还有院长、公司经理和几个警察也站在里边。看见孙良，吴礼抢先上前对孙良说："祝贺你，经过我们认真检查和会诊，没发现任何问题，你头疼只是上次车祸的后遗症，稍加调理就会慢慢康复。"

孙良不解："今天这么隆重迎接我，可能不单是为了告诉我一个检查结果吧？"

一个警官站了出来，威严地扫视了一眼吴礼，然后对孙良说："当然不会这么简单，我们都想弄明白你大脑的信息是如何泄露的，而这个问题，最有资格回答的应该是你的这位老同学，我们的遗传学专家吴礼先生！"

吴礼脸色青一阵白一阵，刚想辩白，可警官播放的一段录像马上就击溃了他的神经，让他一屁股颓丧地坐在了地上。录像里，吴礼正在一家茶楼里进行一桩秘密交易，而对方正是那家想挖孙良的公司。

原来，想挖孙良的那家公司见收买无效，就转而收买对遗传信息颇有研究的吴礼。在利诱面前，吴礼妥协了，在一场蹊跷的车祸发生后，吴礼利用科研仪器，趁给孙良检查脑部的工夫，窃取了孙良大脑里面的记忆信息，这些信息经过重新处理后，被还原复制成一份新的资料，这种把别人大脑里的记忆信息进行有效提取，被称为记忆移植，也是二十一世纪最卓越的科研成果。但吴礼不知，孙良那家公司在上次机密失窃后，向公安机关报了案。公安机关经过侦察，重点锁住了吴礼，并且把吴礼和对方交易的现场拍了下来。现在，对方公司已经交代了实情，并且把记录有孙良记忆信息的电脑芯片交给了公安机关，成为吴礼无法辩驳的罪证之一。

孙良像在听天方夜谭，他难以置信地问："可你们是怎么怀疑上吴礼的呢，他还曾经告诉过我，身边最信任的人，往往是最危险的对手，我还因为这个思路想到一边去了！"

"所以我成了你最大的怀疑对象对吗？"这时石兰站出来说："其实，前一阵我还误解了你，以为你不愿我们母子沾光，私下里偷卖了公司的机密，所以我对你起了疑心。但和你在一起生活这么久，对你的人品我很了解，你不是那种蝇营狗苟的人，我也一直在查找其他原因，究竟是哪个环节出了问题，把藏在你大脑里的东西给掏了出去。后来我怀疑上了吴礼，因为整个事件的前后，他都参与进来了，而且作为一个医生，我还是基本懂得一点他研究的内容，所以我把怀疑重点告诉了公安机关，并且配合公安机关，故意以你作检查为诱饵，让再次企图窃取你记忆信息的吴礼毫无察觉地钻进了圈套，并趁他交易的机会抓了个现场！"

吴礼这时已褪去了一脸的神光，在被警察押走前，他神色黯然地对孙良说："对不起，我被私欲驱使，挫伤了兄弟和同学之情，作为一个有科研抱负的人，最应该心无旁骛，而不被金钱左右……"

公司经理上前握住孙良的手掷地有声说："孙工，这段时间你受累了，不过通过这件事，不但增长了我们的见识，也教育我们市场经济欢迎公平竞争，却不容许胡作非为，特别是把科研用在邪道上，更是道义和法律所不容许的。"

孙良这才如梦方醒，在一屋子人的笑声中，孙良和石兰的两颗心贴得更紧了。

偏要征服你

宋飞是公司的市场部经理，他脑瓜子灵活，鬼点子特多，经他的一手策划，公司的销售一路凯歌，捷报频传。

这一天，公司老总在一家餐厅举行酒宴，盛情犒劳宋飞和他的一帮手下。酒酣耳热，正是兴高采烈之时，一个年轻女孩子却冷不丁站了起来，端着酒杯给了宋飞一个下马威。她说："宋经理，你为了公司的发展，业绩可圈可点，这都归功于你有一颗有别于他人的非凡的大脑，不过，你的情感生活至今一片空白，虽然不能把你和苦行僧混为一谈，至少也让人怀疑你情商低下，不能像在商场上那样在情场上恣意驰骋所向披靡，在一个呼唤高素质人才的今天，这是不是一种心理不健全的表现呢？"

此言一出，举座皆惊，宋飞更是差点跌落鼻梁上的眼镜，先前还有些得意的脸被女孩咄咄逼人的口气憋得通红。这也难怪，宋飞从小生活在一个家教森严相对保守的家庭，从中学到大学只顾钻书本，情商却很迟钝，面对女生抛来的媚眼或暗送的秋波就是"拎不清"。宋飞也知道自己的弱点，也试图想去改变它，但只要单独接触女孩子，原本思维敏捷的他马上就会变得口吃木讷，因为这个毛病，临近而立之年还是公司最著名的"王老五"。

此刻让宋飞窘迫的除了被女孩抢白，还因为他和这个部下不是很熟悉。直到旁边有人出来解围，他才知道这女孩叫孙媛媛，刚到公司不久。这时旁边有人起哄："孙媛媛，既然你这么在意宋经理的全面发展，何不现身说法教教他如何培养情商？"

满座的人哄笑，孙媛媛也不谦虚，落落大方地迎着宋飞的目光说："如果宋经理不怕屈尊，本小姐愿意试试！"

众人喷饭，连老总也忍不住打起了"哈哈"，老总插话说："我倒欣赏孙小姐的个性，不过既敢为人师，总得有高于别人的地方，孙小姐有什么绝招折服众人呢？"

孙媛媛还来不及作答，旁边已经有人替她说话了，说的是新建成的帝王大厦，几个月前还是公司久攻不下的堡垒，后来是新入盟的孙小姐主动请缨，竟把这块硬骨头啃了，公司销售的业绩一路攀升，应该说孙媛媛功不可没。老总听罢微微颔首，满心高兴地说："呵呵，强将手下无弱兵，对你们今后的业绩我也不再怀疑了。不过，我们也不提倡苦行僧似的生活，如果孙小姐有能力把宋经理打造完美，到头来公司一定记你一功！"

一直没说话的宋飞坐不住了，开始他以为是玩笑，没想到现在要当真，他不得不出来表态："谢谢各位和孙小姐的美意，关于培养情商一事，下来慢慢再说吧！"

众人见宋飞要溜，哪肯轻易放过，一齐哄抬说："媛媛，快说说你的计划，如何短时间内把宋经理从商场骁将培养成情场高手？"

孙媛媛莞尔一笑，大方地说："这好办，我要从培养宋经理的害羞感开始，不能看见女孩子就脸红，只要他每天送我一枝玫瑰花，坚持七七四十九天，我保证他圆满出师！"宋飞一听，岂肯轻易答应，不过众人一鼓掌，算是替他把这件事给应承下来了。

第二天，当宋飞急匆匆地刚走进公司，就在楼梯口撞见了笑意盈盈的孙媛媛。宋飞知道她当真了，苦笑着说："马上到上班时间了，有什么事进办公室再说吧！"孙媛媛却毫不留情两手一摊说："拿来吧，你答应我的玫瑰，不能第一天就反悔！"这时旁边有人经过，看见这一幕就窃窃私笑，宋飞窘在那里进退不得，讪讪地说："实不相瞒，早上走得匆忙，赶明儿一定送两枝补上！"说罢不顾孙媛媛的反对，强行"冲关"躲进了办公室。

可中午时分，宋飞更大的麻烦就来了，原来是有人来告诉他，由于他失信于人，让孙媛媛在许多员工面前丢了面子，所以她正式决定绝食一顿以示抗议。宋飞少有接触异性，更别说是这种小姐脾气、个性鲜明的女孩，当下就不知所措。旁边有人立马撺掇："不如马上去买一枝玫瑰，顺便给孙小姐捎一份便当，如此赔礼道歉，或许可换来红颜一笑！"宋飞无可奈何，只好依计而行。

吃了一次亏，宋飞开始有了长进，每次进公司之前，总不忘记进花店挑一枝花。这么一来二去，送花几乎成了宋飞的一道作业，他逐步习惯了员工们的窃笑和私语，虽然内心少不了惶惑，但总算硬着头皮坚持了下来。现在他觉得送花也不是一件羞人的事情，特别是给一个漂亮姑娘送花，反而有一种说不出的浪漫和惬意，每次看到孙媛媛的笑脸，他就由衷产生一种自豪感。

转眼到了周末，宋飞困在床上，想彻彻底底放松地睡个懒觉。这时电话铃响了，一接听竟是孙媛媛，她嗔怪道："喂，我等了你半天，你为什么还不来？"宋飞迷迷糊糊地说："小姐，今天是休息日，你让我补补瞌睡好不好？"谁知孙媛媛一听又生气了，她说："不行，送花没有星期天，说好七七四十九天，你怎么能不守信？"说完就挂断电话。宋飞一见不敢怠慢，连忙起床直奔花店，此刻他才想起忘了问孙媛媛在什么地方。电话打过去，孙媛媛说在公园门口等他。

那天的孙媛媛打扮得非常漂亮，即便隔着老远也能在众多的人流中一眼认出。宋飞气喘吁吁赶过去，他以为又会迎来一阵"暴风骤雨"，谁知此时的孙媛媛早已雨过天晴。她嗅着玫瑰的芬芳，眼神怪怪地看了宋飞一眼，宋飞当即有一种触电的感觉。在他愣神的当儿，孙媛媛已经大方地挽起他的胳膊，直往公园里面奔去，宋飞吓坏了，他感觉角色已经在不经意间发生了转移，现在的他们俨然是一对亲密的恋人。

这天在公园的一幕，被孙媛媛戏称为培养情商的演练。孙媛媛说："你给女孩子送花，只能算一种入门，什么时候能够从被动送花变成主动送花，那才算进步。

一个优秀的男人，除了热爱事业，还要敢爱敢恨，有勇于追求爱情的勇气。送花是练胆，找到真爱才是目的。"

宋飞觉得孙媛媛的话直入心扉，他何尝不想早一点品尝到爱情的滋味，在心底里他早已经对孙媛媛心悦诚服。他一脸谦恭地说："我希望孙老师一帮到底，最好帮我成全一段佳话，到时候我一定不忘厚礼酬谢你这个红娘！"孙媛媛第一次为这个男人的贫嘴红了脸，但又有一种说不出的幸福。

时间过得飞快，转眼孙媛媛手中的玫瑰已经有48朵了。孙媛媛告诉宋飞，明天是他们约定的最后一天，她为师的责任也快尽到了，为了证明成效，她特意请了两个评委一道来考查他。宋飞感到很突然，他现在已经习惯了给孙媛媛送花，这个性格鲜明的漂亮女孩，已经深入骨髓地影响了他，使他把送花的行为变成了一件天天盼望的事情。想到第二天送的是最后一枝玫瑰，宋飞的心里有说不出的怅然，一整天都郁郁寡欢，到了夜晚更是彻夜难眠，孙媛媛美丽的身影像蝴蝶一样不断翩跹入梦。第二天宋飞一早跑到花店，他断然做出了一个他过去从不敢设想的决定，他要送99朵玫瑰给孙媛媛。

这一天，宋飞破天荒地把自己收拾一新，像一个准新郎似的手捧玫瑰找到了他和孙媛媛约定的地方。敲开门的一瞬间，宋飞愣住了，原来这是孙媛媛的家，她脸红如妆，眉梢含情，在她的身后，站着一对慈祥的老人，此刻正笑盈盈地望着宋飞。

这时孙媛媛逼视着宋飞问："今天有什么不同吗，怎么最后一枝花变成了一大簇呢？"宋飞不好意思笑了笑，终于鼓起勇气说："媛媛，感谢你对我的栽培，才让我有了勇气第一次给一个女孩子送一大簇花，如果你不反对的话，我还想一辈子送下去……"

孙媛媛羞涩地打了一个抿嘴，她转身向着两位老人对宋飞说："你如果想一辈子给我送花，还要看我专门请来的这两位评委的意见，他们是我的爸爸、妈妈！"宋飞恍然大悟，这丫头，为了今天早有预谋……

宋飞有所不知，孙媛媛对他的"好感"，源于她和一帮员工的打赌，由于宋飞在情感生活上的木讷，许多人都觉得他是一个不近情理难以被征服的男人，而生性倔强的孙媛媛偏不信邪，当着众人的面扬言七七四十九天攻下这个堡垒，于是才有了酒桌上的那番激将，而在培养情商的过程中孙媛媛对宋飞也有了进一步的了解，渐渐喜欢上了这个外刚内柔的男人，最后假戏真做，把他作为准女婿带到了父母的面前。

　　后来有一天，宋飞突然问起他早就想弄明白的一个问题："媛媛，当初你啃下帝王大厦这块硬骨头，不知使用的又是何种撒手锏？"孙媛媛笑了笑，慢条斯理地说："也没别的，因为那主管是我哥！"

　　宋飞再次傻眼。

大凉山上看日出

一段艰辛的旅程

林阳是名小学教师，很爱好摄影。这年初春，他专门请了几天的创作假，决定到大凉山去采风。

出成都西行八百公里，便是凉山州首府西昌。西昌下边有个县叫布拖，坐车去大概要半天时间。这里是彝族聚居区，山势逶迤，人烟稀少，为什么跑这里来，林阳也说不清，也许是受一种心灵的牵引。

林阳在当地找了一个叫阿呷的彝族小伙子做导游。阿呷念过师专，知道林阳肚子里那根弯弯肠子，无非就是要找那种能让镜头出彩的地方。阿呷就说，他知道一个地方，看日出最美，不过它在大凉山深处，跋山涉水不说，还几乎没有路，不知林老师敢不敢冒险。林阳听了很兴奋，最闭塞的地方往往最美，他天远地远跑来，找的就是这种地方。当下林阳就一个劲儿点头，催促阿呷尽早上路。

阿呷带林阳先搭了一段进山拉木料的顺风车，稀里糊涂地坐了两三个时辰，然后下车往一边山隘走去。眼里满是植被完好的山坡，林阳感到十分清爽，山里的景色美不胜收，林阳虽然劳累，浑身却有使不完的劲儿。

转过几道山口，道路一下模糊起来，而且变得十分崎岖陡峭。阿呷一路叮嘱着在前边带路，这些路也许连羊肠小道都算不上，几乎没有路的轮廓，完全靠感觉往前摸索。

林阳感到越来越吃力了，海拔的不断增高让他的呼吸越来越吃紧。他的摄影背包被阿呷抢了过去，林阳空着双手小心翼翼跟在后边。他们已来到一段最险峻的路段，狭窄的小路几乎容不下一双脚，路的一边是万丈悬崖，另一边是万仞绝壁，稍不留意，就会摔个粉身碎骨。阿呷告诉林阳，他的脚下边就是著名的金沙江大峡谷，不过这儿地势太凶险，几乎很少有人光临，这么多年了，林阳也许是第一人吧。

走过这段险路，两人来到一道60度的陡坡前，坡面上布满了潮湿的苔藓，踩上去既松软又湿滑。阿呷说，这儿离目的地已经不远了，再鼓把劲，估计傍晚时分就能赶到。这时离他们早上出发，已差不多走了八个多小时。

翻上这道坡，林阳本想歇息片刻，但阿呷一个劲儿催促。阿呷说，如果不在天黑前赶到，晚上很有可能被风雪所困，那是很危险的。林阳听到这，只好抬起瘀肿的双腿，拼命地向另一道山梁挪去。

上一道山梁，再下一道山梁，前方永远没个尽头。林阳疲乏至极，连溃烂的脚趾头都失去了痛感。在一面斜坡上，林阳终于没能控制住自己，脚下一软，身子像折翅的老鹰一般，直往坡下摔去。摔下去的一瞬间，林阳眼前一黑，暗叫一声不好，随后就什么也不知道了。

在特殊的"宾馆"

过了许久，林阳迷迷糊糊地从昏迷中醒来，他试着动了动身子，发觉除了肌肉骨节酸痛，身子并无大碍。天渐渐放亮，就着熹微的晨光，林阳发现他是躺在一个山洞里，身子上盖着暖和的羊皮褥子。洞外飘着漫天的风雪，虽是初春，大山的夜晚却依然透着严寒。

林阳慢慢爬起来，他看见洞边斜躺着一个人，半边身子都露在洞门外。他已经睡着了，冰雪差不多覆盖了他的整个背部，乍眼一看，俨然成了一个冰人。林阳试着上前摇醒他，发现这是一个半百年纪的彝族汉子，身上披着一件察尔瓦。他对林阳露出憨憨一笑，随即站起来抖落掉察尔瓦上的冰花。当林阳示意他往洞里靠一靠时，他摆摆手拒绝了。

语言不通，没法交流，但林阳知道，他这副身板一定是这彝族汉子救回来的，要没有他，自己即使没摔死也会冻死。而且他还守了自己一夜，因为山洞太浅，汉子还把暖和的地方留给了自己，而且还用身躯抵挡住外面的风雪。

半上午风雪终于骤停，大山里的天气就是这么瞬息万变，刚才的鬼天气一下变得艳阳高照。林阳想抓拍两张照片，才猛然想起摄影背包交给了阿呷，要没有他，恐怕工具已经粉身碎骨了。可是，这个阿呷现在在哪儿呢？

正想着，山洞外面有人呼喊，原来是阿呷带着人，抬着担架赶来了。有了阿呷做翻译，林阳大致知道了事情的经过：他摔下坡后，阿呷吓坏了，赶忙去了附近一个村子，叫上人打着松明火把来寻他。最后大家合力把已经昏迷的林阳抬进了这个山洞，并且由村长阿聪大叔负责守护，阿呷则和其他人回了村子。因为不知道林阳的伤势，又连夜绑了一副担架，一旦有意外，准备把他抬出山去。

林阳听了两眼发红，他上前去握阿聪大叔的手，但阿聪大叔憨憨地避开了，他又想握其他几个小伙子的手，大伙儿都不好意思把手背在身后。林阳见状，只好对阿呷埋怨说，既然附近有村子，为啥不让他进村，非要费这么多力进山洞来吃苦呢。阿呷嚅了嚅嗓子，小声地回道，因为村子太破，大家怕怠慢他，相比之下，还不如这山洞干净暖和，这里就是山里的宾馆啊。

林阳若有所悟地点点头，他抓过摄影背包，叫阿呷带路去村里看看。林阳以为村民们一定会热情答应，因为彝家人好客，性格率直而奔放，对远道而来的客人更是倍加尊敬，大碗的苞谷酒、手抓牛羊肉、篝火边的锅庄，一切的一切，都令人向往。

但林阳没想到，当阿聪大叔听了阿呷的翻译后，表情却很迟疑。阿呷也说，不如就在山洞里再呆一天，待明早儿拍到日出，就尽快出山。林阳却不依，他冲大伙儿说："给我一个给大家敬酒的机会吧，我这条命，也是大伙儿救回来的啊！"他望着阿聪大叔，终于等着他艰难地点了头。

好奇心把他吓一跳

其实直到这时，林阳除了心怀感激之情，还有很强的好奇心。他没想到在这片人迹罕至的大山深处，还有着一个神秘的村落，这个近乎与世隔绝的地方让他产生了丰富的联想。也许，能让灵感为之一现的作品将在此诞生。

在阿聪大叔的带领下，林阳很快进了村子。村子里几乎见不到什么大人，偶尔看见两个，也总是慌慌张张地闪开，几个孩子围着他，脸上写满新奇。四下一瞧，土房、窝棚、面无表情的老人、赤身畏怯的小孩……时间仿佛在这一刻凝固，眼前像一副陈旧的黑白照片，这儿的贫瘠，似乎超出了想象。

林阳被安排在阿吉老爹的家。阿吉老爹在村里年龄最长，房屋也最好，是一间用石头垒砌的土坯房，墙缝里咝咝地透着寒风。林阳站在门前，进也不是，退也不是。他的目光转移到阿吉老爹那双手上，那双手已经严重残疾萎缩，看上去毛骨悚然。

去阿聪大叔家吃饭，在那里，林阳见到了他妻子。她脸上包着头巾，始终不肯正眼望一眼林阳。阿聪大叔见状叮嘱妻子说，你就脱了脸上的毛巾吧，林老师不是外人，就让他看看你的面孔吧。阿呷刚翻译到这儿，林阳就看见一具令人恐骇的面孔，她的鼻头像是凭空被人削去了，脸上布满大大小小的沟壑。阿聪大叔难过地说："这都是麻风病留下的后遗症。我们不是不欢迎林老师，实在是怕吓着你啊！实不相瞒，你现在走进了大山深处的麻风村。"

林阳索然寡味地吃了一顿饭，也不知肚子里饱没饱。那晚在阿聪大叔家，大家通过阿呷做翻译唠叨了大半夜，林阳也大致知道了麻风村的来历。麻风病是一种烈性传染病，被感染的人，轻则脱发秃头，知觉丧失，重则削鼻瞎眼，手脚残疾。很多人因此而变得人不人鬼不鬼的。20世纪60年代，当地政府把病人隔离集中治疗，治愈后，这些人却很难再被外界接受，只得留在了这与世隔绝的苍茫群山中。现在，麻风病已经绝迹，当地政府每年也积极扶贫，可这儿闭塞和贫瘠的程度仍很严重。特别是那些第二代、第三代的孩子们，天天都在盼望着外面的世界。

那天晚上回到阿吉老爹的屋子已是下半夜，疲倦至极的林阳躺在床上却没有半点睡意。大山的贫穷让他灵魂不安，山里人的纯朴又让他感动。阿呷为了带路不辞辛劳，阿聪大叔宁肯受冻也不肯进洞，阿吉老爹为他到来主动让出全村最好的屋子，这一点一滴都像过电影，温暖着他的脑子。

天亮时，林阳要阿呷陪着去挨家挨户串门，他昨夜已经想好了，离开大山前他要串完每一家的门。不管那是些残疾的手还是健康的手，林阳总是主动地握住他们。林阳告诉阿呷，他现在明白了为什么大伙儿不好意思和他握手，其实他们是怕他嫌弃啊。

林阳和每一户的大人小人拉着家常，和他们谈着外面的世界，俨然成了一家人。阿吉老爹对他说："解放前，我舅舅得了麻风病，全村人凑钱买了一头牛，请他吃了三天，然后就用那张牛皮把我舅舅缝进去，抬进山里活埋了。解放后，政府出钱为我们治病，又有了房有了地，知足了。只是要让孩子们走出大山去看看啊……"林阳听罢抓住阿吉老爹残疾的双手，泪水在眼眶打转。山里的人，那份超然，那份执拗，都让他百感交集。

人心都是肉长的

林阳和阿呷回到了布拖。分手的时候，阿呷握着林阳的手，惭愧地说："这次大凉山之行，让林老师受累了。其实，有件事我一直没向林老师坦白，我这次进山，也是怀了私心的。那个阿聪大叔，他是我的爷爷。"

阿呷说，爷爷年轻时得了麻风病，受当时医疗条件的限制，不得不进山隔离治疗。这么多年过去了，他一直不肯承认这份血缘关系，怕的就是被人看不起。后来读了书，才渐渐明白过来，能够体会那份亲人相隔不能相见的痛苦。后来父亲带他进过一次山，也让他更体会到大山里面的闭塞和艰难。他没有太多的能力去改变它，但他愿意带每一个愿意进山的人去里面看看。

林阳抚着阿呷的头说："其实后来，我就明白你要带我进山的意图了。虽然我没看到大凉山的日出，但却看到了许多像你爷爷一样的人那一颗颗金子般纯洁的心。大凉山深处的一幕幕彻底洗涤了我的灵魂，我要通过镜头，让更多的人了解那里，我也相信一定有更多的关爱涌向那里，因为，人心都是肉长的……"

这年七月，阿呷收到林阳的电话，说他又进了一次山，把筹集到的修路资金送了进去。下一次他还要进去，把各级政府和社会各界的关爱，变成一所希望小学建在那儿。而阿呷则激动地表示，他已经决定，待希望小学落成那一天，他要进去当一名小学老师。

全城追爱

程驿算是一个创客，大学毕业后，他回家乡开了一家文化传媒公司，几年时间运转不错，只是最近遇到一点儿不小的麻烦。

这一天，一个扎着马尾辫的姑娘走进了程驿的办公室，径直对程驿说，她是来应聘的。程驿一看，姑娘五官娟秀，身着 T 恤和牛仔，打扮很清爽。可程驿不但不高兴，反而很意外。

原来，程驿的公司一直发展顺利，在业界也算一张响当当的名片，他也因此收获了自己的爱情，当年大学一个暗恋他的师妹追随而来，成就了他事业、爱情双丰收的一段佳话。可好景不长，随着同类公司的大量涌现，同行间恶意竞争造成公司业务迅速下滑，刚刚过去的一个季度几乎没有一笔业务进项。程驿无奈之下，准备关门歇业，为此他已经辞退了大多数员工，只留下少数人处理遗留问题，转让办公室和设备的启事已经挂在了门外。这个时候，他怎么可能还招人呢。

姑娘的态度却很坚定，她毫不迟疑地对程驿说："你放心，我不需要工资，你只需提供免费吃住就行。"说罢姑娘从挎包里拿出她的作品，精美的摄影，还有一些活动的自主策划和设计稿，让懒心无意的程驿看罢眼前一亮。

但程驿还是想把话挑明："你也看到了，我的公司很不景气，转让启事都贴出去了，所以除了包你吃住，我不能给你提供更好待遇。不过我保证，情况一有好转，我不会薄待每一个和我同甘共苦的人。"

姑娘爽朗地点点头："你放心，我选择这儿，就是因为你的公司在业界响当当，权当我是锻炼自己。"

程驿伸出双手热烈欢迎新人加盟，那一刻他记住了她：郑颖。

程驿没有想到，新加盟的郑颖工作能力特强，她通过微信朋友圈，把外地一帮喜欢自助游的朋友拉了过来，由她和公司同事担任摄像兼向导，3000元一天。一周下来，公司进账2万多，乐得上下眉开眼笑。

这还没完，程驿在公司例会上放言，照此发展，只要再有几笔业务进账，公司就可挺过难关，转入良性发展轨道。不想，新来的郑颖既是个工作狂，又是这方面的行家里手，她不断通过微信QQ、朋友圈和主动上门推销，硬是为公司又拉来几笔大单，公司顿时出现转机，程驿的精神焕然一新。

公司业务转好，加班变成了常态，特别是程驿，经常熬夜。这一天，为了赶一个设计，他又在办公室加班，突然看到郑颖的QQ还在线上，以为她在上网聊天，便叮咛："别熬夜了，免得熬成熊猫，变得跟苦憋加班的我一个样！"

消息刚发出去，郑颖就敲开门，端着一杯咖啡走了进来："刚沏的，提提神！对了，你也别老是加班，冷落了老板娘变国宝熊猫也没用！"

程驿长叹一声，苦笑说老板娘已作他人妇。原来，师妹见他的公司越来越不景气，一度美好的爱情渐渐被现实揉碎，终于萌生了去意，很快便傍上一个大款去了外地。如今半年时间过去，每每提起还是黯然神伤。

郑颖见程驿一脸失落，心中虽同情，脸上却不屑："为一个背叛你的人伤感，你傻呀！失恋就当失眠，睁开眼又是新的一天，别给自己找难过了！"

郑颖转身而去，程驿望着离去的背影，心里好奇、敬佩，直到充满暖意。从这天起，两人的关系一下走近了许多，程驿有什么想法、打算，很愿意坐下来听听郑颖的意见。而郑颖有了创意、点子，也希望和程驿共同探讨，两人成了工作上很好的朋友。程驿不得不承认，公司有了郑颖的加入，不但业绩变好，他整个人也变爽朗了。

到了年底，程驿通过核算，发现公司不但走出了困境，还赢利了几十万元。程驿决定奖励郑颖几万元，为了公司，她付出了太多。可是，当程驿把郑颖叫来办公室领奖励时，郑颖却拒绝了。郑颖说："如果你实在要给，就给我一万元吧，我想利用春节去泰国旅游。"

程驿不理解："你不回家看父母，看……男朋友吗？"

郑颖点点头，调侃道："父母会挤时间看，至于男朋友，我还在找，等找到了，以后就上他家过年！"

"那去我家过年吧！"这句话几乎就脱口而出，程驿好不容易才憋了回去。他暗暗发誓，等公司春节前开年会时，他要当众向她表白。

转眼到了春节前，公司的庆祝年会开始了。这一天，程驿经过精心准备，一束事先准备好的玫瑰花，还有一首他刚学会的蔡依林《听说爱情回来过》，都准备献给郑颖。

年会上，程驿手捧玫瑰，唱着蔡依林的爱情歌当众走向郑颖："有一种想见不敢见的伤痛，有一种爱还埋藏在我心中，我只能把你放在我的心中。这一种想见不敢见的伤痛，让我对你的思念越来越浓，我却只能把你，把你放在我心中……"

台下的员工沸腾了，众人齐声鼓掌，同时整齐地喊："在一起，在一起……"

而此时，眼泪已经在郑颖眼眶打转，她动情的凝眸渐渐变得朦胧，而笑容却在脸上凝固。她没有接过玫瑰，而是不住地冲台下、冲程驿鞠躬致歉："谢谢大家，谢谢您，但我不配，不配……"说罢她含泪冲出了会场。

程驿一夜无眠。第二天一早，他收到郑颖发来的一条短信，她说："昨晚我已经收拾好了行李，准备开完年会今天一早就离开。我给你发了一封邮件，已到了你的邮箱。顺带一句，和你在一起这段时光，我很快乐。再见！"

程驿赶忙打开电脑，翻找出郑颖的那封邮件，一个熟悉而又陌生的声音仿佛从很远的地方传了过来：

"中学时，父母离了婚。他们都不想管我，干脆把我送去国外读书。我非常失落，慢慢变得玩世不恭、矫情任性，最后因结交不慎，花销无度，把父母给我预存的钱很快败光。

无计可施时，我去了一个留学生微信群，发了一封求助信。我编造了很多理由，找人制作了成绩优异的虚假成绩单，还有父母重病的假证明。求助信发出后，经朋友圈四处转发，有很多好心人知道后开始为我捐款，有些人还坚持每月固定为我汇款，其中就包括一个叫程驿的国内企业家。两年多时间，你每个月都往我的账上打了2000元钱。

我靠这些虚假的证明和骗来的钱维持着国外的学习，还有我那可怜而脆弱的爱情。尽管这样，提前毕业的男朋友还是抛下我独自回国了。我倍受打击，灰心失意，干脆关掉了社交账号，不再与外界联系。

因为失去联系，资助我的其他人都渐渐断绝了捐助，只有那个叫程驿的好心人还坚持不断。每次取到他汇来的钱，我的内心就五味杂陈。而在汇钱资助之外，他还给我写了几十封邮件，开导我，鼓励我，慢慢让我学会了淡定，学会了坚强。

从国外回来后，我没有急于找工作，而是按照聊天时的记录，来到了他的城市。就这样，我找到了他的公司，本来只是想见见他，当面向他表示感谢，却看到他准备转让公司。所以我临时起意，留下来要和他共渡难关。

现在，我的任务完成了，内心也平复了，我决定重新去选择一个地方来完善自己的人生，就是去西部支教。学校我已经提前联系好了，所以我正式提出辞职。最后，请允许我真诚地说一声：谢谢！"

看完邮件，程驿心潮起伏，他终于弄懂了，为什么郑颖不仅淡薄工资，工作还那么拼命，这里面有报恩，更有她幡然醒悟的人生态度。这一刻程驿也变得从未有过的清醒，他对她的态度没变，从欣赏到喜欢，他值得坚持。

此时，郑颖电话已经关机。但程驿很坚决，他一边给交通电台打去求助电话，希望借助电波找到郑颖，同时拦下一辆出租车，满街细细寻找。这个过程中，程驿注意到了出租车有个对讲呼叫系统，连忙把自己和女孩的故事讲给师傅听，终于成功打动师傅，于是程驿寻找郑颖的声音，连同交通电台的深情共鸣，在全城的每一辆出租车，还包括私家小车上响起，不时有好心的司机提供来信息，总是让程驿时而兴奋，时而失望。

而这个时候，提着行李箱的郑颖正坐在一辆赶往火车站的出租车上，程驿一遍又一遍深情的表白，一声又一声焦急的呼唤终于融化了她内心的坚冰，她流着眼泪抢过司机师傅的对讲话筒，急不可待地大声喊道：

"程驿，我在，你这个傻子，如果你不想让我走，现在就到火车站来接我！"

出租车内响起了众多司机师傅兴奋的祝贺声，还有一个人在喜极而泣。

爱就爱你的真性情

　　程菲菲在一家大公司做营销。这一天她刚打开QQ，就收到大学闺密吴小玲发来的离线信息：亲，我将在一个月后和心上人完婚，请柬已通过快递寄出，届时请一定参加我们的婚礼哦。程菲菲看一眼吴小玲的签名，居然是：邂逅一场99万的婚礼。

　　当天下午，程菲菲就收到了快递公司寄来的请柬，打开一看，新郎官一栏，赫然写着阳光熙的名字。程菲菲秀眼顿时瞪圆，阳光熙是谁，是程菲菲大学同学，而且从大学一直追求程菲菲到现在，怎么会突然矛头一转，和她的闺密好上了？

　　程菲菲带着好奇，从QQ好友中点开了阳光熙的空间。阳光熙来自沿海，也许从小受经商的父母熏陶，从走进大学那天起就一直没停止过倒腾小生意，电影票、火车票、主题 T恤衫，只要赚差价的事他都干，甚至通宵到医院排队，就为了倒腾专家的挂号费。总之，一切与擦边球相关的勾当他都干了。这样的结果是，成绩永远是温吞水，大学四年，经历无数补考才终于毕业。这样的男生当然入不了程菲菲的法眼，从小有着良好家教的她，眼睛里永远只有学习优良的男生。所以阳光熙对程菲菲的不懈追求，从一开始就是徒劳。

　　因为对阳光熙没有好感，程菲菲平时也懒得进他空间，这时带着一丝好奇和不爽点开阳光熙空间一看，乖乖的，才几年时间，阳光熙犹如火箭上天，已成为拥有数千万资产的公司老总。

程菲菲一下有些失衡了，是她过去错看了阳光熙吗？事实证明，阳光熙的处事之道虽然有些另类，但走上社会却如鱼得水。尽管程菲菲并不因此在爱情观上有所妥协，她对阳光熙也没有特别好感，但如今自己闺密要嫁给他，正如《甄嬛传》所说：女人和女人的友谊说起来很奇怪，只要没有利益冲突，大家谈笑风生；如果有，表面上和煦如春，心底里都在打着各自的小九九。

程菲菲现在内心的小九九是什么，是一个男人肯为一个女人花99万举办一场婚礼，而且婚礼的女主角是她最要好的闺密，男主角是对她孜孜不倦的追求者。想到闺密从此过上锦衣玉食的生活，想到自己还将继续忍受职场的险恶和老板的白眼，程菲菲内心怎能不失衡？

程菲菲想了一夜，终于想明白了，她不是想挽留什么，只是隐隐有些醋意，有着姣好面容和不菲薪水的她，不能在气场上成为输家，届时的她，不但要风风光光参加婚礼，还要找一个撑得起门面为她长脸的如意男友。

程菲菲想到做到，马上全方位物色英俊优雅、帅气多金的年轻男士。网络太虚拟，找到的大多是骗子；微信更是赤裸裸，摇出来的多半是流氓。上《非诚勿扰》显然不现实，还是报刊来得实在。翻开近日的报纸，赫然看到一则征婚启事，对方号称大型私企老总，资产丰厚，年过而立，要寻找一位条件如何如何优质的女友。程菲菲喷饭，敢情是个钻石王老五！不过，就冲他家产万贯，找来充一次临时性男友也应该不差。

程菲菲知道，多金王老五收到的应征信应该不少，要在众多的应征者中脱颖而出，就必须使出独门绝招。程菲菲的独门绝招是什么呢，不外乎她的如花美貌，她挑选了最好的照片，并且亲自送到对方公司。

一个年轻的公司助理接待了程菲菲，他打趣说，程菲菲是第一个敢于找上门去的女孩，她的精神倒是值得嘉勉，不过，事情成不成，还得征婚人说了算。助理让程菲菲独自坐一会儿，自己拿着程菲菲的照片去了老总办公室，但很快就出来说，一切OK，老总马上要见她。

程菲菲暗自冷笑，以她的条件，没有几个男人能把握得住矜持，如果不是想找个撑面子的男友，她未必会送上门来。这样想着，她已走进了老总办公室，只见大班椅一转，一个身材五短其貌不扬的男人进入眼帘。程菲菲大跌眼镜，该死的广告，这个钻石王老五，所谓而立，起码不惑。

　　程菲菲想打退堂鼓，可突然想到婚期已近，再找一个多金男也非易事，只好强装笑容。旁边的助理一眼看穿："是不是让你失望了，如果失望，我就送程小姐回家吧。"

　　程菲菲连忙掩饰："没什么，不接触了解，怎么知道是希望还是失望呢？而且看一个人，更主要是一个人的人品、处事、学识。贸然以貌取人，都是不成熟的表现。"

　　程菲菲本来是找的托词，却让大班椅上的男人不断点头。助理也很高兴，和大班椅上的男人一起请程菲菲吃了一顿有红葡萄酒佐餐的便宴，整个过程，程菲菲都表现得谈吐得当举止得体，让两个男士颇生好感。饭后，助理专门送程菲菲出门，临别时他真诚地说："程小姐今天的表现相当不错，相信美好的故事才刚刚开始。"程菲菲一听，顿时突发奇想，如果婚礼的男伴换成是眼前这个既帅气脾气又好的助理，也许更是上上之选。借着一丝酒劲，程菲菲也变得放肆起来，她说："我不指望能和你老总有什么美好故事，但如果你能陪我参加一场我闺密的婚礼，我会更加开心！"助理看着程菲菲至少五秒，终于微笑着点了点头："为你不拜金，为你的真性情，我愿意！"

　　程菲菲回到家，第一时间是打电话告诉了吴小玲，她将和男友一同参加她的婚礼。吴小玲很惊讶，接连质问是不是搞错了，因为她知道程菲菲根本没有男友。程菲菲笑着说，如果不相信，就提前相约吃顿饭吧。

　　就这样，程菲菲和助理，吴小玲和阳光熙，约在酒店坐到了一起。那天的助理也很拉风，开的是顶级雷克萨斯，穿范思哲的西装，脸上展现出干净迷人的笑容。其实在来的路上，程菲菲就很惊讶，但助理说这是开的老板的车，目的就是给她长脸。而坐在饭桌上，助理更是谈吐不凡，无论茶叶、瓷器、还是字画，甚至《黄帝内金》里面的神农尝百草他都能如数家珍，完全镇住了现场。在他的"强势"下，吴小玲和阳光熙都变得很沉默。

这一餐，让程菲菲更是对助理刮目相看。吃完饭分手后，程菲菲问助理怎么懂得这么多。助理笑着说，给有钱人当助理，这些都是必需的。程菲菲叹口气承认："其实，我去应征你们老板的女友，并不是出于本意，是想找一个帮我挣回面子的人。"助理扑哧一笑，他说："看出来了，那男的现在还喜欢着你！"程菲菲没好气："喜欢我又怎样，他照样枪口一转，去追求我的闺密，我是受不了刺激，才故意应征，找男友去气他们！你不会怪我，利用了你吧！"助理摇摇头，温和地叮咛："何必去和别人较真呢，做人，还是要自己活得精彩！"

这天晚些时候，程菲菲收到了吴小玲打来的电话。电话中，吴小玲道出了这次婚礼的秘密，原来，所谓的婚礼不过是一场精心策划。阳光熙一直喜欢程菲菲，在无计可施的情况下，他接受了开婚庆公司的吴小玲的建议，故意设计了一个月后那场婚礼，本来是想制造浪漫，在现场向程菲菲求婚。谁知在这个过程中，却杀出一个他并不知道的助理。

程菲菲通过吴小玲，再次婉拒了阳光熙。现在她的心中，有了自己的目标，这个目标与外表无关，与财富无关，他用他的人品和学识，赢得了她的心。

就在这时，程菲菲看到了一档对富豪征婚调查的电视访谈节目，被访问的主角，就是那个助理。这一看，程菲菲才知道，助理才是真正的征婚者，身为公司老总的他故意和朋友设计了一个圈套，就是想全面了解一个女孩的人品和处事态度。助理在电视中说，他已经喜欢上了一个真性情的女孩，她所有的秘密、动机，都毫无保留告诉他，相形之下他很愧疚，因为他隐瞒了身份，直到现在还没有告诉她真相。

程菲菲心潮起伏，她欣赏的人突然变成了真正的主角，让她一时不能判断自己的真实想法。为了平静自己，程菲菲递交了休假单，一个人飞到了马来西亚的沙巴岛。在那儿她穿上当地的沙滩服，不刻意化妆，想睡想吃，全凭心声，无拘无束变成了土著。

这一天，程菲菲看见了当地最好的猫山王榴莲，正不顾淑女形象吃得不亦乐乎，一个熟悉的男中音突然从背后响起："小姐，榴莲味道怎样？"

程菲菲转身，愣住，尴尬回答："你是不是找错人了，我是当地土著，是你找的人吗？"

　　助理，不，那位年轻的公司老总欣喜而深情地望着程菲菲说："我就喜欢你的真性情，即使你走到天涯海角，我也要找到你！"

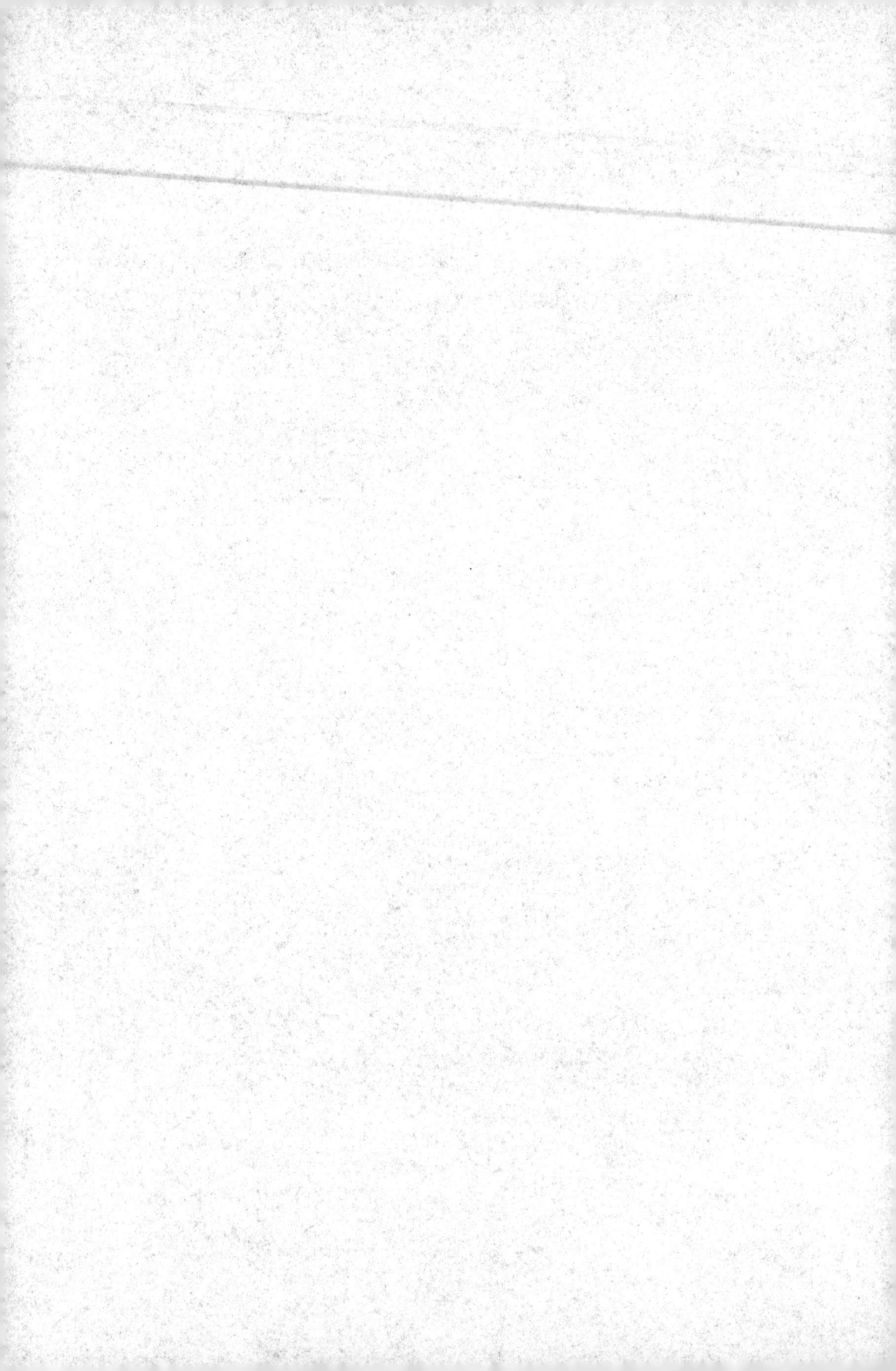

『万碎爷』出山

桃花的情事

碾子村有个姑娘叫桃花，是方圆附近出了名的美人。几年前，桃花和同村的一个叫大奎的英武青年结了婚。大奎脑子灵活，结婚不久便出去闯荡，并看准城里缺少家政服务这一空档，从家乡招了一些人来，成立了一家清洁公司。大奎苦心经营，几年下来，公司已小有名气。

大奎开公司之初，因为想念媳妇还坚持每周回一次家，后来因为生意太忙，回家的次数逐渐减少，到现在大奎的公司已经买了小车，出门在外虽有车代步，大奎却几个月也难得回家一次了。桃花对大奎的了解，更多来自一些回来探家的乡邻，即便是有些风言风语听起来不那么入耳，桃花也默默认了，仍然每天在家尽心尽力侍奉着公公婆婆。

小春之后，插完包产地的秧子，农村就变得清闲下来，这时的桃花就特别想念丈夫。桃花的心事公公婆婆哪会看不出来，也鼓动她去城里走走，大奎办公司以来，还从未接桃花去过城里，连公公婆婆都过意不去，早就想撺掇桃花进城了。临走时两位老人特别叮嘱桃花："这次去就多待一段时间吧，我们都盼着早日抱孙子！"桃花听了脸上泛起了桃红。

就这样桃花来到了城里，和大奎在一起。但一段时间下来，桃花却没有找到盼望已久的那份快乐，圆了夫妻团聚梦的她似乎再难找到大奎身上那份久违的激情，大奎依然每天早出晚归，把满腹心事的桃花彻彻底底晾在一边。

这一天，桃花从街头过，顺便拐进了大奎的公司。几个老乡也认得桃花，热情地把她带到了经理室门前。桃花也没细想，不待敲门就径直闯了进去。门一开，桃花不禁一怔，大奎坐在椅子上闭目养神，身后却站着一个花红柳绿的姑娘，姑娘的双手并没有闲着，正轻轻地帮大奎揉着太阳穴。桃花的突然出现，让里面的人都有些尴尬，大奎更是明显不快，但他仍然尽量压抑着愠怒地问："你怎么来了？"桃花的脑子已糨成一锅粥，站在门边反而答不上话，但她心里却明白一个理，平时在家里听到的那些风言风语绝非捕风捉影！看眼前这位姑娘，面含桃花，眉目传情，谈过恋爱的人多半都能看出个中端倪。一瞬间，桃花的心恰似五毒攻心而翻江倒海，她不断命令自己保持镇静，绝不能在此刻失态。

大奎在知道桃花只是顺道进来看看而非专门前来"查岗"时，脸上这才恢复了一丝笑容。他给二人作了介绍，并且尽量平静地对桃花说："其实，小翠你应该认得，她也是咱们村的人，现在公司办公室工作。"那个叫小翠的姑娘听这么一说，马上露出一丝讨好的微笑，上前亲热地对桃花说："早就见过嫂子的美貌，今日细看，果然名不虚传！"桃花怔怔地看着小翠，脑子里渐渐浮现出一个背着书包扎着羊角小辫的中学生影子，才几年时间，这个她以前很少留意的小女孩竟女大十八变，出落成一个让人刮目相看的大姑娘。桃花顿时痛悔地感到：她应该早几年来城里！

小翠离开后，大奎才对桃花解释："这几天工作太累了，头有点沉，刚才让小翠帮着揉揉。"桃花佯作不知地嗔怪说："我知道小翠的工作实际上就是公司的秘书，那点事都是她的分内！不过，既然你这么忙，为何不肯告诉我一声呢，你宁愿让我在家里闲着，也不肯让我来公司帮你，长此下去，你身体怎么受得了？"大奎抚着桃花眼角淡淡的鱼尾纹，突然有些动情地说："其实我累点苦点都没什么，平时你在家比我更辛苦，上要侍奉老人，下要盘弄庄稼，更不容易！我打算待公司进一步做大做强后，再把你和爸妈一道接城里来，也过城里人那种舒心日子！"桃花心弦一动，感觉他这么一说，至少证明她在他心目中还占有一定位置，他的良心还不至于沦落到抛弃糟糠妻的地步。想到这儿桃花不禁也动了情，她对大奎说："过两天是你的生日，咱们把公司的员工都请到家里聚一聚吧，大家都是老乡，在一起叙叙旧也是应该的。"大奎点点头说："好吧，就依你的意思！"他把桃花送到门口，叮嘱桃花先回家休息，桃花刚走到门外，大奎却突然想起什么喊住了她："对了，下次再来时，一定记住先敲门！"

两天后，桃花在家里端出了精心准备的菜肴，和赶来同贺的老乡们一道，给大奎过生日。员工们先后都到齐了，唯独小翠找借口推辞了，这让酒桌上的大奎心不在焉，兴致提不起来。其实许多人心头都明白，只是嘴上不好说出来，桃花独自去厨房端菜的时候，泪水吧嗒吧嗒落在了菜碗里。桃花其实不知，小翠之所以拒绝，也是有她的道理，事前她就对大奎说："她在家里请老乡给你过生日算什么，是显摆！还不是向大家炫耀，她桃花才是你大奎明媒正娶的老婆！吃这样的饭，我咽得下去吗？"大奎听了这话竟找不出一句安慰的话，心头像堵着一团乱麻，哪有心思喝酒。

因为这事，桃花和大奎的关系毫无缘由地冷淡了几天，也不知是哪股大水冲了龙王庙，连亲热都提不起神。特别是桃花经过这事后，时时都在掂量自己和小翠在大奎心中所占的比重，想起大奎那一脸若有所失的样子，她就感到心碎。

桃花还没有从这件事中解脱出来，很快又被另一件事情缠住了。那天她在街上闲逛散心，突然在闹市中看到一个熟悉的影子，原来是小翠走在前面，双手挽住另一个小伙子的手臂，很亲热的样子。桃花跟在他们后面，一直见他们走进一家餐厅，透过橱窗，可以看见两人吃饭的情景。桃花有些蒙了，这个小翠脚踩两只船，自己有男朋友，却还缠住别人的丈夫，而且大奎很可能还蒙在鼓里。

桃花赶回家，第一个念头是把事情告诉丈夫，可转念一想，大奎相信吗，说不定还认为是她在吃醋，换言之，不管小翠出于什么目的，如果让大奎明白他被欺骗了，他的自尊心也难接受。这一夜，桃花翻来覆去，老是没睡踏实。

过了两天，刚刚走出公司的小翠被桃花迎面截住，桃花轻言细语地说："小翠妹妹，等几天我就要回去了，上次大奎过生日你也没来，我还一直没有机会请你吃饭，不如今儿咱姐妹就找个地方一块儿唠唠！"小翠心头本来有鬼，她怕桃花来兴师问罪，却又找不到借口推脱，只好硬着头皮随桃花去了餐馆。一坐下桃花就说："其实我今天请你，主要是向你表示感谢，这两年，也多亏你在大奎身边照料，才让他的事业逐步发展，一个男人的身边不能缺少女人啊！"小翠听着这话，一直不敢表态，她不知桃花是真在表扬她还是话里有话，不过看脸色，桃花并没有一丝讥讽的意思，这让小翠紧张的神经稍微有些松弛。这时桃花突然话锋一转，瞅着小翠说："不过这次回去后，我可能再没有机会来了！"小翠一诧，不解地问："为啥？"桃花凄然一笑说："因为我打算，和大奎离婚！"小翠难以置信地瞪大了眼睛，呆了一般地问："你真这样打算？可……"桃花用手势打断了她的话，淡淡地说："我知道你要问你们不吵不闹，干吗要离婚？其实，离婚的念头也不是今天才有的，作为一个女人，我只是强忍着心中的痛苦。"小翠小心翼翼地问："姐长得漂亮，又嫁个好老公，还有什么痛苦啊？"桃花若有所思地摇着头说："妹妹有所不知，这么多年来，我们为什么一直没有孩子，因为我不能生育。虽然'不孝有三，无后为大'的思想在农村越来越少，但大奎的心思我还是懂得的，三代单传的他早就盼望早日有个孩子了，我们离婚只是迟早的事情。"小翠听到这里，藏在内心角落里的惊喜开始悄悄涌动，她又问："大奎哥知道你有离婚的心思吗？"桃花说："当然，他如果能找到一个能让他马上当爸爸的女人，即使我不提，他也会很快和我离婚！"桃花的话像一枚石子投进了湖水，在小翠的心里掀起了阵阵涟漪，先前还让她有些害怕的桃花，现在一下让她感到亲切！不，是感激桃花留下的这档机会。

三天后，桃花果然搭上了回家的班车，大奎本来一直有意让桃花尽早回去，只是说不出口，现在这样自然求之不得。但三个月后，大奎却亲自开着小车回到了村上，见到桃花的第一眼就迫不及待地说："我是专门来接你的，跟我去城里吧！"但面对大奎的回心转意桃花却没有一点喜悦，而是咄咄逼人地盯着大奎说："你终于省悟了！"大奎听罢惭愧地耷拉下了脑袋。

原来，自那次和桃花在餐馆交谈后，急于在大奎面前"挣表现"的小翠果然很快就怀了孕，当她拿着医院的证明一脸喜气地跑去向大奎邀功表白时，却不料被兜头泼了一盆冷水。小翠有所不知，大奎和桃花婚后没有孩子，原因并不出在桃花身上，早在几年前大奎就被医院诊断患有不育症，而现在小翠突然变戏法一般怀了孕，岂有不让大奎蒙羞之理？而此事却是桃花苦心抛出的撒手锏，上次在餐馆她没有告诉小翠实情，从而让她钻进了圈套。

桃花本来想通过这件事教育大奎，但是当大奎如她所料前来忏悔时，桃花却犹豫地流着泪拿出一张纸，大奎一看，脸刷一下白了，因为那是一份离婚协议……

茶楼飞来"野蛮女友"

城里有家茶楼叫"三剑客"，它地理位置好，装修豪华典雅。茶楼的老板叫龙斌，出生于一个条件优越的家庭，父亲是一家大公司老总。两年前龙斌大学毕业回到父亲公司，一边帮父亲做事一边开了这家茶楼。两年来茶楼的生意一直不温不火，却没少让龙斌操心，龙斌本以为凭他家业的人缘，凭他在每个包间安置的最新式的全自动麻将机，生意应该好做，谁知事与愿违，特别现在闹金融危机，茶楼的生意更是门可罗雀。

恰在此时，父亲准备在外地开家子公司，打算让龙斌去负责，想到茶楼生意难做，叫他关门了事。龙斌却不舍，两年来龙斌为经营茶楼付出了许多心血，本来也是想做给父亲看，现在一事无成，心中自然不服。但赴任时间在即，思来想去，便贴了一张招贤纳士的告示，说白了就是高薪聘个管理者。

高薪贴出去几天，却没有人敢来揭榜，原来现在的茶楼星罗棋布，经营的模式也大同小异，在金融危机的背景下，也没几家活得滋润的。眼看招聘就要无望，就在龙斌已做好关门歇业的前一天，一个扎着马尾辫的姑娘走了进来，一把就把门前的红榜揭下。龙斌愣了半天，对方稚气未脱，横看竖看都不像个管事的，不禁哑然失笑。一问，对方果然刚刚大学毕业，因为一时没找到工作，看见招聘启事就找了上来。

龙斌看着这个叫何苗苗的女孩就有点不屑，他一个大老爷们都难以操持，怎么能交给一个小女生打理，莫非，莫非她把这儿当走投无路时混饭吃的地方了？

龙斌鼻孔哼了哼，问："这年头生意难做，你凭什么觉得胜任这个角色？"

何苗苗率真地看着龙斌，说出了一个让他哭笑不得的理由："反正你现在的经营也倒死不活，不如放胆拿给我试试！"

龙斌就像被鱼刺卡住喉咙，半天才没好气地回应："我凭什么要拿给你来做？你有什么保证吗，比如，做亏了该怎么赔，房租和员工工资由谁垫付？"

何苗苗噘起小嘴说："不错，我没钱，也没家庭背景，一旦把茶楼搞砸了，没法给你交代。不过，我长得还算正点吧，如果美丽是我身上唯一资本，你不妨赌一把，把我当做你的女朋友。把茶楼交给自己女朋友打理，没什么不放心吧？"

龙斌再一次瞪圆了眼，他不否认她的美丽，可她也太自负了。如果单凭外表就可以征服世界，他早去模特队招人了。不过龙斌也知道，依现今的局面，真正有本事的人看不上这个行当，有大学生来应聘应该不错了。他自己也毕业没两年，知道创业的艰苦，如果没有父亲支持，没准会更惨。

龙斌想罢叹口气："得，咱不打话平伙了，一句话，茶楼可以交给你打理，但头三个月不发工资，什么时间茶楼赚钱了，什么时候补发给你，行吗？"

何苗苗"咯咯"地笑起来，俏皮地向龙斌伸出一只手："为你的精打细算，成交！不过就算茶楼赚钱了，我也不要你的工资，因为我只干三个月！"

龙斌怔怔地握着何苗苗的手，感到短时间内第三次被对方的话"雷"晕……

两个多月后，龙斌回总公司办事，顺便想看看茶楼的经营情况。他先去向父亲禀报工作，谁知父亲冷着脸劈头就是一句："你把茶楼交给自己的女朋友打理，怎么事先也不告诉我一声？"

原来，前一阵老头子带一帮朋友去茶楼谈生意，意外地发现茶楼环境变了，听不见打麻将斗地主的嘈杂声了，墙画、书籍、盆景让茶楼一下变得清爽起来，客人们三三两两围坐在茶桌前，享受着精心泡制的工夫茶。茶楼里涌动着和谐、休闲和轻松的氛围，走进茶楼的人们，似乎第一次享受到喝茶的惬意。一问才知道是儿子的女朋友在帮忙打点。赶忙叫来何苗苗一看，那女孩也是清爽利落清纯可爱，让老头子在一帮朋友面前赢得了一致叫好。不过老头子生气的是，交这么好一个女朋友，他怎么捂着不说？

龙斌心头跟猫抓似的，急着去找何苗苗问个究竟。这女孩可真大胆，竟四处散布他们的关系，难道仅仅因为当初一句戏言，就被她当真了？临出门时，父亲表情阴转晴夸赞："苗苗那姑娘不错，你小子好像还有点眼光！"龙斌听了心头更不是滋味。

龙斌三步当两步来到"三剑客"，感到里边的一切都很陌生，悬挂上墙的山水画、新添置的书架、样式精美的茶壶茶碗，都让他很意外。最关键的，那些他亲手购置的高档麻将桌，全都没了踪影。

何苗苗笑容可掬地走了过来，她好像没看见"老总"的表情，径直说："你回来了？看看有没有不妥的地方，欢迎指点！"

龙斌瞪着对方，恨铁不成钢地说："你好大胆，茶楼变这个样，居然事前电话也不通知一声。快说，我那些麻将桌呢？"

何苗苗小声地说："全让我处理了。"

"处理了？"龙斌的声音一下高八度："你知道那些麻将桌多少钱一张吗，三千多啊，你怎么敢随便处理？"

何苗苗显得很无辜："你不是交给我来打理吗，我没有钱搞改造，只得把这些桌子处理了，然后添置了茶具、书画、棋具和其他摆设……"

龙斌气不打一处来，他想说"你有什么权利"，可不断有来客进门，他只好忍住，气呼呼地夺门而出。

龙斌两个多月没回来，有个哥们儿知道了，要为他接风。喝完酒吃了饭，朋友炫耀说，要带他去一个最有特色的茶楼喝茶。龙斌本来没什么心思，可等他随朋友来到喝茶的地方，却发现是"三剑客"。这时朋友笑了，朋友说："你不够意思，交了女朋友，也不告诉一声，现在的茶楼很有特色，我们都是听说后才找上门的。不过平心而论，你原来那种经营真不怎么样，茶楼里乌烟瘴气，除了麻将，没什么特色，好像全天下的人都是赌鬼。其实有很多人，工作生活压力都大，喝茶总想找个环境舒适的地方，想不到你老兄的女朋友倒满足了我们的愿望！"

说着他们已进了茶楼，龙斌第一次以客人的身份在茶桌前坐了下来。茶楼里已有很多客人，有的下棋、有的看书、有的交谈，场面一点也不喧闹反而很温馨。这时何苗苗走过来，她一瞥见龙斌说，既然贵客临门，她今天就亲自为他们服务。

何苗苗今天穿一件素色碎花衬衣，腰系水色围裙，一条马尾束在脑后，像出水芙蓉般清纯可爱。只见她把茶具一一摆放在客人面前，先拭杯、润壶、冲泡、点茶，每道工序都中规中矩，把个龙斌看得目瞪口呆。

何苗苗冲泡的是铁观音，只见她轻盈举杯，把茶点入客人面前汤圆大小的陶杯中，一边请大家品尝，一边介绍说："中国茶道分四大流派。贵族茶道在乎'茶之品'，旨在夸示富贵；雅士茶道在乎'茶之韵'，旨在艺术欣赏；禅宗茶道在乎'茶之德'，旨在参禅悟道；世俗茶道在乎'茶之味'，旨在享乐人生。而今天的我们，不妨世俗一点最好，懂得享乐生活，才是真正的享乐人生！"

龙斌一直呆呆地看着何苗苗，这个说话做事多少有些蛮横的女子，居然还对茶道有研究，这让他有些陌生。这时只听何苗苗又说：

"其实品茶，最好自备一个紫砂壶，在平时的喝茶中慢慢学会'养壶'，一把新壶从第一泡茶就和你结缘了，从此以后，你就得细心呵护它。紫砂壶通身都有气孔，具有良好的通气性和吸水性，让其吮吸壶内的茶液，时间久了，能使壶色光泽古润，养出晶莹剔透、珠圆玉润的效果。"

龙斌看着何苗苗，突然想起一句话：人不可貌相，海水不可斗量！眼前的女子，越来越让他刮目相看。

何苗苗继续介绍"养壶"的方法："先要'开壶'：第一用白水煮一个小时，让壶身的气孔释放所含的土味及杂质；第二，用老豆腐再煮一个小时，褪掉高温煅烧时带来的火气；第三，用茶叶再煮一个小时。以后才是日常'养壶'。'养壶'又分外养和内养。外养就是要勤泡茶，勤擦拭；内养则是'一壶不事二茶'。紫砂壶有特殊的气孔结构，善于吸收茶汤，一把不事二茶的茶壶冲泡出来的茶汤才能保持茶的原汁原味，否则，相互混杂，既无个性可言，茶品也不高雅。"

何苗苗刚说完，哥们儿便点头表示感谢，他说多来一次，对这儿便多一分感情，过去简简单单的茶，不单是一种健康，更是一种文化，一种品位，单是"养壶"的过程，就道出了一种做人的境界和修养。龙斌惊讶地看着哥们儿，不知他怎么今天变成了哲学家。

何苗苗起身去别处，龙斌也跟着站起来，他在哥们儿眼光的怂恿下，赶紧追了上去。龙斌有些局促地问："你这么年轻，对茶道咋有那么多研究？"

何苗苗莞尔一笑说："我忘了告诉你，我大学学的是茶艺专业，我来应聘，也是想找一个平台，看看中国上千年的传统茶艺究竟还受不受市场欢迎。这就是为什么我执意要向你推销自己，并且擅自改变你过去那种经营风格的原因！"

"你的经营理念很好，如果我继续把茶楼当麻将馆经营，恐怕早已经死路一条了。"龙斌说到这儿，突然想到一个问题："上次你说只干三个月，不会是戏言吧？"

"怎么，你还想留我？"何苗苗有些戏谑地看着他。

"现在这条经营之路算是走对了，我想请你一直帮助我，你能答应吗？"

龙斌正期待着答案，这时电话响了，是父亲的声音："你母亲还没见过你女朋友，如果满意，周末你带回家吃个饭吧！"

龙斌会意地笑了，他压低嗓音试探地问："父亲叫我周末带女朋友回家吃饭，不过我想来想去，只有你说过愿意做我的女朋友，不知这句话是不是也是你的戏言？"

"可是三个月后我肯定会走！"何苗苗突然嘟哝一句，把个龙斌紧张得发呆。但话锋一转，何苗苗又说："我忘了说，三个月后我还要读研究生，中国的茶艺博大精深，我得继续下功夫去研究和传承。至于茶楼，现在的经营理念已基本确定，如果你愿意，我会定时抽时间回来帮你打理！"

龙斌神经绷得紧紧的，听了这话顿时松弛下来。这时他看见哥们儿在一边鬼祟地看着他俩笑，突然恍然大悟："苗苗，今天哥们儿请我来这儿，不会是你们事前预谋的吧？"

何苗苗狡黠地看他一眼，脸上又恢复了俏皮的神情，她一边招呼新进的客人，一边嗔怪地看着他说："你那天冲气走人，我不安排你来亲身体验，你的脑筋能这么快转得过弯儿来吗？"

最佳拍档

洪武在公司给老板开小车。五一前夕,洪武开车送老板去机场,老板家在外地,每遇大假都要去探亲十天半月。

洪武送走老板,回到车上刚一落座,冷不丁看见旁边位置上放着一张大红请帖,落款是本市一家高档会所,请老板去参加一个玫瑰派对,时间正巧在当天晚上。

洪武拿着请帖的手一直没有松开,心思像涟漪一样扩散开来,他知道这类活动是浪漫而高贵的,不是一般人能够参加,要不是与老板的归期有冲突,这张请帖绝不会浪费。而现在,这张请帖就握在洪武手里,像一块敲门砖,不断地刺激着洪武的神经,一个劲诱惑他应该进去开开眼界。

到了傍晚,洪武再也按捺不住了,玫瑰的诱惑着实令人向往。他本身身材高大挺拔,换上一套山寨版名牌西服,再有老板的奔驰车作衬托,那轩昂的气宇和派头完全够份儿。

洪武进场子的时间比其他人稍晚,这样可以避免与不相干的人搭讪。在这种精英荟萃的地方,他并不想滥竽充数。他避开主会场,专门往清静的地方钻。刚闪到一边,忽然一道电波射来,抬头一看,只见角落的沙发上,一个漂亮的女子正巧笑倩兮地看着他。

躲是躲不开了，而且也不礼貌，洪武只得硬着头皮走过去。在相互问好之后，洪武有点局促地在女子对面坐了下来。女子化着精致的妆，衣着也很精致得体，一看就知道是名牌。见洪武打量，女子笑吟吟地问："在今天的来访者中，你大概是最后一位迟到的男宾！"

洪武没想到对方观察这么细心，一番紧急思考后，就信口胡诌："我刚才去签了一笔3000万的钢材合同，所以来晚了一步。咦，小姐怎么一个人，不去舞池里跳两圈？"

女子优雅地付之一笑，淡淡地说："跟你一样，我的'靓迷屋'今天开了第九家分店，累了一天，我连站的劲儿都没了！"

洪武怔住了，"靓迷屋"他知道，是一家有名的女性用品专卖店，没想到老板竟是这么个年轻的女子。

"现在竞争激烈，只要能赚钱，累一点儿也值！"洪武说这话有点巴结的意思，为了心理平衡，他又自言自语加了一句："最近我们还在跟一家日本公司洽谈一笔上亿的生意，要是小日本不那么抠门，也许合同早就签下了，切！"

女子听罢不惊不诧，也像在云里飘着一般地说："我们的'靓迷屋'暂时还做不到国外去，不过走向全省全国已是指日可待！叹只叹生意做大了，红颜易老，人心不甘啊！"

洪武一听，不免有些诧异："论小姐品貌，虽不敢乱比貂蝉西施，在现今社会也算数一数二，怎么还叹光阴苦短，难道，小姐还没有……护花使者吗？"

这话似乎更勾起了女子的伤心处，她神情落寞地叹口气："唉，如果不是前些年因事业蹉跎了爱情的光阴，我还来参加什么玫瑰派对，也许这阵子我早跟男朋友去夏威夷消夏去了！"

洪武激动得脸色潮红。他也是个快乐不起来的单身汉，对爱情一直抱有幻想。眼前这女子，既漂亮，又有钱，要是娶她做老婆，无异于肥上添膘！想到这儿，洪武更加口若悬河，和同样口若悬河的女子又天马行空地畅谈了一番。

派对还没结束，洪武已经和这个叫辛丽的女子变得稔熟。之后他主动提出送她回家，辛丽却拿出手机说叫司机来接。洪武一心想表现殷勤，连称只是举手之劳，何苦还要去动车呢。

辛丽小鸟依人般地上了洪武的车，要他送自己到望顶花园。望顶花园是这个城市有名的富人聚居区，洪武听得心头暗暗咂舌。

车到望顶花园外，两人挥手告别。辛丽似乎还恋恋不舍，又主动要了他的电话号码。开车回公司的路上，洪武高兴得忘乎所以，他感觉和辛丽的距离，其实并不遥远。

第二天一早，洪武还在睡梦中就被电话声吵醒。电话里传来辛丽略带发嗲的嗓音："洪武哥哥，你还在睡懒觉吗？我在'何日君'做皮肤保养马上快完了，你能开车来带我去兜风吗？"

洪武欢声应承着爬起来，匆匆洗漱完华就开车直奔"何日君"。辛丽早等在门外了，一见面就甜腻腻地嚷着要逛商场。洪武心头暗暗叫苦，这兜风耗的是老板的汽油，逛商场买单则多半是自己的，在还没有完全确定好扮演的角色前，这样做是不是太不值了。

辛丽却兴致极高，胃口也好，在一家商场，她看中了一双意大利时装鞋，在另一家商场，她又相中了一款韩版羊绒外套……洪武脸上虽然轻松地笑着，但心中的那个痛啊，连刷卡时手都在抖。

洪武害怕老这么折腾下去，自己会承受不起，所以一直在寻思招数。就在这时，洪武看到街边一家"靓迷屋"的招牌，就兴奋地指着店招对辛丽说："咱们进你的店去看看吧，让我开开眼界！"洪武的本意是，她要是带自己进去，他就拣贵的用品选两件，理由就是回去当见面礼送给自己的表姐堂妹，想必她也不好意思收钱，如此这般，今天的付出才算勉强扯平。却不料他话刚一说完，辛丽就跟老鼠见猫似的躲在他身后，嘴里一个劲儿说："不能去不能去，我在员工们面前发过誓，这辈子绝不恋爱结婚，他们看见会笑话的！"

洪武听了大为感动，辛丽这话等于是承认了和他的关系。不过他还是讪讪地心有不甘，辛丽见状就带着弥补的意思说："这样吧，你陪我逛了半天商场，一定累了饿了，我请你吃顿饭吧。不过吃什么呢，平日里吃多了油水，山珍海味也不稀奇，干脆，我们去找个小店，点两个家常菜，顺便享受一番平民生活的乐趣，你说呢？"

洪武怔了好半天也没把反对的话说出来，他现在肚子饿得咕咕叫，巴不得马上坐下来。虽然他最想吃的是大鱼大肉，但现在却要装着不在意，而且说出的话还要高雅："吃家常菜？那最好不过，平时应酬太多，还真正缺少领略平民饮食文化的机会呢！"

吃罢饭两人分手，洪武担心对方意犹未尽，抢先一步说："明后天我都要谈生意，恐怕暂时不能和你见面！"辛丽也说："正好，我也有几家分店的选址要看，这两天也要耽搁！"

其实洪武说这话，是想让自己冷静冷静。用了些钱尚不足惜，关键是下一步该咋办？辛丽长得漂亮，又有万贯家产，能讨这样的女人，再好不过。问题是，她一旦知道自己仅仅是普通小老百姓，还肯接受自己吗？

洪武在忐忑中度过了两天，再次接到辛丽的电话。辛丽在电话里仍嗲声嗲气地说："洪武哥哥，我又想逛街了，你能陪我吗？"

"我马上到！"洪武二话不说就答应了。

洪武开车接了辛丽，有些武断地径直开往宾馆。辛丽似乎明白了洪武的企图，有些惧怕地盯着他问："洪武哥，你想干什么？"

洪武虎着脸，生硬地说："男人和女人到宾馆开房，你说干什么？"

辛丽沉默了片刻，突然把头主动埋在洪武的胸前说："洪武哥，你要想清楚，如果你带我进去，今后我就是你的人了，死活我都会赖上你！"

"我早想过了，只怕今后变卦的人是你！"洪武说到这儿，嘿嘿地傻笑起来……

几天后，洪武开车准备去机场接老板。这几天他天天晚上和辛丽待在一块，差点乐不思蜀。经过一家超市时，洪武却怔住了，他看见一个女孩，挽着袖管，围着腰裙，包着头巾，正忙着和其他几个女孩搞卫生，不是辛丽是谁？

洪武停下车，径直向辛丽走去。辛丽这时也发现了他，想掩饰已来不及了，干脆迎着他的目光走过去。

洪武看看辛丽的打扮，又看看四周环境，突然哈哈大笑起来："原来，我们'靓迷屋'的老板还亲自打扫卫生啊！这又是你的第几家分店？"

"不错，我只是一个普通的超市营业员！"辛丽似乎一点也不自卑："就像你不是什么大老板，只是一个小司机一样！"

轮到洪武再次惊讶："原来你早知道我的身份？"

"嗯哼，"辛丽略带嘲弄地点点头："就在派对分手的那天晚上，我为了证实心中的猜测，打的一直跟在你车后边，看见你把车停回公司，一个人骑自行车回家，就八成猜到了你的身份。"

"那你为什么一开始不揭穿我？"洪武仍一脸疑惑。

"因为，从一开始我的动机也不纯。我们超市经理把派对邀请函给了我，我也异想天开想找个真命天子。遇见你后，你张口就是3000万的生意，确实吸引了我，为了迎合你，我就顺口胡诌了一番'靓迷屋'和望顶花园的鬼话。不过在那晚知道你的真实身份后，我反而轻松了，特别是后来我约你陪我逛街，通过接触发觉你除了有点常人的虚荣心，根苗还是挺正的，一个甘愿陪女孩子吃家常菜的男人也一定是个会居家过日子的好男人！"

洪武有点不知所措了："难道你就这样，认定跟我一辈子了？"

辛丽嗔怪而得意地说："别忘了，那天你带我去开房，我就警告过你，只要你想入非非，我就会赖你一辈子。不过话说回来，我若真是一个富姐，恐怕跟你不会这么顺利吧，只有我们这种对等关系，才是天造地设的最佳拍档！"

洪武还来不及表态，这时老板打来电话，催问他为什么还没到机场。洪武激动得结结巴巴地说："报告老板，为了表示尊重，我这次专门带上女朋友——不，是未婚妻去机场接您！"

"万碎爷"出山

    江湖上有个人称"万碎爷"的人本名叫万年久，年纪已届花甲，生得是身子骨硬朗，精气神皆足，虽是年岁一把，若论掰手腕摔跤，不比青壮小伙差。你千万别以貌取人，以为这万年久是使棍弄棒练拳脚的，其实万年久就是个铁匠，从跟师学艺算起，打铁这营生差不多伺候了50年。知情人都知道万年久曾经是一个爱说爱笑的小伙子，后来不知什么原因变了个人，成天虎着脸不苟言笑，但他本事了得，所有收来的废旧烂铁往熔炉一扔，就能重新打造出各类精致好用的铁具。因为这个原因，方圆附近的人都恭称他为"万碎爷"，意思是无所不能。

    "万碎爷"在小城一条偏僻的里弄里经营着一家祖传下来的铁匠铺。说是铺子，其实铺面已经破败，因为上门的生意大不如从前，整个门店冷冷清清，曾经火红一时的店招都不知什么时候吹到爪哇国去了。现在，"万碎爷"每天的习惯，就是端一个茶垢深黑的杯子，静静地坐在店门前喝茶养神。他既不打牌，也没人聊天，偶尔有生意上门，那一定是河边的小渔舟需要船钉子搞维修，这活儿除了"万碎爷"，也没地方能够加工。

    这一天，"万碎爷"端着茶杯刚在店门前坐定，一个30来岁的年轻人就出现在他的面前。年轻人完全是自来熟，见面就对"万碎爷"表现出亲热，他不喊"爷"

也不喊"师傅"，径直就称"万老爹"，他说："万老爹，我总算找到你了，要在这个城市找个铁匠铺，还真难。"

"万碎爷"看着似曾相识的年轻人，冷冷地问："我们见过吗？我万年久终身未娶，何时多了你这么个儿子？"

年轻人嘿嘿一笑，作揖道："我们确实没见过。我喊老爹，是尊称，我今天来，就是想拜老爹做师傅，跟你学打铁！"

"万碎爷"本来虎着脸，一听就笑了，是一种很辛酸的笑。他看着年轻人一表人才的外貌，一副西装革履的打扮，不解又不屑地问："你说什么，跟我学打铁，如果我没记错的话，这可能是40年来第一个想学铁匠的人。瞧你穿衣打扮也不像活不下去，你是凑热闹还是发神经？"

年轻人却置若罔闻，他蹲下身为"万碎爷"斟满茶水，动情地说："万老爹，你就收下我吧，我刚刚失业了，现在也没事干，跟你当徒弟，好歹也是学一门技术吧，你就教教我，好吗？！"

"万碎爷"毫不动心，端起茶杯走进铺子，反手就关了铺门，把年轻人独自撇在了门外，那意思不言而喻，没门。可年轻人并不死心，隔着门在外面喊："万老爹，你不收徒我就一直在外面候着，直到你答应为止。对了，万老爹，我小名叫小念，今后你就叫我小念吧！"

"万碎爷"站在破败的门店内，目光越过墙脚的废铁最后停留在窗框的蜘蛛网上，心思一下回到了50年前。那时，不到10岁的万年久和一个叫郑雄的孤儿被铁匠铺的先师收养。先师身怀绝技，打出的菜刀削铁如泥，各类用具经久耐用。自古以来，打铁这门营生有个不成文的规矩，那就是技术传内不传外，传儿不传女。先师无子，却育有一位千金，眼见无人继承这门手艺活，便破例收养了两个孤儿，心里盼着十年之后赘为女婿，也算肥水没有外流。

谁知人算不如天算，转眼十年过去，事物的变化却出乎先师预料，更让万年久从此遗恨40年。那时的万年久和郑雄都从先师那儿学得真传，渐渐撑起了铁匠铺的门面。先师小女这时也亭亭玉立，出落得跟一朵花儿似的。而每天留恋在这朵花儿前的，就是万年久那双躲躲闪闪的目光，这个情窦初开的小伙子，已经为情所痴。先师自然把这一切看在了眼里，心里也在掂量两个徒弟，万年久学艺刻苦，做事实诚，他像喜欢小女那样喜欢打铁这门行当。郑雄却不同，虽然学艺也很认真，但总喜欢胡思乱想，有次喝醉酒竟口出狂言，说打铁这门行当迟早会被时代淘汰。先师掂量来掂量去，觉得郑雄虽然脑子好用却不如万年久踏实，因而赘婿的重心就放在了万年久身上。有一天，先师当着三个人的面，正式确定了万年久和小女的关系，本以为这是一个皆大欢喜的万全之策，不料第二天爬起来郑雄竟和小女一道不辞而别，从桌上留下的信看，两人私奔了。

这次的打击可想而知，先师从此断了父女关系，小女寄回的信看也不看就扔进火炉，而且坚决不接受二人道歉。而万年久更是心灰意冷，从此拒绝相亲，他扮演了儿子的重任，40年来送走了先师，又在一日不如一日的生意中执念地守着铁铺。

"万碎爷"铁了心不再收徒，铁铺生意大不如从前，他不能耽搁了年轻后生。谁知那个小念也是吃了秤砣，今天没拜成师傅，他就天天上门，厚着脸皮一边打扫门前卫生，一边喊着"万老爹"收了自己，逼着"万碎爷"天天给他吃闭门羹。

这天"万碎爷"又把小念堵在了门外，正在冷战，小念突然叫了起来，原来来了几个渔夫买船钉子。"万碎爷"不得不开门迎生意，这当儿小念已经抢先一步，抓起屋角的杆秤为渔夫们称起了船钉。渔夫们弄清小念来学徒一下乐了，他们嘲弄说："你一个大小伙子不找门正经事来干学什么打铁，当铁匠能养活自己吗，不如跟我们去学打渔吧！"

众人正在哄笑，殊不知小念突然把称好的船钉子往地上一扔，不卑不亢地说："你们要再敢嚼舌根，今天这船钉子就不卖你们了。别小看了打铁这门手艺，用不了多久，你们就会得红眼病。"

渔夫们自讨没趣离开后，一直冷眼看着这一幕的"万碎爷"第一次舒展出了少有的笑容。他把茶杯重新放在了铺门外，笑了笑说："没想到你还很有血性，好，打铁的汉子就要敢作敢当。虽然我不知道你哪根筋犯拧了要来学打铁，但有件事我必须告诉你，千百年来，排在360行里面最苦前三位的是打铁、拉船、磨豆腐。磨豆腐半夜三更就起床，辛苦忙碌也只能挣点糊口的小钱；拉船的人天天行走在急流恶滩，稍不留意就会去喂了鱼腹；而排在第一位的打铁，高温烧烤，铁花四溅，一年四季围着火炉转，365天没穿过一件完整的衣服，婆娘娃儿都不亲热你，这样的日子，你能忍吗？"

"万碎爷"说到这儿，挽起衣袖，捞开裤筒，露出满是灼伤疤痕的皮肤。小念见状，眼里慢慢浸出了心疼的泪水，他摩挲着"万碎爷"身上的疤痕说："万老爹，请给我一个月学徒的时间，如果到时候我交不出满意的毕业作品，你再把我扫地出门！如果我能如期交差，今后你就让我叫你老爹！"

"万碎爷"足足盯了小念30秒，终于无奈地点了头。第二天，街坊邻里惊奇地发现，平时死气沉沉的铁铺重新燃起了熊熊的炉火，叮叮当当的打铁声伴着节奏传得老远老远，伴随一老一少两个忙碌的身影，锄头、铁耙、菜刀、剪刀、镰刀等久违的用具被淬打成型，一件一件摆放在了铺门外的案桌上，虽然很少人买，还是引来很多人像看稀奇似的驻足围观。

很快，一个月时间快过去了，小念也不知被灼坏了几身衣服，他天天抽半天时间来学徒，另外半天也不知消失到哪儿去了，总之，烧铁、锤打、淬火、开锋这些打铁的步骤已掌握娴熟，可是在"万碎爷"的眼里，离出师还远得很。"万碎爷"越来越想知道，一脸自信的小念究竟想交出一份什么样的毕业作品，来挑战一个足有50年打铁经验的老铁匠的眼光。

一个月师满这天，小念把一辆轿车开到了铁铺前，穿上西装的小念焕然一新，同时他拿出一套对襟纯棉褂子让"万碎爷"穿上，把半推半就的"万碎爷"请上了车。"万碎爷"不知小念葫芦里卖的什么药，索性闭目养起神来。大半个时辰后，小车来到了一个镇上，只一眼，"万碎爷"就看明白了，这是由一家大集团刚投资开发的古镇，因为规划设计独特，赢得了报纸电视盛赞，百姓口碑也甚好。可"万碎爷"更费猜疑了，这跟自己有什么关系呢。

不一会儿，"万碎爷"随小念来到街上一个四合院前，"万碎爷"一看门庭，书有"万年久铁铺"五个大字，再往里去，火炉膛子，打铁镫子一应俱全，墙上挂着历代久远的打铁画，并配有"打铁亲子体验区"的文字说明和注意事项。"万碎爷"明白了，小念依样画葫芦，把城中心的铁匠铺搬到新开发的古镇来了。

这时，小念才上前一步说："万老爹，请原谅我没有事前告诉你，就把毕业作品设计到这儿来了。打铁这门行当，是祖先留下的财富，但是在今天已不多见了。先进技术带来了物质文明，也湮没了很多传统的东西。现在的孩子从生下来就不知道打铁的由来和其中的辛苦，所以我们决定在开发古镇的同时，更要开发和传承我们祖先留下的传统文化，像榨油、修面、掏耳朵，还有打铁这些行当，我们都设计成了亲子体验区，就是要让今天的孩子们通过亲身体验，追忆传统懂得珍惜！"

"万碎爷"似懂非懂："难怪你每天都消失半天，就是把精力放在开发古镇的传统文化来了？"

小念点点头说："不错，我拜你为师，就是想亲自体验打铁的辛苦，在设计项目时才好有的放矢。放心，我们专门做好了方案，既要让孩子们学到打铁知识，又要确保安全不被灼伤，而且我们还专门加了一道保险，那就是请万老爹出山，来这儿坐镇指导！"

"万碎爷"看着小念，不敢相信地说："你已经把我的名字用在了招牌上，我还有什么好说的。可是，你为什么要这样，为什么对我这么好？"

小念一听，赶紧把"万碎爷"扶上椅子，扑通一声就跪了下来。小念说："万老爹，难道你看不出我像谁吗？我是郑雄的儿子啊，我请你出山，也是替我父母回来赎罪的！"

小念说，40年前，先师逼婚小女嫁给万年久，但小女却心有所属，那就是郑雄。郑雄也喜欢小女，又向往外面的世界，那天晚上便撺掇小女私奔，径直去了沿海。多年打拼后，他们有了自己的公司，随着事业的发展，他们更加思念父亲，可写信没有回，打电话也不接，其间两个春节还偷偷溜回去，仍没有得到父亲原谅，这也成了小念父母一直不能释怀的心病。两年前，一场突如其来的车祸让小念父母不幸罹难，临死前，郑雄叮嘱儿子一定要回报家乡，还要替他们向万年久赎罪，因为那场私奔，真实地伤害了曾经的兄弟。父母给小念取名郑念，就是要他不能淡忘了亲情。而郑念也谨记父训，回来投资古镇报答家乡，同时千方百计找到了万老爹。

　　小念最后说："万老爹，你今后就是我在世上唯一的亲人，我这次回来，除了想传承你的手艺，还想让这份亲情得以流传下去！"

　　"万碎爷"听罢泪如雨下，他一把扶起地上的郑念，动情而不失铿锵地说："贤侄，不，儿子，这个老爹，我当了！你今天的毕业作品，值满分！"

模拟恋爱

过了而立的夏凛阳光帅气，待遇丰厚，又是医院有着留学博士学位的最年轻的外科主任，可谁能相信，他一直单身。说他挑剔是真，说他对爱情负责也不假，抱着宁缺毋滥的想法，他把自己变成了"剩斗士"。

这个周末，受到一家婚介培训机构的邀请，夏凛去参加一场模拟恋爱。模拟恋爱是近年一些大城市专门针对剩男剩女搞的活动，既培养大家恋爱的能力，又提供互相接触的机会，不单大龄男女欢迎，大龄男女的父母更是积极，都希望通过活动让自己的儿女尽快"脱单"。夏凛此次受邀，就是其父母为他报的名。

按照活动规则，主办方在现场随机抽取一位男嘉宾和一位女嘉宾组成一对，然后在接下来的一个月里，他们必须像一对真正恋人那样，每天至少互致三次电话或短信，每周至少约会一次。

这天主办方给夏凛抽到搭对的女嘉宾叫雯雯。雯雯28岁，肤白貌美，身材高挑，曾经谈过一场六年的马拉松恋爱，结婚前夕男友移情别恋，从此留下刻骨铭心的阴影，也练就了一双审视男人的金晴火眼，哪些男人抱着游戏心理，哪些男人打肿脸充胖子，哪些男人迂腐有余进取不足，雯雯一眼便知。因为看透一切，雯雯也从一个妙龄女子变成接近30岁的资深剩女。

当下一见面，二人都礼貌地寒暄，不外乎姓名、工作、爱好等基本信息，至于更深的交流，矜持的二人都不愿多谈。

当天晚上，按照活动规则，夏凛给对方手机发了简单二字："晚安！"雯雯也同样回以二字，游戏无趣也无语。第二天早上起来，夏凛拿出手机想了半天，努力让干瘪瘪的问候变得有点人情味："早上好，上班路上注意安全！"雯雯的回复则清汤寡水："你也一样！"

其后几天，两人的短信都陷于缺盐少味的尴尬境地，夏凛的心头非常失落，甚至有些后悔去参加什么模拟恋爱，两个没有感情的人，非得装着跟恋人似的卿卿我我，谁都别扭。他每天硬着头皮发一些干巴巴的问候语，自己想起都难受。

周末，轮到两人第一次正式约会，东道主是夏凛。夏凛本来不太情愿，但按照规则必须完成，思来想去就把约会地点选在了一家西餐厅，那儿环境不错，更多体现出尊重。

傍晚，当夏凛踩着时间节点走进西餐厅时，他呆住了，雯雯早已坐在了里面。夏凛心头咯噔一下，以他以前谈恋爱的经验，都是他等对方，有些女孩子为了显示身价，还故意迟到。可今天，雯雯却用行动告诉他，尊重别人是种美德。

此刻夏凛心情大好，他希望雯雯能吃顿大餐，雯雯却只点了最便宜的一道牛排。夏凛不解地问："是对西餐不感兴趣，还是对请你吃西餐的人不感兴趣？"

雯雯轻描淡写回道："两个演戏的人，如果有点真诚和友谊，已知足，哪儿跟兴趣有关？我看了你在婚介所留下的资料，你是一个对感情很挑剔的人，你敢保证今天不纯粹是为了完成任务？"

夏凛无端受一番抢白，内心虽也不爽，却不想破坏氛围，马上化解道："我也看过你的资料，你目光刁钻，能看透男人。但看透不能看破，否则世上就没有男人能入你法眼。你单到今天，和我一样，半斤八两，在爱情这门功课上，我们都要检讨。所以不管模拟恋爱这门功课结果如何，我们都应该认真对待，至少要高高兴兴吃顿晚餐！"

夏凛的话让雯雯的心情舒缓，烂漫天真的微笑又重回她的脸上，不禁主动和夏凛聊起儿时的顽皮和学生时代的趣事。二人终于感到了模拟恋爱的一丝愉快。

那晚回到家，夏凛给雯雯发了一条长长的短信："今天的约会是假戏，却让我愉快，彼此的交流更深入，互相的了解在增多，希望在接下来的时间里，我们能成为真正的朋友。顺便啰唆一句，你可以审视生活审视男人，但千万别作茧自缚，再怎么厉害，也不可能有我们医院的 X 光强，X 光都可能看走眼，何况是人！"

　　雯雯风趣地回复："谢谢你，今天我也很愉快，而且你让我明白，模拟恋爱不一定能找到男朋友，却可以找一个友谊层面的真朋友！"

　　转眼到了第二周。夏凛没想到，轮到做东的雯雯竟把约会地点改在郊区一个寺庙。每天去寺庙烧香祈愿的人很多，很多人都把内心的愿望写在祈愿墙上，雯雯也写了一段，全是对亲人的祝福，这让夏凛内心很触动，一个心中装着别人的女孩，一定非常善良。

　　那天，走在下山的路上，雯雯终于敞开了心扉："今天算是向过去画一个句号。我不能再拿曾经受到的伤害去怨天尤人，那会儿自己也任性，正值青春大好身体最有本钱，却拒绝男友数次结婚的要求，导致男友移情别恋。所以我也要总结，放下包袱好好谈一场恋爱。"

　　雯雯说这番话时，阳光透过树梢斜刺里照下来，雯雯纤长的睫毛扑闪扑闪，秀美的脸庞红润，竟让夏凛的目光有些发呆。

　　那晚回到家，夏凛一直睡不着。他很奇怪，两周的接触，他的心中竟不知不觉多了一份惦记，对雯雯的牵挂开始在他脑海里回旋。想到雯雯艰难的情感之旅，夏凛觉得自己应该更宽容她保护她。而此时，宛如心有灵犀，雯雯竟第一次主动发了信息过来："今夜月亮真好，我睡不着！"

　　夏凛有些兴奋，看来惦记对方的并不止他一人。他迅速回道："我也睡不着，无关月亮，而是在想一个人！"

　　雯雯半晌才回复："夜晚想的都是做梦，白天醒来还要面对现实！"

　　夏凛回道："日有所思，夜有所梦，希望每天都离梦想更近一步！"

　　这一晚，夏凛没再收到回复，他心神不宁，那份悸动，那份忐忑，那份焦灼，都在这个大黑的夜晚，明明白白告诉他，他不是在演戏，而是真正喜欢上了一个人，一个与他合作演戏的人。

第二天，夏凛不再发短信了，他直接打电话挑明态度："雯雯，我希望提前结束游戏，申请早日成为真正的主角！"

夏凛以为雯雯会热情回应他，没想到雯雯竟不发一言，直接就把电话挂了，急得夏凛一时摸不着头绪。

这天下班，夏凛一边开车出医院，一边想着该如何约会雯雯。一闪神，在医院门口差点撞着一位老人。门卫过来说，这老人可能有老年痴呆症，因为找不到具体的住址，几辆出租车都拒载。夏凛平常就乐于助人，看对方上了年纪又心急，就主动把老人搀上了车。

半道上，老者东一句西一句，夏凛绕了大半圈，也没找到老人具体住哪儿。正打算找110，突然老人清醒了，他的家在城市的另一端。夏凛好不容易把老人送到楼下，老人却乐呵呵地对他说："年轻人，上楼坐一会儿吧。你这么善良，应该得到好报。如果你还没成婚，我愿意把我家丫头许配给你！"

夏凛心中乐了，这老顽童，敢情老年痴呆又犯了，怎么可能对一面之缘的人如此许诺。正打算脱身，只听老人又说："你是不是当我说的戏言？别看我一把年纪，我是40多岁老来得子，丫头很漂亮哟，你不上楼可别后悔！"

夏凛哪儿还敢待下去，不敢接话，转身就溜。刚跑到车里面坐下，一直没有音讯的雯雯竟主动打来电话。

雯雯问："刚才你是不是送了一位老人回家？"

夏凛有点纳闷："是啊，你怎么知道？"

雯雯又问："他是不是邀请你上楼，还打算把自己女儿许配给你？"

夏凛惊讶了，不解道："你怎么知道？难道你看见了？"

雯雯"嗯哼"一声，嗔怪道："你呀，榆木脑袋，他是我爸爸！"

原来，雯雯情感上受过伤，找男友就变得敏感而谨慎。在这场模拟恋爱中，她的内心从虚拟走向了真实。她深知自己开始喜欢夏凛，但又不敢确定，矛盾之中就把心事告诉了父亲。于是，这位父亲亲自上场考查，不但在医院悄悄观察了夏凛，还在医院多方打听了夏凛的表现，最后还装着老年痴呆，考验夏凛的爱心。当得到肯定性答案后，一回到家就在一家人面前投了夏凛的赞成票。

此刻，宛如梦中醒来的夏凛激动得傻傻地问："雯雯，我希望提前结束游戏，申请早日转正成为真正主角的请求还有效吗？"

雯雯用银铃般的嗓音回答他："申请有效，马上上楼，老爸等你喝酒！"

瞎妹子认哥

　　孙扬准备出去打工。他怀揣着母亲东拼西凑给他借的两千元盘缠上路。到了目的地，孙扬一摸口袋，糟糕，钱被掏了。天渐渐黑下来，孙扬饿得眼冒金花，不得已，他来到一家小餐馆前，刚想寻一些残羹剩饭，就被另一只手按住了，一个声音恶狠狠地说："小子，大爷的地盘你也敢抢？"孙扬看对方一脸杀气，旁边还围了几个小喽啰，知道遇上了地头蛇，心一慌就憋出泪来，哭诉了一番遭遇。"恶人"见状，又丢下一句："想吃饱饭吗？那就跟大爷走吧！"

　　就这样，孙扬也成了"恶人"中的一员。进来后孙扬才知道，这是一个偷鸡摸狗的团伙，不过孙扬此刻已别无选择，他想到母亲为借两千元钱所遭的白眼，想到自己被扒窃后那副可怜样，只好硬着头皮在这个团伙待了下来，而且大半年后，渐渐成了这个团伙的骨干。春节到来时，他不敢回家面对母亲，就写了一封家书，谎称自己在外打工，春节加班脱不开身云云，又去邮局汇了两千元钱。做完这一切，孙扬的心既轻松，又有些无端的沉重。

　　这天晚上，孙扬又带了两个手下去四处"打望"。在一条弄堂里，他们选定了目标，那是一幢居民楼，靠街边的一套二楼房间窗户洞开，孙扬示意两个手下在下边望风，自己顺着水管"嗖嗖"地爬了上去。探身一看，房间没人，侧耳一听，也没动静，孙扬放心了，身子轻轻一跃，双脚就落在了屋里。

就着街边微弱的灯光，孙扬迅速翻找钱物，找来找去，孙扬渐渐失望了，这家主人要么警惕性高，要么是一个瘪三，总之没有一样东西让他顺眼。孙扬还不甘心，抽屉里、床头下，任何旮旯犄角都不放过，企图找出一点惊喜。可突然，他怔住了，那双不停翻找的双手也僵在了半空中……在他的对面，冷不丁走出一个姑娘来。

姑娘模样乖巧，穿得也很鲜艳，乍眼一看，就像看见一只美丽的花蝴蝶。刚才，这只花蝴蝶一定是藏在里面一间屋里，听到动静才走了出来。孙扬赶紧把手抄进怀里，那儿别着一把半尺长的匕首，是万不得已拿出来吓唬人的。可孙扬又突然觉得有什么不对劲，那姑娘虽然睁着两只美丽的眼睛，目光却有些呆滞，步态也有些不稳，是个盲人？

孙扬看出了这一点，情绪渐渐稳定下来，眼睛又开始滴溜溜四下里转，似乎不拿点什么东西走就不甘心。这当儿，那姑娘却一下伸出双手，一边摸索着往前走一边喃喃地说："是哥哥，是哥哥回来了吗？"孙扬一听，怔怔地不敢呼吸，只见那姑娘挪着步子继续朝前摸来："哥哥，我是林巧，你的巧妹，怎么，才分别两年，你就不认得我了？"孙扬还在犹豫，突然见姑娘被什么东西绊了一下，身子一个趔趄，他赶紧伸手接住，姑娘就势扑在了他的怀里："哥哥，我知道是你，你终于回来了，你答应我，以后不准再和我分开，让我们兄妹在一起生活好吗？"孙扬说不出话，他脑子有些乱，被一个女子被动抱着，鼻孔里嗅着的全是年轻女性的气息，这让从未接触过异性的他周身跟着火似的。过了好一阵，孙扬见姑娘仍没有放开他的意思，才鼓起勇气说了一句话："巧……巧妹，我是你哥哥，我现在就答应你，以后决不离开你半步，你不要激动，有什么话，等明早起来再说……"那姑娘听他这么一说，温顺地点了点头，孙扬趁机搀扶她去另一间屋子里睡下，自己回到窗台边，三下两下就顺着水管溜了下去。两个手下见他两手空空很奇怪，孙扬撇撇嘴说："什么也没有，一间空屋！"说完，孙扬才感到自己出了一身虚汗。

第二天，孙扬又独自来到那条弄堂前，不知为什么，一想到那瞎眼的姑娘，他就感到揪心，她那么年轻，那么美丽，而且感觉也那么善良，却是一个睁眼瞎，这让他隐隐想起自己的母亲，在家里孤苦无依，却巴心巴肝地盼着儿子在外面有出息，可现在的他却干着见不得光的事情，这让他非常愧疚。昨晚上他一夜没睡好，除了觉得对不住母亲，他还在想如果第二天姑娘发现自己的"哥哥"不见了，她会怎么想呢？带着一种复杂的心情，他真希望再见那姑娘一次。

孙扬正盼着，突然就见街对面走出一个女子来，乖巧的五官，鲜艳的着装，花蝴蝶似的在人群中穿行，不是林巧是谁呢？孙扬有些傻眼了，瞧她今天的模样，并不像一个盲人啊，难道是昨晚看花了眼？孙扬百思不得其解，赶紧抬腿跟了上去。

走着走着，孙扬又渐渐觉得不对劲了，前面出现了一家夜总会，那女子径直就朝门里走去。孙扬一颗心再次悬了起来，平时为了寻找"猎物"，孙良和手下也曾进去过，知道有些女孩子做着不光彩的事情，所以冥冥中他不希望自己漂亮的"巧妹"也去同流合污。

孙扬在外面犹豫了好一阵，他不想看到不雅的场面，但还是忍不住想进去看个明白。夜总会里面灯光很暗，孙扬适应了好一会儿，才看见林巧正坐在一个角落，她已经脱下了鲜艳的外套，露出一身曼妙的曲线，吸引了好几双男性的目光。此刻，已有一个中年男人坐在了她的对面，他脸上堆着谄媚的笑，嘴里说着好听的话，林巧"格格"地笑着，笑得那中年男人心花怒放，笑得站在门边的孙扬脸色铁青。

过了一会儿，中年男人沉不住气了，他开始站起来拉林巧的手，好像想带她去某个地方，而林巧却挣扎着坚决不肯。旁边的孙扬早就看不下去了，一个箭步冲过去把中年男人推了个趔趄，拉起林巧就往门边跑。中年男人骂骂咧咧，爬起来冲到两人面前，愤怒地质问孙扬："你小子吃饱了撑的，想打架？"这时夜总会的领班跑过来，孙扬见状，连忙把林巧挡在身后，然后大声对中年男人说："你想要小姐，找别人去，但是不准碰我妹妹！"在场的人一怔，旋即领班才似有所悟："你说这女孩是这儿的小姐？不，你误会了，她是进来消费的客人呢！"孙扬一看林巧，正有些神秘地瞅着他笑，知道自己刚才确实闹了误会，连忙向中年男人道了歉。不知为什么，这一次他并不觉得丢脸，反而有种说不出的轻松。

孙扬拉着林巧来到街上，才慢慢松开她的手。见他一脸认真，林巧扑哧一笑。"你刚才说什么，我是你妹妹？"林巧偏着头问。而孙扬不假思索地回道："我不那样说，别人能放过你吗？"林巧又问："如果我不是你妹妹，你也肯帮我吗？"孙扬犹豫着点点头："好端端一个人，总不能看着去跳火坑啊！"林巧听到这，竟然开心地笑了，她看着孙扬的眼睛说："这话可是你自己说的，不能往火坑里跳！"见孙扬一脸迷惘，林巧这才道出原委。

其实，昨晚她就看出孙扬不是一个骨子里做贼的料，否则他就不会在一个盲人面前那么犹豫。当然那盲人是她装的，她当时怕他急，做出什么极端的事情来。昨晚孙扬溜走后，她也一夜不平静，所以今天她发现了站在街对面的孙扬，就决定将计就计，故意"领"他进了夜总会。孙扬随后的表现更印证了她的判断，他虽然是一个贼，但心地还没有完全被污染。

孙扬刚听完就恸哭起来，他揪着自己的头发，追悔莫及地道出了他渐变的过程。泪眼蒙眬中，他感到有一只手在轻轻帮他擦拭眼泪。只听林巧动情地说："其实我跟你一样，在这个城市只是一个打工妹，刚进城时也遇到过不少挫折，现在我的日子也谈不上好，但至少我活得有尊严。你是一个男子汉，更不能折了自己的脊梁，而且我也希望自己的哥哥，今后能成为一个顶天立地的男子汉！"

这天晚上，孙扬第一次睡了一个踏实的好觉。他已经下定决心，要重新去找一件正经事情做，脚踏实地从头开始。当下一个春节来临时，他一定要拿着用汗水换来的报酬去侍奉自己的母亲，他还要告诉老人家，他在城里认了个妹子，而且有句话他不好意思说，他将来要找的媳妇，也要比照林巧的标准，正直、美丽、善良。

尴尬的头衔

李铁今年刚刚大学毕业，是个很有头脑有主见的年轻人。对未来他踌躇满志，为此他精心制作了一份求职简历，准备在即将到来的求职大战中使用。

这天李铁看到一家国有大型企业在招人，所开出的条件与自己具备的能力也非常吻合。李铁跃跃欲试，正准备出门，父亲却在一旁叫住了他。父亲递给他一张名片，让李铁求职时把印有父亲头衔的名片同简历一道递上去。李铁的父亲李耀仪是当地人民银行的副行长，圈子内外也算德高望重。父亲觉得与其让儿子自己去闯荡，不如在某些方面帮一把，好让儿子少走弯路。李铁却非常不屑，他相信自己的能力，这之前已经和父亲唇枪舌剑了好几个回合。最关键的，李铁还有个坚强后盾，坚决支持李铁凭本事去找自己喜欢的工作，这个人就是李铁的母亲陈芸菲。陈芸菲是市政府某处的处长，和李耀仪都算位高权重的人，在对待儿子就业一事上一直就有分歧。李耀仪提倡人际外交，陈芸菲鼓励自力更生，面对即将走上社会的儿子闹了不少矛盾。

李铁本身就不屑靠"官二代"的背景去走捷径，现在又有母亲撑腰，当然不把父亲的名片放在眼里。他把名片退回给父亲，惹得李耀仪一脸不悦，正想教训李铁两句，一直站在旁边看着这一幕的陈芸菲斜刺里冲上来，一把将名片撕成两半，生气地说："给儿子一点自尊好不好，他有能力解决自己的问题，何必靠你去铺路搭桥？请相信我们的儿子！"

李铁撇开父母的争论，信心满满地来到了这家企业，刚递上简历，人事主管冰凉的声音就传了过来。主管懒散地翻着李铁的简历说："对不起，我们只招名牌大学毕业生！你是'二本生'，不够条件！"

李铁吃了一闷棍，但还是据理力争："你们应该给我一个笔试的机会，我会证明给你看！"

主管无动于衷地把简历甩给他："算了，你也许确实有能力，但招名牌毕业生是我们的硬性条件，你去其他单位看看吧！"

李铁有些失望，但又觉得这应该是个别现象，依他的能力，总会找到伯乐的。回去和母亲一商量，很快把目标又锁定了一家大型连锁企业。为了确保求职成功，李铁还专门围绕这家连锁企业做了实地调查，写成了一份洋洋上万字的市场营销报告。

负责招聘的人员以最快的速度浏览完李铁的报告，脸上的表情依然没点暖意，他说："这样的报告我们每天都会收到四五份，你报告中的内容也没有什么特别之处，所以只能告诉你对不起！"

李铁不服，他觉得自己的这份报告见解非常独到，认真读过的人就会感知他智慧的灵光，所以他拿着报告又径直闯进了总经理办公室。这一次，总经理倒是很给面子，花了好几分钟翻阅他的报告和简历，但最后依然叹口气摊了摊手："你的报告确实不错，但仍然不足以让我们录用你，竞争者很多，比你优秀的人也很多！"

这两次失败，让李铁灰头土脸很有挫折感。回到家后，李耀仪却拍着儿子的肩膀，笑眯眯地劝他不必气馁，同时又拿出一张名片塞在儿子的手上说："有现成的人际关系不用，跟弱智儿没有两样。爸爸的名片不违反任何廉政纪律，你也犯不着觉得没有面子！明天再去试试！"

李铁心有不悦，却又无力回绝，两只手在名片上摸了摸，最终默认了。第二天，李铁来到一家大型化工企业门前，郑重地交上了自己的求职简历，一同交上的，还有他父亲的名片。招聘主管一看，原本铁板的面孔一下阴转晴，极其温和地搂着李铁的肩，要他回去等好消息。

两天后，李铁就收到了这家企业人事主管打来的电话，告诉他笔试和面试都免了，他已被这家企业所录用。李铁虽然觉得有些容易，但心头也很高兴。他指望企业能给他安排一个基层位置，让他在工作中一步一步扎实做起，靠实力赢得尊重。可是李铁一来到单位就被告知，他的职位是总经理助理，全权负责银行贷款、新项目审批和对外公关工作。李铁一听就急了，如此"小材大用"，根本是他完成不了的。总经理却拍拍他，叫他不要多虑。

几天后，总经理带着李铁去一家银行谈业务，当这家银行负责贷款的副行长出现时，总经理主动上前介绍道："这位是我们公司总经理助理李铁，也是人行李行长和市政府陈处长的公子，请多多关照！"

对方立马肃然起敬，热情地握住李铁的手说："我跟你父母都很熟，有什么事尽管说，能帮忙的尽量帮忙！"

李铁一下明白了，所谓的总经理助理，不过是公司的一张名片，今天这个位置，仅仅因为他是李耀仪和陈芸菲的儿子。看着总经理和对方相谈甚欢，看着公司在这家银行贷款的事办得很顺利，李铁说不出的茫然。

回程途中，李铁一脸谦恭地告诉总经理，希望给他一个锻炼的机会，让他从基层做起。总经理却说，那叫大材小用，他希望李铁好好干，而公司也绝不会亏待他，目前暂定月薪两万元。

李铁忐忑不安，回到家老半天也睡不着，他觉得自己在公司完全是个摆设，不配每个月拿那么高的薪水。李铁越想越难受，翻身爬起叫出母亲道出了心思，而陈芸菲听罢，也支持儿子的想法。

第二天一早，李铁急匆匆赶到公司，希望到总经理那儿，继续争取一个到基层的岗位。不料半道上许多人对他指指点点，甚至有人在背后喊出了"花瓶男"的称呼。李铁一下变得步履沉重，而更不快的是，总经理再一次拒绝了他到基层锻炼的想法。

悲愤中的李铁没有走进办公室，他草拟了一份辞职书，毫不犹豫递给了公司。

而第一时间知道辞职事件的李耀仪气坏了，非要儿子去公司收回辞职书不可。父亲说："这么高的待遇，这么好的岗位，有多少人脑袋撞出血都得不到，却被你这么轻易放弃，你懂得珍惜，懂得老爸的心吗？"

而陈芸菲却针锋相对，她指着李耀仪说："你儿子缺的不是钱，是尊严，是人生的价值！如果你儿子一直在这样的公司待下去，会被员工的口水淹死！"

这天晚上，结成统一战线的陈芸菲和儿子一道，重新研制了求职计划，而气愤中的李耀仪却几乎彻夜未眠。第二天，李铁拿着崭新的求职报告又上路了，但一周过去，李铁一连跑了十多家单位，都被冷酷莫名地拒之门外。

李铁几乎绝望，而此时父亲再一次把名片递给了他，并告诉他有家国内知名房地产公司求贤若渴，正需要李铁这样的人加盟。李铁失落的心又重新鼓起了帆，是啊，不一定每个公司都把他当名片和花瓶用，也许这家房地产公司正有他的用武之地。

李铁顺利走进了这家房地产公司，可当他要求从基层做起时，公司却如出一辙地任命他为总经理助理。而且很快，总经理就马不停蹄地带着他到各大银行和政府部门拜访。每次拜访，总经理都向对方介绍说，李铁是人行李行长和市政府陈处长的公子！李铁绝望了，父母的头衔和自己挂的空衔都让他疯狂。

工作不到十天的李铁再次辞职。为了证明自己的能耐，李铁径直去了一家很小的企业应聘。这家企业的小老板很少贷款，也很少和政府部门打交道，所以他不知道李耀仪和陈芸菲是谁，他只知道李铁是拿他薪水的员工，所以对他吆三喝四，甚至满嘴粗话。李铁却不在乎，相反工作起来还特别来劲，至少他觉得是凭汗水在吃饭。

可李铁没想到，在这样的企业他也待不长。这一天，小老板找到他，诚惶诚恐对他说："实在对不起，今天我一个做房地产的朋友找到我，要高薪聘你去他们那儿工作，我也才弄清你的家庭背景。我搞不明白，你有这么好的身世，可为什么还要屈尊来我这个小地方受气？"

李铁看着小老板，有些困惑："我工作好好的，为什么赶我走？再说了，我去那家房地产公司能干什么？"

　　小老板一听，谄媚地上前一步说："听说，是准备聘你去当总经理助理！"

　　李铁一听，差点没昏厥。偏偏这个时候父亲打来电话，只听他说："儿子，这次是我让那家房地产公司去找的你，你不能再在那种没出息的地方混下去了。我还要告诉你，你妈也终于懂得了人际关系的重要性，所以这次让你出任总经理助理，是我们共同的意见，你要好好珍惜，千万别让我们再失望了！"

　　李铁握着电话，想着那顶即将飞来的头衔，不但不激动，相反心酸的泪水潸然而下。

第一百双高跟鞋

　　程小乐是一个漂亮的姑娘。每天，她就坐在自己打工的一家小小复印店里，一边看书一边等着不多的客人。更多的时候，她都望着天空发愣，谁也不知道她在想什么。

　　这一天，复印店走进来一个小伙子，他叫王榜，长得很精神。他拿出一摞需要复印的资料，正要交给坐着不动的程小乐，程小乐却努努嘴示意说："你自己动手吧，不会的地方我告诉你。"王榜一愣，有这么做生意的吗，看她是个姑娘，他还是忍住没有发出火来。

　　第二天同样时候，望着天的程小乐心思开始走神，冷不丁又有人敲她桌子，原来王榜又来了。这次他不指望姑娘能帮他干点什么，自己打开复印机就操作起来。临走时他把钱递给程小乐，还友好地冲她笑了笑。

　　一连几天，王榜都来复印资料，而且自己动手，毫无怨言。程小乐开始把望着天空发呆的目光收回来，有意无意打量这个总是行色匆匆的小伙子。他满脸的专注，还有身上那股阳光味，都让她充满好感。

　　慢慢地，程小乐知道了他的名字，也知道了他正在为找工作而四处奔波。他每天都来复印一定数量的求职资料，满怀信心而又像大海捞针一样地撒出去，虽然老不如愿，那脸上却总是堆满阳光般的笑容，从不在她面前怨天尤人。程小乐暗暗佩服，觉得这家伙真是个谜。

这天一早，程小乐刚到复印店坐下来，王榜又兴冲冲地赶来了，和以往不同的是，这一次他手上多了一簇鲜艳的玫瑰，二话不说，径直就把花往她手里递。程小乐一怔，她何尝不喜欢玫瑰，何况这束玫瑰是出自一个让人快乐的小伙子手里。但程小乐伸出的双手却犹豫了，原本灿烂的笑容倏地变得僵硬，一双清亮的眸子一下变得黯然。王榜似乎没注意到这些，顾自高兴地说："接着吧，这花你应该收下。我昨天找到了工作，是你和你的复印店给我带来了好运，就让这束花代表我的一点谢意吧。另外我还买了两张电影票，想邀请你一块儿去看，请赏光！"

程小乐盯着充满期待的王榜，脸上静得如一潭死水，她冷冷地对王榜说："你知道送玫瑰花给一个姑娘代表什么？你邀请一个姑娘看电影又意味着什么？你找到可心的工作应该高兴，我祝贺你，但你送的玫瑰花和电影票恕我不能接受。你没想到我为什么老坐着不动吗，这样对待顾客是不是不太礼貌？现在我就让你看看事实吧！"

程小乐说完，突然艰难地抬起双腿，原来她双膝以下都是安的假肢。看着王榜惊呆的眼神，程小乐沉下脸说："现在你知道真相了，你还送我玫瑰花和电影票吗？"

程小乐以为，这个残酷的现实会让王榜夺门而逃。不料王榜在短暂的惊愕之后，并没有溜走，反而平静地说："其实你的情况我早就听说了，不过我送的玫瑰花，还是电影票的初衷没有变，不为别的，就为你能坚强地面对生活，勇敢地自食其力，你就值得我邀请！"

王榜言辞恳切，程小乐终于同意了。那晚看完电影出来，在习习微风吹拂的林荫道上，王榜用手推车推着程小乐，听她第一次推心置腹地讲起往事。从小她就是个好的姑娘，是父母的宝贝，老师的希望，但两年前她刚刚高中毕业的那个夏天，一场意外的车祸夺去了她的双腿，所有美好的幻想都在那一刹那破灭了，她放弃了读大学，不敢面对现实，整天躲在家里闭门不出。最后还是父母托了熟人，让她进了那家小小的复印店，希望帮她找点寄托。但她心里苦啊，每次看到别人快快乐乐，特别是那些穿着高跟鞋翩翩而过的女孩子，她就忍不住潜然泪下，感到一种生活的无奈。她经常仰望天空发呆，因为在她心里，有着高挑个儿美丽面孔的她原本应该是Ｔ台的主角，而现在，她只能黯然神伤，却不知道明天的希望在哪里。

程小乐一口气说完这些，心头仿佛轻松了不少，她一直没有倾吐发泄的机会，现在说出来，也是想让王榜明白，他这样下去值不值得。果然翌日一早，王榜没有如期出现在复印店门前。程小乐一点也不意外，她原本就不指望第二次收到他的鲜花和邀请。一个残疾姑娘的爱情，就如同她对人生的憧憬一样，只能存在于偶尔一念的幻想中。

但王榜没有消失。当又一个清晨来临的时候，他准时地站在了程小乐面前。这一次他还带来了一份精美的礼品，把它郑重地交到程小乐手里，当程小乐颤巍巍地打开包装盒时，映入眼帘的是一双线条简捷而漂亮的高跟鞋。程小乐惊奇地瞪大了眼睛，内心有一股隐隐地锥痛，她不解地看着王榜说："礼物很漂亮，可惜跟我无缘，这辈子我都没法享用它了……"

程小乐以为，她这么一说，王榜绝不会再送高跟鞋这类礼品来刺激她的自尊心了，谁知接下来，王榜几乎隔两天就要送给她一双高跟鞋，嘴上还说，这是他逛遍鞋店好不容易才淘来的。看着他的认真劲儿，程小乐两眼濡湿了，既有委屈又有心疼，她对王榜说："你是不是以为，你今后的女朋友，也应该拥有像这些工艺品高跟鞋一样完美的双脚，或者，让我睹物思情，满足一个残疾女孩对美的苛求和奢望？"

王榜摇摇头说："不，这跟爱情无关。我只是觉得，你人生的天地不会只有复印店那么窄小，比起你的双脚，你的双手和大脑还有无限广阔的空间！"

程小乐终于垂泪，啜泣着说："你别跟我讲那些高深的道理，一个没有双腿的姑娘，你能指望她做些什么？"

王榜却丝毫没有停止的意思，他总是千方百计寻找那些款式新颖，且代表着智慧、高洁和美丽的高跟鞋，把它们一双双煞有介事地交到程小乐的手上。而且，他淘鞋的频率越来越快，从原来三五天一双，到后来几乎每天一双，如此琐碎的事情，他竟然不厌其烦。转眼间，程小乐的闺房就被各式各样的高跟鞋塞满了，奇怪的是，她从最初感觉碍眼和自尊心受损，到现在能坦然接受，有时一个人在家，还忍不住一一取来细细把玩，有好几个晚上，她都梦见自己变成了美的精灵，穿着这些高跟鞋在万众瞩目的舞台上翩翩起舞……

这一天，程小乐发现，她已经收到了九十九双高跟鞋。程小乐忽然有所触动，这每一双漂亮的高跟鞋都是一个美丽精灵的化身，老是藏着掖着太可惜了，美丽的东西就应该拿出来大家观赏，如果把它们摆放在一家雅致的鞋店，并且找到它们真正的主人，才能真正收到万众瞩目的效果。这飞来的一念把她吓了一跳，一个无腿姑娘开鞋店，恐怕是闻所未闻的稀奇事。但这个念头非常强烈，她虽然没有双腿，但对美却有一种非常独到的亲和力，她相信自己一定能取得成功。

程小乐不无忐忑地把自己的打算告诉了父母，得到了父母完全的支持。那段时间，王榜去外地学习要三个月才回来，程小乐索性对他保密，她想等到自己成功那天，再给他一个惊喜。

无腿姑娘开鞋店的消息很快像长了翅膀一样飞了出去，再经过报纸电视一渲染，程小乐的鞋店一下出名了，进店的顾客既为她的精神所打动，也佩服她对女鞋独到的眼光。程小乐第一次感到了生活的自信，她恍然想起王榜对她说过的话，那间复印店的天地太窄小了，她的双手和大脑完全可以打造一片更加广阔的天地，原来送鞋的深意正在于此啊。

转眼，三个月时间一晃而过，程小乐天天盼着这个日子，她希望早一天见到王榜，她要让他来分享喜悦的同时，也明明白白告诉他一个姑娘的心思。

时间一天一天过去，王榜却始终没有露面，最不敢想的是，他连手机号也停了。程小乐不知发生了什么事，但直觉让她开朗的表情越来越阴郁。

程小乐开始茶饭不思。她的店招已经形成了品牌，她打算在城市的另一边再开一家分店。可是，没有王榜的支持她有些不适应。她冥思苦想，也找不到王榜消失的理由。

父母把程小乐的憔悴看在了眼里，终于，他们不想再隐瞒下去了。这一天，等女儿的鞋店关门打烊后，父母推着女儿，缓缓走在夜晚的林荫道上，他们告诉了她事情的原委。

两年前，程小乐因为车祸失去了双腿和上大学的机会，程小乐也从一个开朗热情的姑娘变得消沉内向。尽管父母为她找了一个守复印机的差事，但他们知道，从小志向高远的女儿是绝不甘心的，可又走不出自卑的阴影。为了不让女儿在自闭中消沉下去，父母不得不走进了一家心理咨询中心。这家中心的心理咨询师就是王榜。在程小乐父母的请求下，王榜设计了整个接近程小乐的程序。按照合约，只要能让程小乐走出心理阴影，找到生活的自信就算完成任务了。

程小乐的父亲最后说："小乐啊，本来我们不想说出真相，是怕你再度失落。你喜欢王榜没有错，错在我们，把一个优秀的小伙子推到你面前，然后又让他残酷地离开，你命里注定就是要在不断战胜一个又一个的残酷现实中去完善自我，我们相信这一次你也一定能挺过去……"

程小乐听完，眼里噙着泪，强忍着不流下来。她哽咽地对父母说："你们没错，王榜也没有错，你们的目标都是一个，让我别气馁趴下。我感谢父母，你们是我生命永远的骄傲，我也感谢王榜，至少给我留下了一段珍贵的回忆。你们放心，我不会趴下，我一定要短时间内，把我的第二个品牌店做起来，让它们成为连锁企业，做时代的佼佼者！"

程小乐刚说到这儿突然愣住了，父母顺着她的眼光往前一看，树荫下正站着一个挺拔的年轻人，他手里端着一个盒子，双眼一眨不眨地望着程小乐，步子很坚定地向她走了过来。

王榜单膝着地，红着眼说："小乐，请原谅我的小心眼儿和不辞而别。这三个多月，我度日如年，矛盾如针扎，我经常跑到你的鞋店外面，只是想看一看你的身影，离开你的日子我才明白，那个坚强、美丽的女孩早已经在我心里扎根了。今天我来，是想送你这份特别的礼物。这是一双高跟鞋，如果我没记错的话，这应该是我送你的第一百双高跟鞋，但也只有这一双，没有任何的功利色彩，我想把它作为爱情的信物送给你，请你接受好吗？"

程小乐缓缓地抬起头来，泪水已经蒙住了她的双眼。但她能感到，刚才推她的父母的双手，已经被另一双更坚实的手替代。程小乐靠上去，感到很踏实。

老梁有酒

新上任的镇党委书记姓梁，是一位不惑之年的中年汉子。梁书记上任伊始，要走访部门村组了解情况，与之对应的，是很多人也想急于了解梁书记。

在这些人当中，数建筑公司的范老板最着急，他承包的安置房改造和乡村道路施工正搞得如火如荼，特别担心政策有变，所以他特别想尽快和梁书记套近乎，而套近乎的关键就是要了解梁书记有什么喜好，投其所好才能有的放矢。

很快，打探到的消息就汇总回来：梁书记当过兵，转业后回到县上工作，曾以驻村干部的身份下派锻炼，为人低调，深居简出，没什么不良嗜好。如果一定要找个什么喜好，那就是喜欢喝酒，经常随身带一瓶小酒，没事时就喝两口。

范老板一听大喜，他和形形色色的人打过交道，最怕那种内心肮脏而表面上装得高高在上的人，只要对方有喜好，比如梁书记这样喜欢喝两口的人，就容易投其所好找到切入点。

恰好这时候范老板的道路施工遇到点麻烦，因为土地赔偿和置换没有完全解决妥当，工程暂时停了下来。范老板急火攻心，提了两瓶酒就在镇上最好的饭店摆下酒局，然后亲自去请梁书记。

梁书记正要下村，听明来意后，当即决定先去施工现场。烈日高悬，梁书记

272

自己擎一把伞，汗流浃背地在现场了解察看，不时问一问工程的来龙去脉。转眼临近中午，范老板恭请梁书记到镇上饭店小坐，但梁书记婉拒了。梁书记转身对旁边的村主任说，想去他家吃碗烩面，喜得村主任连连点头，一脸灿烂。

梁书记刚走进村主任的家，一直紧紧跟在后面的范老板就把放在车上的两瓶酒送了上来。梁书记一看，是陶瓷瓶装的五粮液，一下乐了，打趣说："怎么，想请我喝这个？知道我喜欢喝五粮液？"

范老板谦恭地说："梁书记作风朴实，冒着酷暑辛苦了大半天，不肯去饭店吃饭，我就在这儿陪陪书记吧，饭店的菜我已嘱人取来，稍后便到。"

梁书记笑了笑，从兜里取出一个小瓶，仰起脖子喝了一口，然后说："把你的酒和菜收回去吧，我习惯喝自己带的五粮液，也不多，一口就够，一会儿再吃碗烩面，既解馋又暖胃。"

吃完烩面，送走梁书记，范老板回到了自己车上，他百思不得其解，看来梁书记喜欢喝酒是事实，兜里都随时揣着酒瓶，可他为什么要拒绝自己带去的五粮液呢。想来想去，范老板灵光一现，告诉助手问题就出在酒瓶上，当着那么多人他怎么敢喝五粮液呢，至少应该事前做个伪装，像梁书记那样用普通瓶子装上五粮液，不就没人敢说三道四了。想到这儿，范老板后悔自己是猪脑子，笨死了。

范老板想尽快弥补自己的过失，所以又隔三岔五去请梁书记，每次梁书记就说，谈工作谈事情都可以，但是吃饭就免了，我胃不好，不能乱吃乱喝。

范老板一听，以为梁书记是变着花样骂他，有一次就检讨说："梁书记，我知道那天犯了笨，不该包装不换就去请你。现在我向你学习，把五粮液换成普通瓶子装上，没人能看出破绽。"

梁书记微微蹙了一下眉，认真地说："我希望你做的工程不是花架子，里子面子都要好。至于喝酒，你就少动歪歪念头了，不管如何换包装，你带的五粮液都没有我自己的五粮液好。"

范老板恭请梁书记数次无果，怀疑自己是不是"功课"做得不够，仅凭一顿饭两瓶酒要想解决工程上的难题显然太理想化了。范老板正在设计有没有什么补救措施时，突然收到镇上电话，关于修路时遇到的土地赔偿和置换的问题，经梁书记出面并召集部门村组多次协调，现在已全部解决，可以马上恢复施工。

范老板激动不已，没想到刚上任的梁书记是个做实事的人，前后几天就帮他化解了难题。范老板一激动，就又在镇上最好的饭店摆下酒局，同时信心满满去镇上请梁书记。可不巧，梁书记去县上开会去了，一个办公室的小同志出来接待了他。小同志说："梁书记让我接待你，而且他料定你今天会来请他吃饭。"

范老板又意外又感动："梁书记新官上任，茶没喝一口就帮我们，难道请他吃一顿便饭不应该吗？"

小同志说："梁书记让我告诉你，为官一方，做这些都是应该的。你做的工程梁书记也调查过了，程序规范，所以他希望你继续干好。梁书记还希望你不要有习惯性思维，以为做任何事情都必须靠吃饭喝酒打通关节才能办到，多把心思花在正道上去。"

范老板有些哽咽，突然有些不解："有件事我老想不明白，梁书记说我带的五粮液没有他自己的五粮液好，都是五粮液，区别在哪儿呢？"

小同志推开窗户，望着远处的大山说："梁书记曾经当过多年的铁道兵，长年战斗在深山密林打隧道，落下了严重的风湿病和胃病。回到地方后他去当住村干部，房东大娘知道他的病根后，就用自己酿的酒泡上草药，每天嘱梁书记喝一点儿。因为房东大娘恰好姓伍，梁书记有感于大娘的恩情，从此唤做'伍娘液'！"

滴血的致富路

县纪委接到举报，说大舜村新修的五公里村道是豆腐渣工程，而县上有关部门和乡镇与大舜村"两委"沆瀣一气，通过工程攫取村民财物，希望查实法办。

县纪委通过外围调查得知，大舜村的村书记是一个有着30多年党龄的老党员。大舜村的经济条件并不是很好，又地处偏远的丘陵山嵴，在全乡全县都排在倒数位置。大舜村五公里的村道前不久刚刚建成，而且工程质量也顺利通过了县乡联合组成的质检组验收。如果举报属实，这里面的猫腻就耐人寻味。

二月底，热闹春节的鞭炮声还不绝于耳，负责调查的纪委郑书记就带队去了大舜村。大舜村分布在丘陵深处，小车顺着山道一路逶迤，车窗外不时闪过大片郁郁葱葱的柑橘林，枝头间挂着一颗颗拳头大的果实，看上去分外诱人。终于，小车在那段新修的村道上停了下来，郑书记跨出车门，站在路边回望苍茫的群山，再遥望那条从山凹间弯弯曲曲伸向外界的水泥村道，突然有一种难以名状的感慨。

一辆小货车停在了离郑书记一行不远的地方，货车司机钻出来对着果林喊了几声，刚才没太注意的村民就三三两两从林梢间探出身来。他们把新鲜采摘的水果搬上小货车，货车司机啪啪啪地数着现钞，双方乐呵呵地很快完成了交易。郑书记看着这一幕，又下意识捏了捏手中的材料，那里面有县质检部门几天前补充的路面质量检测结论,这条村道由于水泥标号不够路面厚度也不够,涉嫌偷工减料,属于不合格路建工程。而此刻,这条不合格的村道,却与鲜香诱人的果林和村民们脸上开心的笑脸构成了一幅不太协调的画面。

又一辆小车轰着油门快速驶上山来,闻声赶来的是乡党委书记。党委书记跑步上前气吁吁地说:"郑书记,元宵节还没过,你就下乡调研来了,怎么样,比你上一次来方便多了吧。"

郑书记一怔,一下就想起了那个让他终生难忘的"上一次"。那次他刚从市里下派到县上任纪委书记,调查研究来到了大舜村。那时还没有水泥路,全是泥土的路基浸泡在雨季后的泥水里,过往的村民挽着高高的裤腿,深一脚浅一脚踩在坑坑洼洼的泥浆里,每一步都走得十分的艰难。最不堪的是,郑书记乘坐的小车陷在泥浆里打滑,怎么努力也出不去,最后还是村民们赶来才把车推了出去。

郑书记想到这儿,扭头看了一眼党委书记,话里有话说:"方便倒是方便了,但如果工程质量不合格,这样的方便能维持多久呢?你是乡上一把手,这条路从开建到验收你不会不清楚,难道你不想说点什么?"

党委书记看了看远山,用力点点头,像在自我剖析一般说:"不错,我承认,修这条路我有私心。我就是大舜村的人,小时候家里很穷,也没少受当时才20出头的老书记的接济,我每学期的学费一直是老书记帮忙垫付的。"

郑书记看着对方说:"所以你投桃报李,当老书记找到你支持修路时,你就答应了?"

党委书记点点头:"是的,老书记找到我,希望把困扰山区发展的最后五公里修好,我答应了。但乡上资金有限,我就召集乡班子开会,请大家把私房钱捐出来修路,有多少捐多少。我背着老婆捐了两万。"

郑书记不解了:"你这样武断,就没人有意见?"

党委书记摇摇头:"任何人都没意见。其实大家都明白,因为穷,大舜村的村书记当得很窝囊,好几次换届老书记都提出想退下来,可那个穷山沟没人愿意去顶啊。这次老书记找到我们,说他年岁大了,希望干好这一届,修一条通往外界的致富路。我们很感动,完全是发自内心想帮助老书记完成他的心愿。"

听到这儿，郑书记没再问下去了。告别了大舜村，小车行进在下山途中，而郑书记心中一直想勾勒出一个老书记形象，却又模模糊糊。

当天下午，郑书记带队去了县交通局。一般情况下，县交通局是要负责下边乡道、村道规划建设的，所以郑书记希望从这儿能了解一些情况。谁知，县交通局局长一见到郑书记，就主动聊到了大舜村，并且说："郑书记是不是听到大舜村为了修路，用黄金果贿赂我这个当局长的事情了？"

郑书记锁紧眉头，希望细细道来。于是，交通局长还原了这么一段故事：

原来，大舜村早在20世纪80年代就发现了一种优质水果叫黄金果。黄金果本来是一种野生柑橘，营养价值很高，但由于产量低，很多年来只能任其自生自灭。老书记刚当上村书记那会儿就认为这是个宝，多年前他又从县农技专家那儿了解到，黄金果可以通过高改嫁接实现大幅增产，而且通过努力把增产的想法也实现了，可是这么多年因为没有路，黄金果养在深闺无人识，货车开不进，果子运不出，村民们并没有因此受益。

老书记却不甘心。有一天，他突然想到了一个人，这个人在县上当交通局长，当初也是从同一个乡上通过考学考出去的，也算老乡了。找不到办法的老书记决定去碰碰运气。

老书记到了县上，手上提着一篓黄金果，见了门卫就打听交通局长办公室。门卫见老书记灰头土脸，拦着不让他进。老书记也不在乎，脱口而出："我来找我侄子，就是你们局长。"

门卫不敢怠慢，电话打给局长。局长一听来个亲戚，一脸惶惑跑下楼来，见到老书记，并不认识。

老书记却已认准，不管不顾地迎了上去，握着"侄子"的手，亲热得就像父子。交通局长倒退一步："你是谁，你想干吗？"

老书记说："我是大舜村的支部书记。大舜村穷，十里山路没钱修，就想来找你帮帮忙。"

交通局长烦躁了："你这是哪门跟哪门啊，谁都可以装个亲戚上门要钱，你把国家单位当什么了。"说完也不给老书记解释的机会，转身气鼓鼓地回楼上去了。

交通局长没料到，碰了一鼻子灰的老书记并没离开，而是在门卫室和门卫闲聊起来。下班时，交通局长刚走出门，迎头就碰上门卫。门卫说："局长，你的亲戚还在门卫室等着呢。烦你耽搁一小会儿，和他再聊聊。"原来刚才一闲聊，老书记道出了原委，把门卫感动了。

门卫使个眼色，老书记连忙跑过来，冲局长就把那篓黄金果递过去。局长连连推着："这算什么，别人看见，以为行贿。"

老书记说："侄子，不，局长，这不是行贿，这是黄金果，是咱大舜村唯一拿得出手的宝贝。如果让它们烂在树上，痛不痛心，可不可惜？"

局长捧着黄金果，他从乡上来，知道大舜村的穷，可是，再穷，也不能动公家的钱啊。于是说："这样吧，先吃饭，边吃边说。"

那天吃了饭，交通局长留下了那篓黄金果。

第二天，交通局长让办公室把黄金果分发到每一个人手上。趁中午工作餐时，局长对大伙儿说："今天的黄金果好不好，味道如何？"

大家之前知道黄金果，但很少有人吃过，中午一尝真是不错，于是齐声道好。

交通局长说："可是，现在因为没钱修路，这些黄金果每年困在大山运不出去，大家说，怎么办？"

"筹钱修路！"大伙一致喊，而且说干就干，几天后就把一笔集体捐款交到了老书记手上。

这时交通局长深有感慨地对郑书记说："这就是整个过程，虽然杯水车薪，但我相信滴水成河，一定能筹到更多的修路钱。事实上老书记也不容易，他就是用这种以情动人近乎愚公的精神，让一小笔一小笔捐款从不同地方不同单位汇集到了大舜村，为修路积累了原始资金。"

郑书记若有所思，心中那个模糊的村书记形象渐渐有些清晰亮堂起来。但是，郑书记的心头还是有一个疑问解不开，这样筹集的资金毕竟有限啊，而且为什么还被举报呢？

过了两天，郑书记再次派人去到大舜村，通过侧面找到村委会了解情况。而反馈回来的情况更是让郑书记内心沉重。

据村主任说，如果要修一条3.5米宽5公里长的水泥路，正常预算要超百万。而老书记通过各种办法要到的钱也就三四十万，缺口这么大，老书记只得费尽口舌向施工队和材料商赊工程款材料钱，春节那阵为了躲债都不敢回家，最后还是老书记在外面工作的儿子把准备结婚的房子卖了，才勉强把工程款材料钱付清。

村主任最后说："其实那封举报信，是因为一个包工头没拿到工程而心生不满举报的，知道实情后也很后悔。不管怎么说，整个大舜村的村民都感谢老书记，并不因为他用修建两三公里水泥路的钱修了十里村道就抱怨这是个豆腐渣工程。我们每个人都用心铭记这条滴血的致富路。"

郑书记心里彻底亮堂了，那个曾经模糊的老书记形象变得朴素而高大，这样的形象，不正是许许多多战斗在基层的党的优秀干部的缩影吗？

几天后，郑书记亲自给老书记打了一个电话："老书记，你的付出令人敬佩。我想告诉你一个好消息，各级政府已经有了加快乡村道路建设的专项扶持资金，大舜村建起的十里山道也已列入了复建加固的工程项目中。国家正越来越好，在共同致富奔小康的道路上，我们不会遗漏下任何一个地方！"

资水河恋歌

胡浩大学毕业，专门回了一趟故乡云合。云合是成都市金堂县下边一个丘陵小镇，离县城有小七十公里。镇旁有一条资水河，胡浩从小喝着资水河长大，所以趁大学毕业工作还没落实，先回到心心念念的资水河畔，犒劳一下思乡之情。

云合镇离省城和县城都远，却也有着得天独厚的地利优势，她依在金鸡山下，傍在资水河畔，民风淳朴，物产富饶。从湖广填四川开始，扼守着成都东北门户的云合镇得益于特殊的地利，南来北往和定居的人数众多，各种美食文化交融，促成各种特色饮食诞生，极具特色的葱子糕和盘龙黄鳝是数代云合人舌尖上的记忆，而引进阳澄湖蟹苗长大的资水河大闸蟹已成为云合镇响当当的新地标。所以胡浩刚一回到云合，几个儿时的玩伴就把他拉进饭馆儿，在满满的家乡菜中追述时光与友情。

饭后他们爬上金鸡山，秋高气爽的艳阳天下，俯瞰资水河像母亲一样敞开胸襟紧紧环抱着周边的每一寸土地，大片大片的猕猴桃林迎风摇曳，空气中似乎涌动着果林的芳香。再极目远眺，能隐约看见一河之隔的四川天府国际机场如火如荼的建设场面，旁边的玩伴打趣说，云合离世界很远，却也很近。

从山上下来，胡浩提议去看看猕猴桃。早熟的猕猴桃已到了快采摘的季节，果园里却鲜见打理的工人。胡浩正有些纳闷儿，旁边有人告诉他，这些猕猴桃是几年前一个老板流转土地后种下的，规模有几百亩，眼看到了丰年却成了伤心事，由于交通不便，运输成本高，这儿的猕猴桃销售迟滞，很多果子烂在枝头，成了老板心中的鸡肋。

胡浩还在听稀奇，突然收到父亲打来的电话，让他晚上回县城吃饭。胡浩的父亲是一家房地产公司的老总，说话向来一言九鼎。胡浩刚考上大学那会儿，胡总就告诉胡浩，今后毕业了就回来子承父业，让家族事业得以延续。可等到胡浩真毕业了，他却懒得去向父亲妥协，他大学学的是电子商务，对四处炒地皮修楼房不感兴趣。

傍晚胡浩赶回县城时，县城已经华灯初上。这几年金堂县的发展进程很快，有"花园水城"美誉的县城漂亮得让很多人乐不思乡。胡浩在约定的酒楼见到了父亲，多年来独自闯荡社会，胡总的脸上染上了几多岁月的沧桑，胡浩一见，忽然觉得身为一个家族的顶梁柱真不容易。

桌上摆了好几副碗筷，表明今天还有其他客人，但现在只有父子俩在屋内，正好可以先说点悄悄话。胡总把胡浩叫到身边，推开窗户，千里沱江在月光的浸染下羞答答的像一个待字闺中的少女从窗前流过，一直向下，就会和资水河流出的水完全交融。

胡总望着夜色中遥远的天际问："胡浩，你真想清楚了，不回来帮我？"

胡浩说："爸爸，你年轻时当过兵，知道打江山容易守江山难，所以你希望我回到家族中来，但实话实说，我既不懂修房建房的江湖规矩，也没有一点子承父业躲在树荫下的期望，我只想寻一条自己的路，选一份自己热爱的事情做！"

胡总慨然点点头："儿子，你知道父亲向来说一不二，但不知为什么，这次面对你的执拗，我多多少少还是认可你的观点。当年父亲从部队转业，按理可以守着一份工资过安稳日子，可我偏偏选择了下海创业，从干小工程开始，一步一步做成了今天的企业，成功的背后有无数的辛酸和难言，幸好这所有的付出都有你妈妈的理解与支持。今天，你也想寻一条自己的路走，身为父亲的我只能说，祝福你。"

胡浩见父亲动容，自己也很动情，他握着父亲那双粗糙的手说："爸爸，相信我，会选择自己适合的路走，如果我不去试试，我怎么知道一个人的潜力呢。另外我想说一句，有时间你也应该多回云合去看看，天天在外边建房子可别忘了自己的根哟。"

两人正说着，门外应声又走进来一位长辈，开口就声如洪钟地和胡总互致问候。胡总转身向胡浩介绍，长辈姓邹，是一位做物流做得很成功的老总。邹总之前已多次听胡总提到过自己儿子，如今一见果然是堂堂相貌一表人才，立马心直口快地说："不错不错，小伙子很精神，明天就到公司来给我当助手！"

胡浩还有些迟钝，以为这是一个长辈对自己的赏识，却听父亲已经接过了话茬儿。父亲笑呵呵地对他说："胡浩，快谢谢邹叔叔，你不是想另选一条创业路吗，邹叔叔做物流，和你学的电子商务很吻合，你正好可以施展才华。"

胡浩一下明白了，难怪父亲很容易就接受了他的观点，其实另一只手早已为他做了安排。胡浩还没想到该如何反驳，门口风风火火冲进来一个年轻女子，见面就喊"胡叔叔"，再一眼就看见英气勃勃的胡浩，当下那股凌厉之势就收了回去，而略为腼腆地红了脸。胡浩也觉得眼前一亮，那女子面容姣好身材傲骄，胡浩少有的有些心动。

两个老总看在眼里，会心一笑后很快为二人作了介绍。女子叫邹影，正是邹总的千金，恰好也是大学刚毕业，学了一个让邹总十分无语的专业——农业。这时胡总端起酒杯，正式引入今天的话题："我和邹总，虽然做着隔行如隔山的事情，却是多年肝胆相照的朋友。今年又恰逢邹静和胡浩都大学毕业，身为家长，我们不能强迫你们回到家族来做事情，但是也得为你们的未来思考。对胡浩而言，人生才刚刚开始，还需要接受社会的磨练，希望邹兄敞开胸怀，给胡浩一个成长的机会，今后让他在物流上做一个称职的助手。"

邹总马上举杯回应："胡总请放心，像贤侄这样的精英，我的公司求之不得，若是一切顺利，以后公司交给贤侄打理也未尝不可。倒是邹静，大大咧咧习惯了，今后若是去了胡兄的公司发展，还请多多包涵提携。"

胡浩在一边听两位父亲如此"谦恭"，连忙摆手示意打住。胡浩说："爸爸，伯父，你们且慢。有一点我不明白，你们言之凿凿尊重我们的选择，为什么不和我们商量，就把我们走的路定好了？"

父亲说："胡浩，是这样，很多年轻人初入职场，都怀揣抱负希望打拼天下，可是成功的能有几个？今天，邹伯父给你一个机会，让你少走同龄人可能要走很多年的弯路，你应该庆幸。当然，邹静能来公司帮我，也是一样，我们都希望你们过上幸福的日子。"

胡总话音刚落，邹静就哈哈笑了起来，她站起身说："二老的意思，我现在算是明白了，我到胡伯父企业上班，胡浩到我父亲企业工作，明里是锻炼我们，其实是肥水不外流，让两家企业亲上加亲。如果我没猜错，二老可能把我们的终身大事都私订了。"说完转过身就噔噔地推门而去。

话说到这份儿上，胡总和邹总既无奈又有些尴尬。送走邹总，胡总回到餐桌旁，有些不理解地说："我和你邹伯父都是一片好心，没想到你们这么决绝，你究竟有什么打算呢？"

胡浩看着父亲，却有些答非所问："今天白天我还在云合，看见很多猕猴桃烂在地里，当时我就恨自己没有三头六臂，我甚至恨自己为什么不像邹静那样去学农业，那样我就多多少少可以帮助他们。而你呢，天天把外面建设得很漂亮，唯独没有把心思放在家乡建设上，现在适逢国家乡村振兴的最好发展机遇，云合也需要有人去助推她，而这个人，又在哪儿呢？"儿子看着父亲，父亲看着儿子，父亲第一次在儿子面前有种说不出话的感觉。

半个月后，胡浩电话告诉父亲，他已经和种植猕猴桃的老板联系上了，准备把所有的猕猴桃转包下来。胡总疑惑，别人都卖不出去，他又如何办到呢。胡浩就说，他已经通过邹静，借邹伯父的物流和省会的大超市做好了农超对接，当然这只是权宜之计，最根本的是打好基础道路建设，做大做强现代农业，那时的云合镇才能展翅腾飞。

胡总点了点头，不由得为儿子的"义举"暗暗点赞。其实这半个月他也没闲着，他推脱了几次去外地考察房地产投资的机会，转而天天泡在老家云合考察。儿子说得没错，云合镇是一片热土，正在修建的成都第三绕城高速穿镇而过，困扰云合镇经济腾飞的交通瓶颈将迎刃而解，再结合国家乡村振兴战略，一个宏伟的乡村发展蓝图在他心中勾画而成。

胡总还想告诉儿子，经过和云合镇党委政府联系，他准备把资水河畔包括全部猕猴桃园在内的两千多亩土地全部流转下来，让过去养在深闺的猕猴桃、脐橙以及葱子糕、盘龙黄鳝、资水河大闸蟹等特色产品和美食成为云合镇闪亮的抢手货，努力把文化时尚、乡村旅游融入现代农业中去，做儿子眼中为家乡建设出力的那个人。

过了几天，胡浩陪父亲又一次到云合考察流转的土地。其中最东边有一块地，埋得有30多座当地人的祖坟，一旦迁坟势必增加上百万的成本。可是当听说胡总为了投资家乡建设，舍弃了外面的房地产开发，乡亲们都很感动，纷纷表示只要能找到一处迁坟的地方，不要求其他任何补偿。胡总十分感慨地对儿子说："就冲着乡亲们的这股信任，我也一定要把家乡建设好。"

这时一辆小车停在了不远处。车上下来一对父女，迎头的邹总见面就说："胡兄不够意思，你回乡搞建设，都不给我打个招呼！"

胡总笑着解释："我是怕地方太小，坏了你的物流大业！"

邹总却很有诚意地说："其实，你建了一辈子的楼房，今天这一步也许最有意义。乡村振兴是大趋势，如果需要，我愿意助老兄一臂之力！"

见两个父辈交流得如此愉快，两个年轻人相视一笑，只听邹静有些羞怯地说："我给父亲说了，我这个学农的哪儿都不去，就想到云合来施展抱负，要知道我可是学农的高才生，不知未来的胡总欢不欢迎？"

胡浩深情地看着邹静，像表白一般说："求之不得。也许，我们可以把这个地方命名成'蜜乐园'，让美好的一切从这里开始！"

良心酒

成都平原东北面有一个叫清江的小镇，镇内溪流纵横、物产丰富，"清江米"和"冲洞子酒"是其两大特产。前者品质优良，清江镇也因此成为国家稻谷制种基地，而以清江优质溪水和粮食酿造出来的"冲洞子酒"则香飘百年，远近闻名。

这一天，在城里工作的谢卓莲接到父亲电话，说外地有家大酒厂找上门来，想和"冲洞子酒"谈合作。父亲是"冲洞子酒"的掌门人，他语气低沉，字字沉重，谢卓莲一听就知道有大事，连忙请假赶了回去。

一路上谢卓莲浮想联翩，父亲这些年的不易，渐渐在她脑子里闪现出来。一百多年前，谢家的祖先从外地迁入，一路劳顿来到清江，他们看中了一股冒着潺潺溪流的泉眼，当地人叫它"冲洞子"，溪水甘甜可口，清澈鉴人。谢家人大喜，他们有一门祖传的手艺，那就是酿酒，这儿水好气候好民风也纯朴，正是他们想要寻找的好地方。

谢家祖先就这样定居下来，他们把酿出的白酒分发给附近乡邻，乡邻们喝了齐声叫好，互相口耳相传，又约定俗成根据地名叫它"冲洞子酒"，这个称呼一喊就是一百多年，到了谢卓莲父亲这儿已经是第五代。

前些年，谢卓莲高中毕业，看着父亲一个人很辛劳，谢卓莲不想考大学了，她想留下来帮父亲。高考前一晚，父亲和她谈心，父亲说："我做了一辈子的酒，实在是有些累了。现在的行情不同往年，酿出的酒再好，竞争也很激烈，你一个女孩子，还是不要把一生赌在这儿了。好好考试吧，谋一个别的差事，再怎么也可能比守在酒厂里强。"

谢卓莲当时有些懵懂，后来才慢慢明白父亲的话意。原来"冲洞子酒"虽然好，却一直受着生产工艺的限制。白酒在生产过程中，有一个至关重要的步骤就是糖化酿造技艺。多数酒厂在这一关都是采用"地箱糖化技术"，就是把粮食堆放在地上，摊晾、加曲、拌粮直接在地面操作，优点是操作方便，不受场地限制，生产规模可以任意扩大，缺点是容易受环境污染，比如污水浸溢、人力践踏等；而谢家祖先沿用的却是"高箱糖化技术"，专门用木头和墙砖砌成箱床，摊晾、加曲和拌粮都是在升高于地面的箱床内进行，虽然卫生质量过关，但由于在箱床上操作不便，人力成本大，且受箱床大小局限，也不能轻易扩大生产，产量上不去，就形成了一种"品质优而市场弱"的尴尬局面。

谢卓莲大学毕业后，在县城一家建筑公司做财务，有一次公司进了一批酒，恰好就是谢卓莲父亲生产的"冲洞子酒"。在工程竣工的庆功会上，大家喝了都说好，但又遗憾市场的占有份额不高。谢卓莲听了既高兴又伤感，她已经很久没和父亲说到酒厂的事了，内心感觉情况不是很好。

快到酒厂的时候，谢卓莲的电话响了，是一个叫俸飞的年轻人打来的。俸飞是建筑公司的项目经理，他对俊美内秀的谢卓莲心存爱慕，从看见的第一眼就一直在追求。谢卓莲对俸飞印象也不错，他不但五官俊朗，待人也实诚，可不知为什么她就一直没答应。俸飞也不急，有事没事就打个电话，时时刻刻表达关心，此刻知道谢卓莲赶回老家，特地询问是不是有什么急事，需要帮忙就告诉他。

谢卓莲赶到酒厂的时候，正赶上父亲送外地酒厂的厂长一行出来。介绍了关系后，厂长对谢卓莲说："刚刚我已经对你父亲说了，你们现在的工艺流程太落后了，落后的技术限制了你们的发展，所以酒再好也赚不了钱。"

谢卓莲有些不解："按照您的意思，我们该如何改变工艺呢？"

厂长想了想，摊摊手说："很简单，改用'地箱糖化技术'，扩大规模和生产。

现在大酒厂都是机械化生产，过去担心的什么卫生啊污染啊根本不是问题，而且在不改变你们酒厂现状的前提下，至少可以把现在的产量提升一倍以上，利润更是成倍增加。我也索性告诉你们吧，这次我们考察了很多酒厂，之所以最终选择与你们合作，也是看上了'冲洞子酒'这个招牌，如果你们错过，今后就恐难再有机会了。"

厂长给谢卓莲父亲留下了三天的思考时间，带着一行人驾车而去。谢卓莲看着父亲，觉得他此刻特别落寞，一股深深的焦虑爬在父亲满是皱纹的额头。谢卓莲突然感到很惭愧，这么多年来，就像她不想过问酒厂的处境一样，她几乎没有和父亲做过一次认真的交流，此刻站在这儿，她反倒像一个局外人。

父亲让谢卓莲随他进了厂房，站在粮食发酵的箱床前，父亲抓起一把正在糖化过程中的高粱，又抚了抚箱床四周的木板，像是在和亲人对话似的说："你们可能确实老了，老得让我不得不想抛弃你们。那个厂长说得不错，如果我换一种技术，我的产量、利润都上去了，我何苦还守着你们一帮老东西过日子。"

谢卓莲接过话茬儿说："爸，你真打算接那个厂长的招，放弃咱们的擅长而去迎合市场？"

父亲点点头，又摇摇头："咱们的手艺，从祖先传到我这儿已经是第五代了。我一直想守好这块祖业，让这门酿酒技术传下去，但市场很残酷，不能因为我们用了这门祖传的酿酒技艺，就让价格高出其他白酒一截。价格没有优势，产量也受到局限，所以酒厂活得很不容易。当年我坚持让你考大学，就是不想让你回来像我现在一样，天天为酒厂的生存焦头烂额。我年纪一天天老了，即使眼下不和那家酒厂合作，我真不知道还能挺多久，我也怕祖先的这门技艺会败在我的手里！"

听罢一席话，谢卓莲仿佛一下读懂了父亲，父亲不让她留在厂里，是担心酒厂前景万一不好，不至于让女儿跟着受累。但父亲又心有不甘啊，作为这门技艺的第五代传人，父亲一直苦苦支撑着。如果父亲轻言放弃，他就不会打电话让女儿回来商量了。那一刻，谢卓莲忽然知道她应该如何办了。

第二天，谢卓莲回到公司就递交了头天晚上写好的辞呈。公司上上下下都很意外，而最意外的就是俸飞了，他把谢卓莲堵在办公室，质问她是不是不接受他才选择了离开。

谢卓莲看着俸飞，如果因为选择回到酒厂继承父业而失去爱情，她会心痛的，但如果不回去帮父亲，任由酒厂风雨飘摇，她可能永远内疚。想到这儿，谢卓莲走近俸飞，抓住他的手叮嘱："我注定不是一个安分守纪的人，找一个喜欢你的姑娘吧，祝你幸福！"

谢卓莲转身想走，被俸飞一把拉住。俸飞说："我听厂长说了，你辞职是想回去帮助父亲打理酒厂，你的决定我无权反对。我只想问一句，你喜欢过我吗？"

谢卓莲看着眼前这个俊朗的年轻人，用力点点头："不是喜欢，是爱，但现在，我不配享用，你我各自尊重吧！"

谢卓莲回到了酒厂，她告诉父亲，从现在起，她要接过谢家祖先酿酒的技术，正式成为这门传统技艺的第六代传人。第一步先做市场，让价格回归到正常区间。过去由于产量不大，老百姓口中美誉度极高的"冲洞子酒"全部被低价散卖了，而瓶装酒的生产资质却一直是空白，让酒厂失去了竞争空间。

谢卓莲跑了几趟职能部门，才发现申请生产资质的过程非常艰难。现在的作坊式小酒厂太多，职能部门对瓶装酒生产资质的审查特别严格，"冲洞子酒"的酒质和其他酒厂生产的白酒没什么差别，职能部门找不到任何为他们发放瓶装酒生产资质的理由。

谢卓莲正在为这事着急，俸飞却找上门来，告诉谢卓莲他已经辞职了，现在来和她一同打拼。谢卓莲笑中带泪，连连质问他放弃项目经理的高薪是为什么，酒厂现在处境正难，他这样做失去太多。

俸飞说："失去的是金钱，收获的是爱情！自从那天你承认爱我时，我就暗下决心要追随你而来，做你坚强的后盾！"

谢卓莲听罢却摇摇头说："可是我还是不能答应你，酒厂一天不能在我手上变好，我就一天轻松不下来。既然你要傻乎乎地留下来，你就帮我先跑跑销售吧。"

俸飞答应了。当然在跑销售之前，他认真向谢卓莲的父亲拜师，把谢家传承五代人的酿酒技艺了然于心……

这一天，又一个客户慕名找上门来，想在这儿采购一批白酒。恰好库存仅够采购量的一半，当俸飞带着歉意告诉客户时，客户把俸飞悄悄拉到一边说："我这次是带着任务出来，限时限量采购的。你们库存不够无所谓，我可以去其他小酒厂补充采购，你们只需提供包装和凭据，证明全部是你们生产的'冲洞子酒'就成！"

俸飞好像没听明白："你是说，让我们做假，拿别的酒冒充我们的'冲洞子酒'？"

客户急切地说："是的，这只是正常的生意流程，对你们没有任何利益影响。"

俸飞认真地说："但是'冲洞子酒'的信誉会有影响！十年树人，百年树木，'冲洞子酒'的品牌就像参天大树一样，很不容易保持到今天，可不能毁于一旦！"

客户不满道："别人的酒和你们的酒，又有好大个差别呢，相信没人能区别得出来。"

俸飞做了一个恭送出门的手势说："这样的生意我们不能做也不欢迎。我来这儿的时间虽然不长，但知道前面五代谢家人都做的是良心酒，他们坚守一门技艺，不为五斗米折腰，在世上大大小小的酒厂全都摒弃传统酿酒技术时，仍一代一代传承至今，就为这一份坚守和执念，我就要替他们保护好'冲洞子酒'这个招牌，任何弄虚作假都是对这份传承的亵渎！"

俸飞本来以为，他自作主张赶走一个客户，谢家父女知道了一定心情不爽，没想到谢卓莲的父亲反而哈哈大笑，当着谢卓莲的面夸赞俸飞说："你做得对！谢家人酿酒，从来不用发霉变质的粮食，谢家未来的女婿就是要像谢家祖先一样，行得正走得直，堂堂正正做人，明明白白做事。"

谢卓莲听罢，羞得一脸绯红，看着俸飞的眼眸却柔情似水。

而更大的惊喜还在后面，两个月后，县上的非遗专家评审组来到酒厂，他们告诉谢卓莲父女，经过考证，"冲洞子酒"是现有成都平原仅存的采用"高箱糖化技术"酿造的白酒，谢家六代人的坚守，使得这门传承了一百多年的技艺得以保存至今，评审组已正式把这项酿酒技术列入县级非物质文化遗产保护项目，并推荐申报市级非遗项目。

县上相关部门也打来电话，他们申请的瓶装酒生产资质已获批，不日即可批准上市。

谢卓莲和父亲惊喜连连，都互相询问是谁向县上非遗评审专家组递交了申遗报告。说到这儿两人同时转过头，欣喜地盯着旁边的俸飞。俸飞被盯得很不自在，终于承认：

"是的，我来这儿第一时间向伯父请教，又通过网上查阅，发现这门传承百年的技艺具有唯一仅存的特点，就写成报告向县上申遗，没想到很快就得到了认定。不过，这是我又一次自作主张，请你们责罚！"

谢卓莲一听，抿着嘴问父亲："父亲大人有何意见？"

谢卓莲的父亲一本正经回道："罚他给我家当女婿！"